明天別
再來
敲門

EN MAN SOM HETER OVE

FREDRIK BACKMAN
菲特烈・貝克曼 著　顏志翔 譯

目錄

1　不是電腦的電腦

歐弗，今年五十九歲。

開紳寶（Saab）車。只要對人有意見，就會指著他，彷彿別人是夜裡行竊的小偷，而他的食指是警察的手電筒。此時他來到一家店（開日本車的都會到這邊買白色耳機線），站在櫃台前。歐弗兩隻眼睛上下打量著櫃台店員，好一會兒，才舉起手上一只中等大小的白色包裝盒，在他眼前搖了搖。

「所以這就是叫做什麼『歐帕』的玩意？」歐弗催問。

那個ＢＭＩ值估計只有個位數的年輕店員看起來很慌張，一副在掙扎著要不要把歐弗手中的盒子一把搶過來的樣子。

「對，沒錯，iPad。呃，不知道能不能麻煩您不要搖晃盒子……」

歐弗狐疑地瞄了紙盒一眼，彷彿它別有居心，像是穿著運動褲，騎著小綿羊，叫了歐弗一聲「好麻吉」，就想把手錶推銷給他一樣。

「這樣喔。所以它是電腦，是不是？」

店員點頭。接著猶豫了一下又連忙搖頭。

「算是啦……我是說，它就是iPad，有人叫它『平板』，也有人叫它『行動上網裝置』。可以從不同角度來看……」

歐弗看著他，彷彿他剛剛那句話是倒著說的。然後他再度搖搖包裝盒。

「但這東西到底好不好？」

店員點點頭，面帶疑惑：「好啊。還是說……您的問題是？」

歐弗嘆口氣，放慢速度把每個字講得一清二楚，彷彿現在最大的問題是對方的聽覺障礙。

「這．東．西．好—不—好—？這台電腦好用嗎？」

店員抓抓下巴。

「就……對啊……很好用……但要看你想要哪一種電腦。」

歐弗瞪大雙眼。

「我想要電腦！普普通通的電腦！」

沉默瀰漫在兩人之間。半晌。店員清清喉嚨。

「這個……iPad其實不算是普通的電腦。也許您會想要一台……」

店員打住，似乎在腦中搜尋能讓面前這個老先生理解的用詞。他再次清清喉嚨，開口問：「一台筆電？」

歐弗大力搖頭，整個人惡狠狠往櫃台靠過去。

「不要，我要的不是『筆電』！我要的是電腦！」

店員訓練有素地點頭，回道：「筆電就是電腦。」

深受污辱的歐弗狠狠瞪著他，食指戳著櫃台，一次又一次。

「不要以為我不知道！」

又一陣沉默拂過。此刻這情景宛若兩個槍手站在沙場，卻赫然發現兩人都忘了帶槍。歐弗盯著包裝盒好一會兒，彷彿在等它開口懺悔似的。

最後，他嘀咕一聲：「鍵盤要從哪拉出來？」

店員把手掌壓在櫃台桌沿摩梭，身體重心從一腳換到另一腳，緊張得要命。當在專賣店工作的年輕人開始這麼做時，就表示他們明白，這筆交易要花的時間比他們一開始期望的還要多很多。

「呃，其實平板沒有鍵盤。」

歐弗揚起眉毛。「啊，也對。」他啐道：「因為鍵盤是『附件』，必須另外花錢買對不對？」

「不是啦，我的意思是這種電腦不用外接鍵盤。全部都在螢幕上操作。」

歐弗滿臉不可置信地搖搖頭，彷彿方才親眼看見店員繞到櫃台前，伸舌頭往玻璃展示櫃舔了一口。

「但我一定要有鍵盤，你懂不懂？」

年輕人長嘆一口氣，好像在心中默默由一數到十。

「好。我懂了。這樣的話，我認為您不該挑平板電腦。我覺得像MacBook這款的應該比較適合您。」

「麥克不可？」歐弗問，一點也沒被說服。「就是最近大家口中的什麼夢幻逸品『電子閱讀器』？」

「不是。MacBook是……它是……筆電，有鍵盤的那種。」

「知道了啦！」歐弗嘶聲怒道。他環顧了一下整個店面。「那這一款的好不好用？」

店員低頭對著櫃台，表情五味雜陳，似乎快壓制不住想要直接伸手把臉抓破的欲望。但突然間，他的臉又亮了起來，一道活力四射的笑容閃過臉際。

「這樣好了，我先去看看我同事和他的客人那邊是不是結束了，再請他來為您示範講解一下。」

歐弗看看手錶。搖頭說：「不是每個人都只要整天站在那邊等客人上門就好，他們還有別的事要幹！」

店員快速向他點點頭，一溜煙消失不見，幾分鐘後，帶著一位同事回來。那位同事臉上堆滿了笑容，看樣子就是已經有一段時間沒在前台工作了。

「嗨，有需要什麼服務嗎？」

歐弗把他那根「警用手電筒」食指鑽進櫃台。

「我想要一台電腦！」

同事臉上的笑容掉光光。他對原先的店員投以意味深長的一瞥，彷彿在說：這筆帳以後再跟你算。

「好——的，一台『電腦』是吧。那我們先從可隨身攜帶這區看起好了。」同事轉向歐弗，口氣中沒多少熱忱。

與此同時，原先的店員咕噥道：「我受不了了，我要去吃午餐。」

「午餐。」歐弗哼道：「現在的人只會記得有沒有吃午餐。」

「什麼？」同事轉身問道。

「午餐！」歐弗斥完，把包裝盒丟到櫃台上，旋即離去。

2 （三週前）巡查社區

歐弗和貓咪頭一次碰面，是清晨五點五十五分的事。貓咪第一眼就對他討厭至極。歐弗對牠也深有同感。

一如往常，歐弗提早十分鐘起床。他完全無法理解，為什麼有人自己睡過頭，還把錯推給「鬧鐘沒響」。他這輩子從來沒用過鬧鐘。他每天都在五點四十五分醒來，同一時間下床。

歐弗在這棟房子住了快四十年了。數十年如一日，每天早上，他一貫拿出咖啡滲濾壺，煮相同分量的咖啡，和老婆共享。茶杯倒一刻度，馬克杯就倒二刻度——不多也不少。正統咖啡煮法，現在的人都不會了。就像沒有人會用筆寫字一樣，因為現在都用電腦啊、自動咖啡機啊。要是大家連字都不會寫、咖啡都不會煮了，這個世界要怎麼發展下去？

正統咖啡在沸煮的同時，他套上他的海軍藍長褲外套，趿著木底拖鞋，雙手插進口袋裡，儼然一副中年男子的姿態，等著看外面這個無用的世界再一次讓他失望。接下來是晨間巡查的時間。他走出家門，舉目而望，周遭的連棟樓房坐落在寧靜與黑暗之中，毫無人跡。用膝蓋想也知道，歐弗暗忖。這條街沒有人會早個幾分鐘起床，根本自找麻煩。現在住在這邊的，淨是些自由業者，不然就是惡名遠播的傢伙。

那隻一臉老神在在的貓咪就坐在街道的正中央。牠尾巴斷了一半，耳朵只剩一邊。身上的毛東缺一塊西缺一塊，彷彿是被人一把一把扯掉似的。不太賞心悅目的貓。

歐弗重重踏步前進。貓咪起身。歐弗止步。他們站在原地彼此打量了一會，就像是小鎮酒吧裡兩個即將槓上的鬧事鬼一樣。歐弗考慮拿一只拖鞋丟牠。貓咪則一副很後悔沒把自己的拖鞋帶來以便反擊的樣子。

「滾！」歐弗猛地震天一吼，嚇得貓咪往後一跳。牠草草打量這位五十九歲老頭和他的木拖鞋，便轉過身，一蹬一蹬地離開了。歐弗敢發誓，那隻貓離去前還白了他一眼。

「害蟲。」他邊想，邊瞄向手錶。五點五十八分。是時候該出動了，可不能讓那隻臭貓企圖延宕社區巡查的詭計成功。那樣就事態嚴重了。

他邁開步伐，沿街而行。他停在禁止車輛進入住宅區的交通告示牌前，並實實踢了金屬桿一下。不是說桿子歪了還怎樣，反正有檢查有保障。歐弗就是喜歡什麼都踢一下以確保物況良好的人。

他穿越停車區，並在所有車庫前來回遊走，確認前一晚沒有人溜進去偷東西或是遭不良分子縱火。之前沒有發生過啦，但歐弗也從未省略過每一站巡查點。他到自己的車庫前，拽了門把三下。他的紳寶就停在裡面。數晨如一日。

檢查完後，他便繞到臨時停車區，訪客可將車輛停放於此，但停放時限為二十四小時。他從外套口袋中拿出一本小記事本，仔細抄下每一個車牌號碼，然後和前一天抄下的號碼相互比對。偶爾，記事本裡出現相同車牌號碼時，歐弗返家後就會打電話到監理所，取得車主聯絡方式，然後去電告知他：你他媽是哪隻眼睛瞎了，看不到告示牌是不是。歐弗才不在乎誰把車停在臨停區，別傻了。這純粹是原則問題。告示牌上規定停放二十四小時，就是二十四小時。如果每個人都愛停哪就停哪，那會變成什麼樣子？會天下大亂啊。車子肯定會停得亂七八糟。

好在今天臨停區沒有違規車輛，歐弗便安心前往下一個巡查點：垃圾站。不是說檢查垃圾是他的職責啦。只是最近搬來一戶「越野車黨」，仗著自己聲勢浩大，就強硬要求每戶垃圾「必須分類集中」。雖然他打從一開始便堅決反對這種屁話，但既然社區決定要實施垃圾分類，就得要有人監督大家是否確實執行。也不是說有人叫歐弗做這件事，但要是像歐弗這樣的人不主動站出來，這社區就會徹底失序啊。垃圾袋肯定會堆得亂七八糟。

他每個垃圾桶都踢個幾下，然後罵了句髒話，從玻璃回收桶中撈出一個玻璃罐，嘴裡一面嘀咕著「這些廢物」之類的話，一面旋開金屬瓶蓋。他把玻璃罐丟回玻璃回收桶，然後把金屬瓶蓋丟到金屬回收桶。

歐弗過去擔任居民委員會主席的時候，曾大力推動在垃圾站裝置監視攝影機一事，以便於監視，防止有人亂丟垃圾。讓歐弗惱怒的是，他的提議被投票否決了。街坊鄰居對監視這件事感到「有點不安」；再說他們覺得將所有監視錄影歸檔也是很頭痛的事。儘管歐弗一再強調，只要「不做虧心事」，根本不用怕會錄到什麼「真相」，大家仍不為所動。

兩年後，歐弗已經被拉下居委會主席的位子（這起背叛事件歐弗日後都稱之為「政變」），同樣的問題卻再度出現。新的決策小組手舞足蹈地向居民說明，市面上出了一款新奇的監視攝影機，一感應到動作就會啟動，拍下的畫面就直接上傳網路。有這款攝影機相助，不僅能監視垃圾站，還能監視停車區，從而防止破壞公物與竊盜案件。更棒的是，影像資料在二十四小時過後就會自動消除，無須擔心會「侵犯居民隱私」。只要全體居民一致通過這項決議，便可進行安裝事宜。反對票只有一張。

那是因為歐弗不信任網路。他知道「網路」怎麼寫，卻總是說成網「嚕」，儘管他老婆念了他好多次，「路」是四聲要加重音。決策小組很快就明白，要是安裝了，他們就會在網路上看到歐弗把垃圾倒在自己屍體上的畫面。於是最後決定不裝了。這樣也好，歐弗如此推想，反正每日巡查有效率多了。你知道誰在搞破壞，誰在維持秩序。任誰都能看出這樣做比較明智，用膝蓋想也知道。

他巡完垃圾站後，一如既往將門鎖上，拽個三下，確認門已經牢牢鎖緊。接著他轉過身來，發現有輛腳踏車靠在單車房的外牆，無視牆上大大的告示提醒居民：勿將腳踏車擱置此處。告示旁邊，有個居民貼了一張手寫字條，宣洩他的怒氣：「外面不是給你停腳踏車的！把告示看清楚！」歐弗一面低聲罵著沒用的白痴，一面打開車庫門，抬起那輛腳踏車，送進車庫放好，然後鎖上車庫門，拽三下門把。

他把那張憤怒字條從牆上撕下來。他還真想跟決策小組提議在這面牆上貼一張「請勿任意張貼」的公告。現在的人似乎以為他們可以拿著憤怒字條趴趴走，想貼哪裡就貼哪裡。這個叫做牆，不是你家的布告欄好嗎。

歐弗沿著街道走回來。他在自己的家門外停下來，彎下腰，對著鋪路石之間的縫隙大口嗅了嗅。

尿騷味。濃重的尿騷味。

他把這項發現記在腦海，進入屋內，鎖上門，喝煮好的咖啡。

喝完咖啡後，他退掉市話租約與晨報訂閱。他把小浴室的冷熱水龍頭修好；幫廚房通向陽台的門把換新螺絲；整理閣樓的舊物箱；重新擺放儲藏庫的工具，把紳寶的冬胎移到新的位置。然後現在，他面臨這番處境。

人生本不該淪落至此的。

這天是十一月的某個星期二，下午四點。他把屋裡的燈都熄了，暖氣機和咖啡滲濾壺的插頭也拔了。他把廚房的木質流理台都上了油，儘管IKEA那些無腦送貨員說木頭不需要上油。這個家裡，所有木質表面每半年都會上一次油，不管有沒有必要。隨便那些穿黃色毛衣、在ＤＩＹ傢俱行工作的小妹怎麼說。

這棟房子有兩層樓，外加半個平面大的閣樓。此刻，歐弗站在客廳，望著窗外。住在對街的假掰男出來慢跑了。四十歲，滿臉鬍碴，自以為走在時尚尖端，還不是裝模作樣。好像叫安得斯的樣子。搬來也沒多久，頂多四五年左右，卻已經靠著那張天花亂墜的嘴巴，一路爬進居委會的決策小組。這個陰險小人。以為是這條街的老大。顯然是離婚後搬過來的，錯不了，八成還付了一大筆贍養費堵人家的嘴。這種典型的無賴，到這來無非是想炒高老實人的房價，把這兒當名流貴族區啊。歐弗發現，他開的車也是奧迪。他想也是。自行開業的人和無腦的白痴都開奧迪。歐弗雙手插進口袋，稍微卯足全力，往牆腳踢了一下。這房子對歐弗和他老婆而言稍嫌大了一點，真的，歐弗大方承認。但房子是他花錢買下來的。貸款一毛也不剩。假掰男的貸款數字想必更不在話下。現在什麼都要貸款；你我都知道，這是生存下去的依據。歐弗付清房貸，盡本分，從不請病假，肩起自己的那份負擔，多少都為事情負責。現在沒人會這麼做，沒人願意負責。現在全靠電腦，靠顧問陪議會大人物到色情酒吧坐坐、於檯面下兜售公寓合約，靠避稅天堂與股份投資。沒人願意工作。這國家充斥著成天只想吃午餐的人民。

「暫時放鬆一下不是很好嗎？」昨天上工時他們對歐弗說，還解釋現在就業機會變少，所以他們開始「讓老一代的員工提早退休」。在同一個地方工作了三分之一個世紀，結果他們是這樣回報歐弗的。一瞬間他成了該死的「上一代」。因為現在的人都是年輕的三十一歲、穿緊身褲、不喝正統咖啡，也不想負責任。一拖拉庫的人蓄著花俏鬍鬚，不斷換工作換老婆換車款。不過如此。只要他們想要，有什麼不可以。

歐弗狠狠瞪著窗外。假掰男正在慢跑。不是說慢跑這項運動會挑起歐弗的情緒。完全不是這麼回事。人家想慢跑隨他去，歐弗根本不鳥他。他只是不解，為什麼這些人要把慢跑看作什麼不得了的事蹟。瞧他們臉上那沾沾自喜的笑容，一副他們外出是去治療肺氣腫的樣子。所謂的慢跑，不就是跑慢點，或是走快點。是四十歲男人向全世界宣告他什麼也做不好的方式。想想看，慢跑有必要穿得像十四歲羅馬尼亞體操選手才能跑嗎？不過是拖著雙腿在街區亂繞個四十五分鐘，這樣也要把自己打扮得像是奧運雪橇選手嗎？

再說，假掰男還有個小女友。小他十歲。歐弗都叫她金髮嬌嬌女。沒事踩著和套筒扳手等高的高跟鞋，像隻喝醉酒的貓熊一樣，隨時搖搖欲墜。整張臉畫得跟小丑一樣，墨鏡大得難以分辨它到底是眼鏡還是新式安全帽。她還養了一隻時下流行的手提包寵物，總是放牠在地上肆無忌憚到處亂跑，到歐弗家外面的鋪路石上撒尿。她以為歐弗不會注意到，歐弗早注意到很久了。

他的人生不該淪落至此。句號。昨天上工時他們對他說：「暫時放鬆一下不是很好嗎？」而現在歐弗呆立在油亮亮的廚房流理台旁。這不該是週二下午該做的工作。

他望出窗外，看著對面一模一樣的樓房。一個有孩子的家庭剛搬進去。聽說是外國人。他還不知道他們開什麼車。搞不好是日本車，天啊不要。歐弗對自己點頭，似乎非常贊成方才的想法。他抬頭看著客廳天花板。他今天打算裝個掛鉤在上面。不是隨便的掛鉤喔。那些ＩＴ顧問（老在外頭大聲嚷著資料碼診斷結果，而且人人必穿不分性別的針織衫）裝的都是那一百零一種掛鉤。但歐弗的掛鉤會堅若頑石。他會把它鑽得牢不可動，即使房子哪天被拆了，它仍會屹立不搖。

幾天後，某個自以為是的房屋仲介將會站在這，脖子上繫著跟嬰兒頭一樣大的領帶結，舌燦蓮花地說些什麼「具有翻修潛力」、「妥善運用空間」的漂亮話，然後他會對歐弗這個臭老頭品頭論足一番，但他怎樣也無法批評歐弗的掛鉤。

客廳地板上躺著一個小箱子，是歐弗的「萬用工具」箱。他們家就是這樣分工的。歐弗老婆只管買「漂亮」或「家常」的東西，歐弗則負責買「有用」的東西。有功能的東西。他把這些東西收在兩個箱子中，一大，一小。眼前這箱是小工具箱，裝滿螺絲、釘子、扳手組等等小工具。人們不再擁有這些工具了。現在的人只有屁物。有二十雙鞋卻不知道鞋拔要去哪買。家裡一堆微波爐和液晶電視，但就算有人拿美工刀威脅他們，他們也無法告訴你水泥牆適用哪一型壁虎（膨脹螺絲）。

歐弗的「萬用工具」箱裡，就有整抽屜的水泥牆用壁虎。歐弗站在那盯著它們看，像是在看一盤西洋棋似的。在決定使用哪種水泥牆用壁虎時，他不想操之過急。事情要慢慢醞釀。每種壁虎都有其工程，每種壁虎都有其妙用。人們如今不再重視事物真誠可靠的實用性，只要東西在電腦上看起來夠讚夠炫，他們就滿意得沒話說。但歐弗這個人是按事理做事的。

星期一早上，他走進辦公室。他們說，因為不想毀了他的週末，所以沒在上週五告訴他。

「稍微放鬆一下對你有好處啦。」他們說。放鬆一下？他們哪懂得星期二醒來卻發現人生失去目標的感覺？只愛上網咕狗喝濃縮咖啡的他們，哪懂得為事情負責的道理？

歐弗抬頭看天花板。兩眼瞇成細縫。掛鉤必須打在正中央，他心想，偏不得。

正當他站在客廳，沉吟掛鉤位置的重要性之際，一陣綿延不絕的刮壁聲毫不留情地打斷他的思緒。那聲音聽起來就像是某位開著日本轎車的傻大個正在倒車，結果牽在車子後方的拖車直接刮上歐弗家的外牆，所發出來的噪音。

3 歐弗牽著拖車倒車

歐弗把綠色碎花窗簾（他老婆年年都吵著要把它換掉）往旁一掀。他看見一個矮小的女人，年約三十，一頭黑髮，顯然是從外國來的。她氣沖沖地站在那，對一個男人比手畫腳。那男的年紀與女人相仿，一頭金髮，四肢瘦長，過大的體型硬是擠進嬌小的日本轎車的駕駛座。車後的拖車此刻已撞上歐弗的房子，把外牆給刮花了。

長腿男以委婉的手勢和女人溝通，似乎想表達，事情不像表面看起來那麼簡單。而女人一點也不含蓄的手勢則看似說道，這一切想必都是長腿男天生愚蠢的個性害的。

「他媽的有沒有搞ㄘㄨ……」歐弗眼看拖車的輪子壓上他外頭的花床，不禁對著窗口轟然大喊。幾秒過後，他家大門彷彿深怕歐弗會直接破門而出，自動彈了開來。

「妳在搞什麼鬼東西？」歐弗朝著女人大吼。

「對，那正是我想搞清楚的問題！」她吼了回去。

歐弗猝不及防，差點摔倒。他瞪了她一眼。她也不甘示弱地回瞪。

「車子不能開進來！妳看不看得懂告示牌啊？」

身軀矮小的外國女朝他走來，這時歐弗才注意到，那女的若不是懷孕好幾個月，就是患了他稱之為「選擇性肥胖症」的疾病。

「你哪隻眼睛看到我開車了？」

歐弗沒答腔，靜靜瞪著她好幾秒。然後他轉向金髮長腿男，那人剛勉強把自己拔出日本車，此時正慢慢走過來，同時雙手朝空中一揮，臉上露出一抹歉笑。他穿著一件針織衫，從站姿看來，顯然患有骨質疏鬆症。他想必快兩公尺高。歐弗對於身高超過一八五公分的人都有股出自本能的不信任感；那些長人的血液根本流不到腦部。

「你是哪位？」歐弗質問。

「我是駕駛。」長腿男爽朗回答。

「哦，真的喔？看起來不像！」懷孕女大聲怒斥，雙手奮力抽打他的手臂。她大概比長腿男矮個五十公分。

「那這位是？」歐弗問，盯著女人看。

「這位是我太太。」長腿男微笑道。

「別說得那麼肯定，搞不好很快就不是了！」她厲聲反駁，渾圓的肚子不斷上下跳動。

「就說看起來不像表面一樣——」長腿男欲開口解釋，卻被立刻打斷。

「我跟你說要往右！結果你還是繼續往左邊倒車！聽都不聽！你這輩子從來不聽我的話！」

才剛說完，她就又嘰哩呱啦念了一堆不知什麼東西，念了足足半分鐘，歐弗猜測，那大概是阿拉伯文串接而成的複雜髒話吧。

她老公僅不斷向她點頭稱是，掛在臉上的微笑和諧得難以言喻。就是體面人家看到和尚露出這種微笑，也會想甩他一巴掌。歐弗心想。

「欸，好啦。對不起嘛。」男人帶著輕快的口氣說。他悠悠哉哉從口袋中撈出一只圓形錫盒，挖了一團跟核桃差不多大小的口嚼菸草，「這不過是個小意外，我們處理一下就好了！」

歐弗看著長腿男，彷彿他剛才蹲在歐弗的汽車引擎蓋上，拉了一坨屎。

「處理一下就好？你都把我的花床輾壞了！」

長腿男往拖車車輪看了看。

「那，不是花床吧？」他微笑，完全不受威嚇，一面用舌尖攪動口中的菸草。「少來啦，你看，都是土而已。」他堅持說道，一副歐弗在開他玩笑的樣子。

歐弗的額頭擠成一條長長的皺紋深溝，向他示威。

「那．是．花．床。」

長腿男搔搔打結的瀏海，彷彿有菸草不小心沾到頭髮上。

「可是你又沒在土裡種什麼……」

「你他媽管我要拿我自己的花床幹嘛！」

長腿男一連點了好幾個頭，顯然知道把這名陌生老伯惹毛了並不會有好下場。他轉頭望向他老婆，滿心期待她會出面救援——她完全沒有這個意思。長腿男只好再度轉向歐弗。

「懷孕了，你也知道。荷爾蒙啊什麼的……」他露齒一笑，試圖解圍。

懷孕女笑也不笑。歐弗亦然。她雙臂交叉胸前；歐弗雙手扣住皮帶。長腿男不知該拿他兩隻大手怎麼辦，只好有點難為情地在身側不斷前後擺動，彷彿它們是用布做的，隨風翻飛。

最後他開口：「我待會發車再試一次。」並向歐弗露出笑容，希望能消除他的敵意。

歐弗敵意絲毫不減。

「車輛禁入住宅區。那邊有告示。」

長腿男往後退，急忙點頭如搗蒜。他快步回到車旁，再度拗折身體，把自己塞進迷你日本車。「媽呀。」歐弗和懷孕女同時疲倦地吭一聲，這倒讓歐弗稍微不那麼討厭她。

長腿男往前開了幾公尺，但拖車沒有好好擺正，歐弗看得一清二楚。接著長腿男一往回倒，便直直往歐弗的信箱衝去，拖車撞凹了信箱的綠色金屬殼。

歐弗如過境暴風趨步向前，一把掀開車門。

長腿男的雙臂又開始亂飛了。

「我的錯我的錯！抱歉啦，剛剛從後照鏡沒看到信箱。拖車這東西真的很難搞吶，根本看不出它輪子會往哪邊轉……」

歐弗一拳重重敲在車頂，嚇得長腿男彈了一下，一頭撞上門框。「下車！」

「啥？」

「我說，你給我下車！」

長腿男略帶驚恐地瞥了歐弗一眼，但似乎沒有膽子回話。只見他下了車，靠邊站，像被罰站在角落的笨學生。歐弗指著兩排房屋之間的小徑，往單車房和停車區的方向比過去。

「給我站到那邊去，不要擋路。」

長腿男點頭，有點一頭霧水。

「老天，隨便找個斷了手臂、得了白內障的人來倒車都比你厲害。」歐弗邊嘀咕邊鑽進車裡。

怎麼有人多牽了輛拖車就不會倒車了呢？他自問。怎麼可能？最基本的左右轉彎學會了，倒車不就反過來開，有這麼難嗎？這些人是怎麼出人頭地的啊？

而且還是開自排車喲，歐弗不注意到也難。想也是啦，這些智障能不開車就不開車，又怎麼會倒車進停車格。歐弗把排檔桿打到D檔，一吋吋推進。現代人都喜歡會自動駕駛的日本車，當它是機器人。歐弗心想，一個連真正的車子都不會開的人，還有資格拿汽車駕照嗎？他更懷疑，不會好好停車的人怎麼能有資格投票。

他往前開到拖車整個拉正之後——這是文明人倒車的第一步——便換到R檔。登時，整輛車尖聲大作。歐弗四處張望，十分火大。

「媽的你……你吵什麼吵？」他對儀表板嘶吼，打了方向盤一下。

「我叫你停下來！」他對一個堅決閃個不停的紅燈咆哮。

就在這個時候，長腿男出現在車邊，輕輕敲了敲車窗。歐弗搖下窗戶，一臉躁怒地看著他。

「噪音是倒車雷達發出來的啦。」長腿男點頭說道。

「別以為我不知道！」歐弗嘶聲怒斥。

「這輛車比較與眾不同啦。我在想，如果你願意的話，我可以教你怎麼控制——」

「不要把我當白痴！」歐弗鼻子哼了一聲。

長腿男點頭如搗蒜。

「不不不當然不是。」

歐弗兩眼發火瞪著儀表板。

「現在是什麼情形？」

長腿男熱心點頭道：「車子現在正在計算電池的電量。你知道嘛，這樣才能從電力驅動轉換為汽油驅動。因為，這輛車是油電混合……」

歐弗沒有答腔，只管緩緩搖上車窗，把嘴巴半開的長腿男隔絕在外。歐弗看了看左側後照鏡，再看了看右側後照鏡。在日本車刺耳的驚叫中，他往回倒車，靈巧地把推車停在他家和無能的鄰居家之間。他開門下車，把鑰匙丟給白痴長腿男。

「倒車雷達、停車偵測器，還有攝影鏡頭之類的垃圾。需要這些東西才能把拖車停好的人，根本他媽的一開始就不該這麼做。」

長腿男開開心心地對他點頭。

「謝謝你的幫忙。」他大聲道謝，彷彿歐弗前十分鐘對他的羞辱都煙消雲散。

「我看把錄音帶拿給你倒帶也不行。」歐弗繼續嗆他。懷孕女依舊站在原地，雙手叉於胸前，不過臉上的怒氣消了些。

她對他喊聲「謝謝！」，並給了他一個歪七扭八的笑容，彷彿正努力憋笑。她有一雙歐弗見過最大的褐色眼睛。

「居民委員會規定本區域不得行車，你們最好給我遵守。」歐弗哼的一聲回道，轉身往自己家大步前進。

他踏上工具間和主屋之間的石徑，才走到一半便停下來。他跟這把年紀的男人一樣，鼻頭一皺，整個上半身彷彿也跟著揪了起來。然後他兩膝一跪，把臉貼近鋪路石，地上這些鋪路石，他每兩年必定會挖起來重新鋪一次，無論是否必要。他再次嗅了嗅，對自己點頭，起身。

他兩個新鄰居還盯著他看。

「尿騷味！這地方到處都有尿騷味！」歐弗粗聲粗氣地說。

他朝整片鋪路石比了比。

「好……吧。」黑髮懷孕女說。

「不好！這裡沒什麼好的！」歐弗回道。

說完他就走進屋子，關上門。

他整個人栽到走廊的板凳上，呆坐了好久好久，才又有力氣把自己拔起來做其他事。該死的女人。如果她和她家人連擺在眼前的告示都看不懂，他們幹嘛一定要搬到這裡來？這條街不得開車。大家都知道。

歐弗起身，把身上的外套掛上衣鉤，融入他老婆的大衣之海中。安全起見，他對著闔上的窗口悶吭了一聲「白痴」，然後走進客廳，茫然地盯著天花板。

他不曉得在那站了多久。他完全沉浸在自己的思緒當中。神遊太虛，宛若置身薄霧。他向來不是這種人，不曾作過白日夢，但近來他的行徑看起來像是腦袋裡有東西被扭轉似的。他越來越難集中注意力。他可一點也不喜歡。

門鈴響起時，他彷彿剛從溫暖的睡眠中醒來。他用力揉揉雙眼，環顧四周，深怕有人見到他這副模樣。

門鈴又響了一次。歐弗轉身瞪著門鈴，一副它應該為自己感到羞恥的樣子。他在走廊上走了幾步，發現身體跟石膏一樣堅硬。他無法分辨耳邊傳來的嘎吱聲究竟是來自地板還是他自己的身體。

「現在是怎樣？」他門都沒開就先問，彷若門知道答案似的。

「現在是怎樣？」他用力把門甩開，又問一次，門外的三歲女孩被風一吹，嚇得往後飛，一屁股坐到地上。

站在她身邊的是一名七歲女孩，臉上表情充滿驚恐。她們的髮色黑得發亮，兩人擁有歐弗看過最大的褐色眼睛。

「有事嗎？」歐弗問。

七歲女孩一臉有所提防的樣子。她遞給他一只塑膠盒。歐弗不情願地拿了過來。是熱的。

「飯飯！」三歲女孩眉開眼笑地宣布，兩三下就站起身來。

「加了番紅花，還有雞肉。」七歲女孩點頭說道，對歐弗的戒心不減。

歐弗打量兩個小女生，也覺得她們動機不純。

「妳們是來賣東西的是不是？」

七歲女孩臉上寫著被冒犯三個字。

「我們住在這裡好不好！」

歐弗安靜了一會兒。接著他點點頭，彷彿可以接受女孩牛頭不對馬嘴的解釋。

「好吧。」

心滿意足的三歲女孩點頭，揮了揮她有點過長的袖子。

「馬麻說你肚幾餓！」

歐弗看著這個有說話障礙的小不點，滿臉困惑不已。

「啥？」

「馬麻說你看起來肚子很餓，所以我們就帶晚餐來給你。」七歲女孩煩躁地解釋道。「納莎寧，走吧。」說完，她向歐弗投以怨恨的眼光，便牽起妹妹的手離開。

歐弗繼續注視著她們。孩子們跑進家裡前，他看見懷孕女站在門口，對他微笑。三歲女孩此時轉過身來，愉快地向他揮手。她馬麻也揮了揮。歐弗把門關上。

他再次佇立於走廊，瞪著那一盒溫熱的番紅花雞肉飯，彷彿手中拿的是一盒炸藥。他走進廚房，把它放進冰箱。不是說他習慣亂吃不認識的外國小孩送到門前的食物。只是在歐弗家，沒有人可以把食物丟掉。這是原則。

他走進客廳，雙手插進口袋，繼續抬頭看天花板。他站在那好一會兒，思考要用哪一種水泥牆專用壁虎比較好。他在那瞇著眼仔細端詳，直到眼睛都痛了。他低頭瞧了瞧撞凹的手錶，有些不解。他再往窗外一看，原來太陽已經下山了。他無奈地搖搖頭。

天黑以後不能動工，這點大家都知道。不然他就得打開所有的燈，而且還說不準什麼時候能把燈關上。他才不願給電力公司這點甜頭咧，他的電表絕不會再往上跳個幾千克朗。電力公司可以別肖想了。

歐弗把萬用工具箱收一收，拿到二樓的大走廊擱著，接著到小走廊，把藏在暖氣機後方的閣樓鑰匙取出來，再走回大走廊，伸手打開閣樓的暗門，降下梯子，爬上去，把萬用工具箱放回原位。工具箱都放在餐桌椅的後面，那堆椅子是他老婆叫他拿上來放的，因為椅子會一直嘎嘎叫。才不會嘎嘎叫咧。歐弗很清楚那只是藉口，因為他老婆想要買新的餐桌椅。彷彿人生不過就是如此，買餐桌椅、到外面餐廳吃飯、度過每一天。

他爬下梯子，把閣樓鑰匙放回小走廊暖氣機後方。「稍微放鬆一下。」他們跟他說。一群在電腦前工作、拒絕飲用正統咖啡的三十一歲炫富鬼。整個社會沒人懂得怎麼牽著拖車倒車。然後他們居然跟他說，沒有人需要他了。這合理嗎？

歐弗下樓到客廳去，打開電視。他不看電視節目，只是他總不能整晚像個笨蛋枯坐在那，猛盯著牆壁發呆吧。他從冰箱拿出異國料理，直接就著塑膠盒，用叉子吃將起來。

今天是星期二晚上，他把報紙退了，暖氣機切掉了，整棟房子的燈也關了。

明天，他要把掛鉤裝上去。

4 多付三克朗，免談

歐弗拿花給她看。一共兩朵。本來不該是兩朵的，但不管怎麼說，什麼事都有限度。這是原則問題，歐弗解釋給她聽。所以他最後帶了兩朵花來。

「妳不在家，事情怎麼做都不對勁。」他咕噥道，在結冰的土地上踢了幾下。

他老婆沒有回答。

「今天晚上會下雪。」歐弗說。

氣象預報說不會下雪，但歐弗表示，只要是預報說的，絕對不會發生。他如實告訴她；她沒有回答。歐弗把手插進口袋裡，對她微微點頭。

「我一個人成天在這麼大的房子裡面晃來晃去，沒有妳在旁邊根本不自然。人不能這樣過日子。我只想說這個。」

她一樣沒有回應。

他點點頭，踢踢土地。他無法了解那些渴望退休的人。怎麼有人這輩子最大的渴望是成為沒用的累贅？遊手好閒，社會負擔，什麼人會有這種願望？在家等死。甚至更慘：等社服人員把你送到安養院，從此要靠別人幫你把屎把尿。歐弗難以想像還有什麼下場更慘。歐弗的老婆常取笑他，說他是她認識的人中，唯一一個寧願直接踏進棺材、也不要搭乘無障礙計程車的人。雖然是玩笑話，她仍有幾分道理。

今天，歐弗一樣五點四十五分起床，幫自己和老婆煮咖啡，把家裡的暖氣機都檢查了一遍，確保老婆沒有背著他偷偷調高溫度。溫度設定和昨天一樣，但保險起見，他還是把溫度調低一點。然後，他到走廊，取下掛鉤上的外套。牆上有六個掛鉤，只有這個是他的，其他都淹沒在她蓊鬱的衣物森林中。接著他出發巡查。他注意到天氣有轉涼的跡象。差不多可以把海軍藍秋季外套換成海軍藍冬季外套了。

他知道何時會下雪，因為他老婆總是在這個時節開始嘮嘮叨叨，要他把寢室溫度調高。簡直是失心瘋，歐弗每一年都重新體認一次。不過就是換季，為何電力公司董事長可以藉此中飽私囊？調高個五度，每年就要多花幾千克朗。他怎麼知道？因為是他算的。所以每年冬天，他都會到閣樓把老舊的柴油發電機（在義賣會用留聲機換來的）搬出來，把發電機接上風扇暖風機（在特賣會用三十九克朗買來的）充電。一顆小電池充飽，可以轉三十分鐘。歐弗的老婆就把暖風機放在她的床邊，他們上床睡覺前可以先轉個一兩次——就一兩次，不可以太揮霍。「柴油不是免錢的好嗎？」但歐弗的老婆個性就是這樣：在歐弗面前千依百順，背地裡一樣偷偷把暖氣機的溫度調高，一調就是整個冬季。年年如一。

歐弗又踢了踢土地。他正在考慮要不要跟她提貓的事，如果那隻骯髒半禿的生物還可以叫作貓的話。他巡查回來，發現牠又坐在家門前。然後歐弗指著牠大喊，洪亮的回音在兩排房屋之間彈來彈去。貓坐在那，一逕盯著歐弗瞧。然後牠華麗起身，彷彿在強調牠不是因為歐弗的緣故才離開的，而是因為有更要緊的事要辦，接著便消失在工具間的轉角。

歐弗決定不跟她提貓的事，要是說了，她只會氣他把牠趕走吧。但如果這個家由她做主，整棟房子肯定會塞滿她在街上撿回來的東西，不管是有毛或無毛的都一樣。

他現在身上穿著的是他的海軍藍西裝，白襯衫的釦子一路扣到脖子。她跟他說，沒打領帶，第一顆釦子就不要扣，但歐弗回說「我又不是出租沙灘躺椅的」，一樣把釦子老實扣上。他手上戴著的舊手錶，是一代代傳下來的，他爸爸的爸爸在他爸爸十九歲時送給他。而歐弗得到這只錶，是在他十六歲生日的時候。也就是他爸剛去世的幾天過後。

歐弗的老婆喜歡那套西裝，老說他穿起來很帥。歐弗顯然認為只有假掰人才會在週末穿上最高級的西裝。但今天早上他決定破例一下。他甚至把黑皮鞋拿出來穿，用了不少鞋油把它擦得光可鑑人。

他稍早從走廊的掛鉤取下秋季外套時，看了一眼他老婆的大衣收藏。他納悶，個子這樣小的人，怎麼會有這麼多件冬季大衣。「好像你穿過這片大衣，就會進入納尼亞一樣！」有次歐弗老婆的朋友開玩笑道。歐弗不懂她在說什麼，但他同意那堆大衣實在多得要命。

他出門時，街上的人都還沒醒來。他信步走到停車區，用鑰匙打開車庫門。他雖然有遙控器，但他不明白有何意義，喜歡親自動手的老實人也能打開門啊。接著他打開紳寶車鎖——對啦一樣是用鑰匙，用了這麼多年都沒出錯，沒必要改變。他坐進駕駛座，把電台旋鈕往前轉半圈，再往後轉半圈，然後調整每個後照鏡的角度。他每次上車都會這麼做，彷彿有人會定期跑進紳寶裡面，把歐弗的後照鏡和電台全部亂搞一通。

他開車穿越停車區途中，剛好碰上搬到斜對面的那位外國懷孕女。她手牽著三歲女兒，高大的金髮長腿男就走在她旁邊。他們三人都看到歐弗，開心對他招手。歐弗沒有招手。他本來打算停下來罵她一頓，居然帶小孩來停車區這邊亂跑，以為這邊是市立公園嗎？但他仔細想想，自己才沒那閒工夫。

所以他開上他們那條街外的大路，駛過一排又一排和他家外觀一模一樣的房子。歐弗和老婆搬來此地時，不過才六棟房子。如今已經有好幾百棟了。曾經這裡有一大片森林，如今只有林立的住宅。想當然耳，全是用貸款支付。這就是現代人的作風。刷卡購物、開電動車、叫工匠換燈泡、地板貼假磁磚、用電壁爐取暖，如此這般的生活。一個眼盲的社會，分不出適當的水泥牆用壁虎和臉上熱呼呼的掌印之間有何不同。顯然社會註定會變成這副德性。

他花了整整十四分鐘才抵達購物中心的花店。歐弗嚴守每條路段的限速規定，就算是限速五十公里，他也悉聽尊便，不像那些剛來的白痴西裝男，一路飆到九十公里。這些人在自家周圍裝減速墊、立一堆「小心嬉戲兒童」的告示，哇，在乎得不得了，但駛過別人家時，兒童安全就顯得不那麼重要。這十年來每次開車經過，歐弗都不厭其煩地說給他老婆聽。

而且真的是越來越誇張，他還會補上這句，以免她可能剛剛突然耳鳴沒聽到。

今天他還開不到兩公里，就發現紳寶後方有一台黑色賓士，相距不到半隻手臂。歐弗閃三下煞車燈示意，那輛賓士一個大燈全開直接閃了過來，有跟他嗆聲的味道。歐弗對著後照鏡哼氣。有人不把車速限制當一回事，難不成他還有義務把自己的屁股移開，給他們一個方便？有沒有搞錯！歐弗沒有動作。賓士又閃了一次大燈。歐弗慢下來。賓士叭他。歐弗再降到時速二十公里。他們抵達爬坡的頂端時，那輛賓士狂嘯一聲超越他，此時歐弗才從車窗看清楚駕駛是怎麼樣的人——一個四十來歲的男人，打著體面的領帶，兩耳各垂下一條白色耳機線，並對他比中指。像歐弗這樣有教養的五十九歲男士，只會有禮貌的回應：他緩緩把手指舉到頭側，用指尖敲了幾下。賓士男破口大罵，口水全噴濺到擋風玻璃，然後腳一踩，催了油門便消失不見。

兩分鐘後，歐弗碰到紅燈。那輛賓士正好是車龍中的最後一輛車。歐弗對它閃燈。他看見駕駛的頭猛然一轉，白色耳機被扯落，掉到儀表板上。歐弗點頭表示滿意。

綠燈亮起。車龍沒有動靜。歐弗按下喇叭。還是沒有動靜。歐弗搖頭。一定是有女駕駛。要不然就是道路施工。要不然就是有人開奧迪。在車龍中僵持了三十秒過後，歐弗打N檔，開門下車，讓引擎繼續空轉。他站在道路中央，雙手撐在腰上，凝視正前方，眉宇間透露出一絲躁怒——假如超人受困車潮，想必也會呈現這種站姿吧。

賓士男把喇叭大大催了下去。「白痴。」歐弗暗想。就在這時候，車流開始移動。前方的車子向前，後方的車輛對歐弗按喇叭，原來是一輛福斯（Volkswagen）。駕駛滿臉不耐，向歐弗揮手。歐弗怒瞪回去。他刻意慢條斯理地鑽進紳寶，關上車門。「沒想到這條路這麼塞。」他對著後照鏡奚落一番，踩下油門。

下一個紅燈，他還是停在賓士後頭。一長排的車龍。歐弗看看手錶，決定左轉走小路。雖然這條路到購物中心的距離比較遠，但紅綠燈比較少。不是說歐弗很小氣，只要是有腦袋的人，都知道車子走走停停的次數越多，消耗的汽油量越大。歐弗他老婆常說：「如果歐弗的訃聞上只能寫一句話，那就寫：『至少他汽油用得很省』。」

歐弗由西邊小路接近購物中心，遠遠就發現停車場只剩下兩個空位。週間正常來說不是要上班嗎，歐弗無法理解這麼多人跑來購物中心幹啥。顯然他們沒有班要上。

每次一來到這種停車場，歐弗他老婆就會開始嘆氣。歐弗老想停在靠近入口的位置。「以為現在是在比賽誰能找到最棒的車位。」每次歐弗繞了一圈又一圈，嘴邊還不停咒罵那些開外國車的腦殘擋到他的路時，桑雅都會碎碎念道。有時候他們要繞個六七圈才能找到好位置，要是歐弗最後認輸，只能停在二十公尺之外的停車位的話，他接下來大半天都會擺一張臭臉。他老婆從來不明白他在氣什麼。就說吧，她從來不太懂什麼是原則問題。

歐弗打算先在外面繞個一兩圈確認停車狀況，然而，說時遲那時快，他一眼瞥見方才那輛賓士的身影，從南邊的大路奔馳而來。原來他也要來這裡嗎？那個戴耳機的西裝男。歐弗一秒也不猶豫，馬上踩下油門，如狂牛般從岔口衝到正路上。賓士男猛然煞車，用力催下喇叭，緊跟在後。競賽開始。

停車場入口有個告示牌請車輛靠右行，但他們開進去後，賓士男想必也看到了兩格空位，因此千方百計想從左道超車。歐弗方向盤輕鬆一轉，就擋住了他的去路。兩個男人開始在柏油路上相互競逐，猶如一場狩獵遊戲。

歐弗從後照鏡看見後方有一台小豐田從馬路上彎進來，順著指示靠右進入停車道的環形車道。歐弗雙眼緊盯著它，一面在左道上往前飛馳，賓士在後窮追不捨。老實說，他大可佔走離入口最近的停車位，大發慈悲把另外一格讓給賓士男。但這算哪門子的勝利？

於是，歐弗在第一格車位前緊急煞車，停住不動。賓士男按喇叭。歐弗不為所動。賓士男又叭了一次。小豐田遠遠從右方逼近。賓士男瞧見它，這時才明白歐弗的邪惡計畫，但已經太遲了。他的喇叭發出憤怒的鳴嚎，卻怎麼也無法從紳寶旁邊擠過去——歐弗已經對豐田車招手，請它停入其中一格車位。待它安穩入位之後，歐弗才悠悠哉哉地滑進另一格車位裡。

賓士車從旁開過，車窗上全噴滿了口水，歐弗根本看不見駕駛。他像個擊敗對手的羅馬鬥士一樣，帶著勝者的風采踏出紳寶。然後他往豐田車看過去。

「噢，靠。」他低呼，面露慍色。

車門咻的一聲往外推開。

「嗨唷！」長腿男歡樂地打招呼，一面吃力把身體拔出駕駛座。

「哈囉！哈囉！」他老婆從豐田車另一側出來，把三歲小女兒抱下車。

悔不當初的歐弗看著遠方的賓士消失在地平線之下。

「謝謝你幫忙佔位欸！他媽的太走運啦！」長腿男一臉燦笑。

歐弗沒有回應。

「尼叫什摸名字？」小女兒劈頭就問。

「歐弗。」歐弗回答。

「我叫納莎寧！」她快樂說道。

「我是派——」長腿男正要接腔。

歐弗對她點頭。

但歐弗已轉身離開。

「謝謝你呀。」外國懷孕女朝他的背影喚道。

歐弗可以聽見她聲音中的笑意。他不喜歡。他頭也沒回，只快速嘀咕了「好啦、好啦」，就闊步走向購物中心的旋轉門。他碰到第一個轉角就馬上左轉，還左顧右盼了好幾回，深怕那家子會跟過來。好在他們往右便轉消失無蹤了。

歐弗站在超市外頭，兩眼狐疑地打量著一張宣傳本週特價商品的海報。歐弗沒打算在這購買火腿回家，但多留意一下價錢總是有利無弊。如果這世上有什麼東西是歐弗厭惡的，那就是被別人耍。歐弗的老婆有時會開玩笑說，歐弗這一生所學的字當中，最糟的四個字就是「未附電池」。她這笑話常常惹得他人大笑。但歐弗常常笑不出來。

他從超市前走開，踏進花店。沒多久，他就挑起「紛爭」，歐弗的老婆一定會這麼說。歐弗總堅持那只是「討論」。歐弗把一張「兩朵花五十克朗」的優惠券放到櫃台上。由於歐弗只想買一朵，他便理直氣壯地向店員說明，他應該可以用二十五克朗買一朵花。因為五十的一半是二十五。然而，眼前這位不斷忙著傳簡訊、腦袋沾到糨糊的十九歲店員並不買帳。她依舊維持一朵花要價三十九克朗，一次買兩朵才有「兩朵五十」的優惠。這時只好請經理出來了。歐弗花了十五分鐘讓經理看清事理，並同意歐弗是對的。

好啦，其實情況是，經理對準手心念著「該死的老雜碎」之類的話，砰的一聲把二十五克朗砸進收銀台，其他人還可能會以為是機器有問題了咧。這對歐弗來說一點差異也沒有。他打從心裡知道，這些零售商總是想要從你身上鑽出幾塊錢，而從來沒人成功動到歐弗，然後可以輕易全身而退。歐弗把信用卡放到櫃台上。經理露出極淺的微笑，頭不屑地點了一下，指著一張告示：「刷卡購物若低於五十克朗，需多付三克朗費用。」

於是歐弗手中拿著兩朵花，站在老婆面前。因為這是原則問題。

「再怎麼樣我也不可能付三克朗。」歐弗說，盯著地上的礫石看。

歐弗的老婆常常和他吵嘴，因為他什麼事都愛辯。

但歐弗根本不是在爭辯。他只是覺得對就對，錯就錯。難道這樣的人生態度有那麼不合理嗎？

他抬起眼睛看著她。

「我昨天沒有按照約定來看妳，我猜妳生氣了？」他低聲咕噥。

她什麼也沒說。

「現在整條街都變成瘋人院了。」他幫自己說話。「混亂得不像樣。現在甚至還要出門幫他們倒車咧。連安安靜靜裝個掛鉤也不行。」他繼續說下去，彷彿她不同意他的看法。

他清了清喉嚨。

「我當然沒辦法在天黑時裝掛鉤。如果一裝下去，就不會知道什麼時候才能關燈。

搞不好會亮整晚，吃更多電。絕對不行。」
她沒回答。他踢了踢凍結的泥土。彷彿在找話聊。他清了一下喉嚨，開口。
「妳不在家，什麼事都不對勁了。」
她沒回答。歐弗用手指撥弄花朵。
「我一個人成天在這麼大的房子裡面晃來晃去，沒有妳在旁邊根本不自然。我不能這樣過日子。」
她同樣沒有回答。他點點頭，舉起手中的花朵讓她看清楚。
「粉紅色的，是妳最喜歡的那種。他們說這種花叫多年生植物，媽的最好是取這個名字啦。店員還說，這種花在這樣的低溫下容易枯死，但他們只是想騙我買其他狗屁花朵罷了。」
他靜靜看著她，彷彿在等她認同他的看法。
「他們還在飯裡面加番紅花耶。」他小聲說。
「我是說那些新來的鄰居。外地來的。他們飯裡面加番紅花，這樣搭著吃。這有什麼好吃的？肉片炒馬鈴薯炒香腸也讓我吃得飽飽的啊。」
另一陣沉默。
他靜靜佇立，轉動手指上的結婚戒指。彷彿在想還有什麼事要說。擔任對話中的發話者依舊讓他備感痛苦。講話一向是她的專利，他通常只要回答就好。現在的狀況對他們兩人來說都很陌生。最後，歐弗蹲了下來，把上個禮拜種下的花挖起來，小心放進塑膠袋裡。接著他細細翻覆凍結的土壤，才把新花栽下。

「電費又漲價了。」他一面告知她這則新訊，一面起身。

他雙手插進口袋裡，凝視著她。最後他把手掌小心放到大石塊上，溫柔撫摸石塊的兩側，彷彿在觸摸她的臉頰一樣。

「我好想妳。」他低語。

她已經去世六個月了。歐弗仍然每兩天把整棟房子檢查一次，摸摸暖氣機，檢查她是不是又偷偷把溫度調高。

5 有個老頭叫歐弗

她的姊妹淘都不明白她為何嫁給歐弗，這點歐弗心知肚明。他無法責怪她們什麼。

大家都說他很兇惡。也許他們說得對。他從來不太省思這些事。大家還說他「反社會」，歐弗想這意思是說他不樂於和人打交道。就這點來看，他完全同意他們的說法。其他人多半是神經有問題。

閒話家常向來不是歐弗的職責。最近他已漸漸意識到，這是很嚴重的缺陷。現在這個年代，只要有人晃到你附近，你就要有能力和他天南地北無話不談，因為這才是「好人家」的表現。但歐弗不諳此道。也許這和他的成長背景有關。也許他那一輩的人都尚未準備好，面對這個人人只出嘴不出力的世界。現代的人站在他們翻新的住處前大吹大擂，彷彿是他們捲起袖子親手搭建起來似的，實際上連螺絲起子也沒碰過。他們甚至連假裝自己有盡一份心力都懶，還很引以為豪！這個時代變了，親手鋪地磚、整修受潮的房間、更換冬胎等等身體力行的技能不再受重視。如果什麼東西花錢就買得到，那有什麼價值？人還有什麼價值？

她的朋友無法了解，為何她每早醒來，總能心甘情願和他共度一整天。他自己也不了解。他為她打造一個書櫃，讓她得以收藏許多作者一頁又一頁的抒懷之作。歐弗能了解的是看得見摸得著的事物。水泥與混凝土；鋼鐵與玻璃；工具與器材；能動腦解決的事物。他了解角度分明的直角，步驟分明的操作手冊；了解組裝模型與草圖設計；了解能描繪在紙上的東西。

他是個非黑即白的人。

而她是彩色的。是他所有的色彩。

遇見她之前，唯有數字是他的最愛。他對自己的年少沒什麼特別的記憶。他沒被霸凌過，也不會霸凌他人，體育不是頂強，也不至於差勁。他從不是萬眾矚目的焦點，也不是深受排擠的邊緣人。他就是剛好出現在那，無足輕重的存在。他也不太記得自己成年後的日子，反正他一向不是記性好的人，沒必要記的事就不會記。他倒記得自己一度很快樂，而後幾年卻風雲變色——就這樣。

他還記得算術。數字佔滿了他的思緒。他記得以前上學最期待的就是數學課。數學對其他人來說也許是折磨，但對他來說輕而易舉。他不知道為什麼，也沒有多想。事情這樣就是這樣，他從來不懂有啥好深究的。你就是你，該做的事就做，對歐弗來說這樣就足夠了。

在他七歲那年的八月初某個早上，他媽媽與世長辭。她在一家化學工廠工作。歐弗後來才明白，那個年代沒什麼空氣污染防制的觀念。而且她還是個菸不離手的老菸槍。

那是歐弗對媽媽最深刻的記憶。他們住在城外的一棟小房子，媽媽總愛坐在廚房窗前，湮沒在煙霧瀰漫中，望著週六早晨的天空。她有時會唱歌給歐弗聽，歐弗總會把數學作業簿擱在腿上，坐在窗下聆聽。對，他還記得這件事。當然，她的聲音很沙啞，唱得又歪七扭八不成調，但他記得他就是喜歡媽媽的歌聲。

歐弗的爸爸是鐵路工。他的掌心如一張被人劃了好幾刀的牛皮，臉上的皺紋之深，每當他幹活時，流出的汗水便會順著皺紋的紋路，往下流淌至他的胸膛。他頭髮纖細，身材精瘦，但手臂的肌肉結實得像是岩石斧鑿而成。有次，歐弗的爸媽帶著還小的他去鐵路公司舉辦的大型派對。爸爸幾杯捷克啤酒下肚後，有幾個同事前來，表明想跟他比腕力。歐弗從沒看過像他們這樣的彪形大漢跨坐在爸爸對面，其中幾位看起來似乎有兩百公斤重。他爸將他們一一擊敗。那晚回家，爸爸將手臂環過歐弗的肩膀，說道：「歐弗，只有豬腦才會認為體格等於力量。記得這句話。」而歐弗從沒忘記過。

爸爸不是會對人舉拳相向的人。不會打歐弗，也不會揍其他人。歐弗有個同學在家常常被皮帶抽打，每次到學校來，不是眼睛黑了一圈，就是身上東青一塊西紫一塊。但歐弗不會碰到這種情況。「我們家絕不動手動腳。」他爸爸曾這麼聲明。「不對彼此，也不對別人。」

鐵路上的工人都很喜歡他。他不愛說話，但心地很好。有些人會說他「人太好了」。歐弗記得，他小時候根本不了解這樣有何不好。

然後媽媽走了。爸爸變得更加寡言，彷彿他所剩不多的那些隻字片語，也被媽媽一同帶到另一個世界去。

所以歐弗和他爸爸不常交談，但他們很喜歡彼此相伴。兩人可以靜靜地坐在餐桌兩旁，而且總有事情可以忙。他們家後頭有一棵枯樹，裡面住著一窩鳥，他們每兩天就會餵食牠們一次。一定要每兩天一次才行。歐弗不知道為什麼，但他也不過問。

傍晚時分，他們以香腸炒馬鈴薯當晚餐，之後玩牌當消遣。他們雖然擁有的不多，但足以度日。

唯一能讓他爸侃侃而談的，便是跟引擎相關的話題（顯然他媽媽只留下這些詞彙）。一提到引擎，他就可以說上老半天。「你怎麼對待引擎，引擎就怎麼對待你。」他曾說過。「尊重引擎，引擎才會讓你自由馳騁；如果你表現得像個混帳，就別想跟引擎予取予求。」

他長久以來沒有自己的車，不過在四〇、五〇年代之際，鐵路公司各董事、經理間掀起了一股買車潮，辦公室內便有了風聲，說鐵道那邊有個沉默寡言的男工人，可以好好請教一番。歐弗的爸爸從沒念完書，不太懂歐弗課本裡的算術題目。但他懂引擎。

在常務董事的女兒出嫁當天，新娘乘坐的禮車還沒抵達教堂，便半路拋錨。於是歐弗的爸爸被派過去。他踩著單車而來，肩頭扛著一只重得嚇人的工具箱，當他跨下單車時，居然要請兩個人才有辦法把工具箱搬下來。總而言之，不論禮車出了什麼問題，待他離去時，都已迎刃而解。董事的太太邀他參加婚宴，但歐弗爸爸委婉回絕，說他不過是做粗活的，車油沾得整隻手都是，簡直和膚色融為一體，要他和優雅高貴的人同桌而坐，實在是不成體統。不過他欣然收下了一袋麵包和肉片，他說，可以帶回去給兒子吃。歐弗那時剛滿八歲。當晚爸爸擺出晚餐時，他覺得這根本是滿漢全席。

幾個月後，董事再度傳喚歐弗的爸爸到鐵路公司一趟。辦公室外的停車場停了一台殘破不堪的古董級紳寶92。那是紳寶汽車公司打造的第一輛車子，不過自從全面升級的紳寶93上市後，現在已停產了。歐弗的爸爸對這台車很熟悉。前輪驅動系統，側置引擎，發動聲猶如咖啡滲濾機般悅耳。董事兩手拇指扣著外套底下的吊帶，說這台車不小心出了車禍。酒瓶綠的車身嚴重凹陷，引擎蓋底下的狀況更是慘不忍睹。但他還是從骯髒的工作服口袋裡拿出一把小螺絲起子，把車子從頭到尾檢查了好一陣子後，判定只要一點時間、耐心與適當的工具，他就能讓車子重振雄風。

「車是誰的？」他挺直身子，拿抹布把手指頭上的車油擦掉，大聲問道。

「本來是我一個親戚的。」董事回答，並從西裝褲中撈出一支鑰匙，壓進他的手心裡。「現在它是你的了。」

董事在他肩頭拍一下，便走回辦公室裡。歐弗的爸爸待在原地，試圖平復呼吸。那天傍晚，他兒子睜著銅鈴般的大眼，看著停在花園的那輛神奇巨獸，他必須一遍又一遍地向他解釋並展現關於車子的一切知識。他花了半個晚上坐在駕駛座，把兒子抱上大腿，跟他解釋所有的機械零件如何組裝起來。他可以細說至每顆螺絲與每條管路。歐弗沒看過有誰能像他爸爸那晚一樣容光煥發。八歲的他當下便毅然決定，此生不開紳寶以外的車。

歐弗的爸爸只要星期六休假，就會帶歐弗到庭院，打開引擎蓋，教他各種零件的名字與用途。他們星期日會上教堂去，並非因為歐弗或他爸爸對上帝有著狂熱的愛，而是因為他媽媽生前堅持要他們去。他們會坐在教堂後頭愣愣盯著地板上的一塊磁磚，直到彌撒結束。而且實不相瞞，他們大多時間心繫的都是歐弗的媽媽，而不是上帝。畢竟說起來這是屬於她的時間，儘管她已不在身邊。禮拜結束後，他們便坐上紳寶，在鄉野間晢了好大一圈。那是歐弗整個星期最愛的時刻。

那年，為了不讓他一個人在家裡沒事晃來晃去，他放學後開始跟著爸爸到鐵路調車場做工。這工作又髒、酬勞又低，但他爸爸說過：「這是正當的工作，正當的工作就值得做。」

歐弗喜歡在調車場幹活的每個工人，除了湯姆以外。湯姆人高馬大，嗓門也大，兩個拳頭更像平台卡車一般碩大，一雙眼睛彷彿總是在尋找毫無防禦的動物，隨時準備踹牠幾下。

歐弗九歲時，他爸爸讓他協助湯姆清空一節故障車廂。不一會兒，湯姆就見獵心喜，抓起不知哪位乘客忘了拿走的公事包。公事包是從行李架上掉了下來的，裡面的東西都四散在地上。很快地，湯姆就四肢著地，竄來竄去，搜刮眼睛看到的所有東西。

「誰找到就誰的。」他對歐弗啐道。他眼中流竄的神色讓歐弗覺得皮膚底下彷彿爬滿了蟲子。

他正準備走出車廂，就被一只皮夾絆到。歐弗把它撿起來，是皮革做的，材質很柔很軟，像棉花一樣撫過歐弗的粗糙指尖。它不像爸爸的舊皮夾一樣，得用橡皮筋捆住，不然就會散開來。皮夾上有顆銀色的小釦子，打開時會發出「啵」的聲音。裡頭有六千多克朗。對那時候的人來說是一筆財富。

湯姆瞄到歐弗手中的皮夾，便伸手想把它搶走。男孩出於本能反應，和他抵抗。湯姆一時之間愣住，此時歐弗從眼角看見這個大塊頭握緊了拳頭。他知道自己逃不過這一劫，於是閉上雙眼，緊抓著皮夾不放，等待重擊來襲。

就在這個瞬間，歐弗他爸突然出現在他們倆中間。湯姆憎惡的視線和他相交，喉頭發出滾滾低吼。但歐弗的爸爸站在原地，不為所動。最後，湯姆放下拳頭，充滿戒心地往後退一步。

「誰找到就是誰的，本來規矩就是這樣。」他指著皮夾吼道。

「那該由找到的人決定。」歐弗爸爸說道，目光絲毫沒有移動。

湯姆的眼珠像魔鬼般翻黑。但他又往後退了一步，手中仍抓著公事包。湯姆在鐵道幹了好幾年，歐弗卻不曾聽過他爸任何一個同事說他一句好話。他做人不誠、卑鄙，那些同事在派對中幾瓶捷克啤酒下肚後，都紛紛酒後吐真言。但歐弗從沒聽爸爸這麼說他過。他只掃過每一位同事的眼睛，說道：「家裡有四個孩子，老婆又病得很慘。比湯姆好的男人都可能變得更糟。」他的同事多半直接轉移話題。

爸爸指著歐弗手中的皮夾。

「由你決定。」他說。

歐弗毅然盯著地板，感覺湯姆的視線在他頭頂燒出兩個洞。然後他以細微但毫不顫抖的聲音說，別人弄丟的東西最好送到失物招領處。爸爸什麼也沒有說，只是點點頭，就牽起歐弗的手離開。他們沿著鐵道走了將近半小時都沒有交談。歐弗聽到湯姆在背後大叫，聲音中充滿冷冷的憤怒。歐弗至今仍忘不了。

當他們把皮夾放到櫃台上時，失物招領處的阿姨幾乎不敢相信自己的眼睛。

「就只有皮夾掉在地上？沒有找到包包或什麼嗎？」她問。歐弗帶著疑問的表情望向父親，但他只是不吭一聲地站在那，所以歐弗也照辦。

櫃台阿姨似乎能接受這個答案。

「很少人看到這麼多錢還會拿過來的。」她邊說邊對歐弗微笑。

「也很少人會這麼正直。」他爸爸直截回道，然後牽起歐弗的手，轉身離去。

沿著鐵道走了幾百公尺後，歐弗清清喉嚨，鼓起勇氣問爸爸，為什麼沒有提到湯姆找到的公事包。

「我們不是會在別人背後說三道四的人。」爸爸回答。

歐弗點點頭。他們默默前進。

「我有想過把錢留下來。」過了好長一段時間，歐弗才囁嚅說道，握住爸爸的手扣得更緊，彷彿怕他會就此放開手。

「我知道。」爸爸說，也稍微用力捏了一下歐弗的手。

歐弗接著說：「但我知道你一定會把皮夾交出來，我也知道像湯姆這樣的人不會。」

爸爸點點頭。然後對於這件事再也隻字不提。

假若歐弗是那種會思考自己怎麼成為今日之我的人，那他可能會說，就是他明白「對的事就是對的」的那一天。但他不是吾日反省吾身的人。他只記得那天，他下定決心要避免跟爸爸有任何一絲不相像。

他爸爸在他剛滿十六歲不久就死了。突然暴衝的車廂。歐弗擁有的遺物僅一輛紳寶、距城幾哩外的破房子，以及撞凹的舊手錶。他一直沒辦法說出那天爸爸究竟發生了什麼事，但他失去了快樂的感受。往後幾年他都不再快樂。

在喪禮中，牧師想跟他談談寄養家庭的事，但旋即明白歐弗不是會接受救濟的人。歐弗也跟牧師說清楚，往後週日禮拜不用再幫他留一個位子了。並不是不相信上帝，他向牧師解釋，而是因為就他的觀點來看，這個上帝似乎只是個該死的王八蛋。

隔天，他到鐵路公司的發薪處，把當月剩下的工資退回去。辦公小姐一頭霧水，所以歐弗只好不耐煩地解釋，他爸在十六號去世了，所以怎麼想都不可能死而復生，把這個月剩下十四天的工做完。然後因為爸爸工資都是在月初先領，所以歐弗過來把餘額退還。

辦公小姐滿臉猶豫，叫他先坐著等一下。過了約十五分鐘，董事走了出來，望著那個坐在長廊木椅上、手中拿著亡父工資袋的十六歲少年。董事非常清楚這個少年是誰。他一再勸說少年把錢收下，但少年堅決認為自己不該獲得這筆錢。董事明白怎麼說都沒用，別無他法，便向歐弗提議，他可以留下來工作，把下半個月的錢賺回來。歐弗心想，這提議似乎很合理，於是向學校請了兩個星期的假。他再也沒回學校過。

他在鐵道一做就做了五年。然後一天清早他坐上火車，第一次見到她。那是父親死後他第一次笑了出來。

從此生命不再相同。

別人都說，歐弗眼中的世界非黑即白。但她是彩色的。是他所有的色彩。

6 不該隨意亂放的腳踏車

歐弗只想要安詳地死去。這要求很過分嗎？他不覺得。沒錯，他是該六個月前就先安排好，在她喪禮過後就立刻行動。但當時歐弗認為，媽的做人不能這樣隨便啊，他還有工作要顧啊。一個人突然之間自我了斷，工作就放給它爛，這樣豈不是很不像話？歐弗的老婆星期五過世，星期日下葬，隔天星期一歐弗就去上班了。因為這才是處置事情的方式。然後，六個月過後的星期一，他的經理冷不防走了過來，說什麼他們不想在上週五提出來是因為「不想毀了他的週末假日」。結果星期二，他待在家裡，替廚房的木質流理台上油。

所以他把一切準備妥當。他付錢給殯葬業，決定他在教堂墓園的位置要葬在她旁邊。他致電律師，寫了一封鉅細靡遺的遺書裝入信封袋，裡面還裝有所有重要的收據明細、房契與紳寶的保修紀錄。他把信封放在外套的內袋裡。他付清所有雜七雜八的費用。他沒有貸款也沒有債務，所以沒人需要幫他償還什麼。歐弗甚至把咖啡杯洗乾淨，報紙也退掉了。他已準備就緒。

他只想要安詳地死去。當他坐在紳寶裡面望出敞開的車庫門時，心裡是這麼想的。

如果他能避開鄰居的視線，他今天下午或許就有辦法解脫。

他看到住他隔壁的那位過胖年輕人駝著背走過車庫門。並不是說歐弗不喜歡胖子。完全不是這麼一回事。每個人都能決定自己想擁有怎樣的外表。他只是無法了解胖子的想法，無法參透他們是怎麼做到的。一個人的食量究竟有多大？一個人怎麼有辦法把自己吃成原本的兩倍大？歐弗沉思，那肯定需要很強大的決心。

年輕人看到他，開心地對他招手。歐弗草草點頭。年輕人的手在揮動，他肥胖的胸部也在T恤底下陣陣擺動。歐弗常說，他認識的人當中，只有這個鄰居有辦法同時從四面八方進攻一碗洋芋片。但每次他作此評論，他老婆就會出聲抗議。她說，人不該說那種話。

應該說，她曾經這麼說過。

曾經。

歐弗的老婆很喜歡那個過胖的年輕人。自從年輕人的母親過世之後，她每週都會帶盒便當登門拜訪。「偶爾讓他嚐點家常菜的味道。」她說。歐弗發現便當盒從來沒拿回來過，便說那個年輕人大概把盒子當作食物一起吃下肚了。這時候他老婆就會說，你夠了喔。他就不說了。

歐弗等「吃盒男」離開後才下車。他拽三下把手，關上車庫門，再拽三下門把。他走上街道。在單車房外止步。有輛淑女車靠在牆邊。又來了。而且就停在「不得將腳踏車丟於此處」的告示牌下方。

歐弗把腳踏車扛起來。前輪爆胎了。他解開車房的鎖，把那輛車停放在最尾端。他將門上鎖，剛拽完三下，就聽見一個後青春期的聲音急切鑽進耳中。

「喂喂喂！你在衝啥!?」

歐弗轉身，與他四目相交的是一個小鬼頭，站在數公尺外。

「把腳踏車放進車庫裡面。」

「你怎麼可以這樣！」

仔細觀察，歐弗猜他應該有十八歲的年紀。所以更正，不是小鬼頭，而是渾小子，以免有文字潔癖的人愛計較。

「我當然可以。」

「但我還在修耶！」渾小子話衝出口，聲音拔高轉成假音。

「那是淑女車。」歐弗說。

「嘿啊，怎樣？」

「那車子就不太可能是你的。」歐弗點明。

渾小子哀號，翻了一下白眼。歐弗把雙手插進口袋，彷彿此事已蓋棺論定。

空氣中瀰漫著一股戒慎的寧靜。渾小子盯著歐弗，一副覺得他壯過頭的樣子。另一邊，歐弗盯著渾小子，則一副覺得他被生下來只是浪費氧氣的樣子。歐弗注意到，渾小子身後，還有另一個少年。比渾小子纖瘦一些，眼睛周圍像是沾了一圈煤灰。那個少年小心翼翼扯了扯渾小子的外套，喃喃說了「不要惹麻煩」之類的話。渾小子桀驁不馴地朝雪地踢一腳，彷彿全是雪地的錯。

「車子是我女朋友的啦。」最後他吐出這句話。

他的口氣比較像是投降，而不是氣怒。歐弗發現他的運動鞋太大，牛仔褲太小。他把運動外套拉至下巴，擋住寒風。他消瘦薄髭的臉龐滿是黑頭粉刺，他的髮型看起來像是有人剛抓住他的頭髮，把他的頭從水桶裡拉出來，以免他淹死在裡面。

「那她住哪？」歐弗追問。

渾小子整隻手臂像是打了鎮定劑似的伸得老直，指向歐弗那條街最尾端的房子。就是那個推動垃圾分類改革的共產家族的住所。歐弗謹慎點點頭。

「那她可以親自到單車房把車領出來。」歐弗說，誇張地點了點嚴禁腳踏車亂丟的告示牌。然後他轉身回家。

「固執的臭老頭！」渾小子在他背後大叫。

「噓！」他的黑眼圈伙伴噓了一聲。

歐弗不作回應。

他走經「禁止車輛進入住宅區」的告示牌，也就是外國懷孕女看不懂的那個。歐弗知道那個告示牌根本不可能看不到。歐弗之所以知道，是因為告示牌是他插的。心懷不滿的他走在街上，每一步都重重跺一下，好讓每個看到他的人都以為他在想把柏油路壓平。他心想，住在這條街的瘋子難道還不夠多嗎？整個社區簡直變成一條顛簸難行的減速墊了。住在歐弗家對面的是開奧迪的假掰男與金髮嬌嬌女；住在那排房屋尾端的，是共產家族與他們正值青春期的女兒、他們的滿頭紅髮、他們穿在長褲外的短褲、他們和浣熊如出一轍的面孔。說到這，他們此時此刻應該正在泰國度假中，但一樣是瘋子。

住在歐弗隔壁的那位年輕人現年二十五歲，體重幾達四分之一噸，一頭長髮像娘們一樣，身上的T恤也品味怪異。他跟媽媽同住，他媽一年前左右才因病而逝。他叫做吉米的樣子，歐弗的老婆跟他說過。歐弗不知道吉米做什麼工作，很有可能是非法勾當。還是說，他是專職培根試吃員？

這排房屋的尾端住著盧恩和他老婆。歐弗不會說盧恩就是自己「宿敵」……好吧，他的確就是。歐弗在居民委員會失利都是盧恩害的。他和他老婆阿妮塔跟歐弗和桑雅剛好在同一天搬進這個社區。那時盧恩開的車是富豪（Volvo），但他後來改開寶馬（BMW）。這種會汰舊換新的人是無法講理的。

促成「政變」、導致歐弗被拔除委員會主席頭銜的元兇就是盧恩。結果看看這個社區的現況：電費高漲；腳踏車不牽進單車房放好；居民逕自把拖車開進住宅區，罔顧告示牌明言禁止。歐弗早就警告過居委會，但沒人聽進去。從此他不再出席任何一次居委會會議。

他的嘴巴動了起來，彷彿每次他在心中說出「居委會」這三個字時，嘴巴就有想呸口水的衝動。彷彿這個詞是噁心下流的字眼。

他離被撞壞的信箱還有十五公尺，便看見金髮嬌嬌女。起先他完全看不懂她在做什麼。她踏著高跟鞋在街上左搖右晃，歇斯底里對著歐弗的房屋指指點點。

那個不斷狂吠的東東——曾在歐弗小石徑上撒尿的那個，頂多稱得上是隻雜種狗——正在她腳邊跑來跑去。

金髮嬌嬌女對房子又叫又罵，激動得墨鏡都滑到鼻尖上了。雪靴吠得越發大聲。

「看來這個幼稚女終於失去正常人的理智了。」歐弗心想，站到她身後幾公尺觀望。這時，他才發現，她並不是對著房子胡亂揮舞。她是在丟石頭。而且她也不是對著房子丟石頭。而是對著貓咪。

貓咪蜷縮在歐弗的工具間後方最遠的角落。牠的毛皮上——或者說，牠剩餘的毛皮上——有著點點血斑。雪靴亮出牠的白齒。貓咪嘶聲挑釁。

「不准你對王子嘶嘶叫！」金髮嬌嬌女發出哭腔，從歐弗的花床撿起另一顆石子便往貓咪扔去。貓咪往旁邊一跳；石子打中窗台。

她又撿起一顆石子，準備出手。歐弗一個箭步向前，幾乎快貼上她的後背，近得她可以感覺到他的氣息。

「要是妳把那顆石頭丟到我的房產，我就把妳丟到妳的花園去！」

她迅速轉身。他們四眼相對。歐弗的雙手插在口袋中，她的拳頭則在他面前揮舞，猶如在奮力拍打兩隻微波爐大小的蒼蠅。歐弗不為所動，眼睛眨也沒眨。

「那個噁心的東西把王子抓傷了！」她努力說出這句話，兩眼因憤怒而狂野。歐弗凝視著雪靴。牠咬緊牙關對他低吠。歐弗望向貓咪，牠頹坐屋外，受辱、滴血，但頭抬得老高，不願屈服。

「牠流血了。雙方看來似乎是平手。」歐弗說。

「才怪。看我把那隻爛貓給殺了！」

「妳不會。」歐弗冷冷回道。

他精神失常的鄰居露出威脅的表情。

「搞不好牠身上都是噁心的疾病啊、狂犬病啊、有的沒有的喔！」

歐弗看看貓咪，再看看嬌嬌女，點頭。

「妳很有可能也是。但我們不會因此就對妳丟石頭。」

嬌嬌女的下唇開始顫抖。她把墨鏡推回眼前。

「你自己注意一點！」她嘶聲說道。

歐弗點頭，指著雪靴。雪靴企圖咬歐弗的小腿，但他用力一跺，就嚇得牠往後退。

「在住宅區內，那東西應該用狗鍊拴起來。」歐弗從容說道。

她甩甩染過的頭髮，用力哼了一口氣，歐弗有些期待鼻涕會從她的鼻孔噴出來。

「那那個東西又怎麼辦啊!?」她對貓咪開刀。

「不用妳多管他媽的閒事。」歐弗回答。

金髮女望著他，一臉我比你優越一百倍但又深深被污辱的表情。

雪靴亮出一口利齒，發出悶吠。

「你以為這條街是你的是不是，你這個老番癲?」她說。

歐弗冷靜，再度指著雪靴。

「下次這東西再到我的鋪路石上撒尿，我就要在石頭上通電。」

「王子才不會在你噁心的鋪路石上撒尿!」她口沫橫飛，舉起拳頭往前踏了兩步。

歐弗動也不動。她停下來。彷彿剛剛換氣過度。

然後，她似乎總算恢復了腦中微乎其微的基本常識。

「王子，走吧。」她揮手。

然後伸出食指指向歐弗。

「我要向安得斯告狀去，等著後悔吧。」

「那妳也幫我傳個話，叫他別在我的窗前幫鼠蹊部拉筋。」歐弗回道。

「你這個蠢老頭。」她啐道，往停車場的方向走去。

「還有跟他說他的車根本是垃圾，知道嗎!」歐弗補了一句。

她對他比出一個他從沒看過的手勢，不過他猜得出是什麼意思。然後她和雪靴三步併作兩步走向安得斯的家。

歐弗轉身走到工具間旁，看見花床角落的鋪路石上有一灘灘尿液。若非他下午有更要緊的事要忙，他早就衝到對面，把雪靴拿來做門墊了。不過現在，他心裡有別的念頭盤踞。於是他走進工具間，拿出他的電動鎚鑽與鑽頭箱。

當他走出工具間時，貓咪正坐在門外盯著他看。

「你可以滾開了。」歐弗說。

牠沒有移動。歐弗一副敗給牠的樣子，搖搖頭。

「喂！我們又不是朋友。」

貓咪仍杵在原地。歐弗伸出雙臂。

「老天，你這隻笨貓，我幫你出頭只是因為跟你比起來，我更討厭對面那個嬌嬌女好嗎？這不代表我們關係有什麼進展，你最好把這點搞清楚。」

貓咪似乎沉思了一會。歐弗指向街道。

「滾！」

貓咪完全不把歐弗的話當一回事，只舔了舔被血沾到的毛。牠抬頭看了看歐弗，彷彿剛剛進行了一輪協商，現在正在考慮這項提議。然後，牠緩緩起身，踏著肉球離去，繞過工具間，消失不見。歐弗連看也不看牠一眼，逕行走進屋子，甩上門。

因為他已經受夠了。現在歐弗決心一死。

7 掛鉤的洞

歐弗整裝完畢，穿上最高檔的長褲與襯衫。他小心翼翼的將透明保護膜鋪在地板上，彷彿在保護一件價值不菲的藝術品。並不是因為地板是新的（雖然不到兩年前他的確才重新打磨過）。他滿確定上吊自殺不會流什麼血，也不是擔心會有灰塵或是鑽屑飄下來，或是他踢掉凳子後會刮傷地板。其實他已經在凳子每隻腳底下黏了腳墊，所以到時絕對不會造成刮痕。所以以上皆非。歐弗如此謹慎地展開耐磨性強的保護膜，把整個走廊、客廳及一部分的廚房都鋪滿，跟自己一點關係也沒有。

而是因為他想像，到時一定會有一堆人在屋裡跑來跑去。比方說，救護人員忙著把屍體扛出去之際，自命不凡的房屋仲介就會急著往屋子裡面擠。歐弗才不准那些混帳進來，用鞋子刮傷他家的地板，不管是否跨過他的屍體都一樣。他們最好給他搞清楚了。

他把凳子擺到地板正中央。這地板少說上了七層不同的漆。歐弗的老婆決定每半年讓歐弗重新粉刷其中一個房間。說得更精確一點，她規定每半年要幫一個房間換一種顏色。當時她對歐弗這麼說，歐弗告訴她，把這件事忘了比較快。結果她就請了個裝潢師傅來估價，然後跟歐弗說裝潢師傅開價多少。然後歐弗就把自己的粉刷工具拿出來了。

當一個人失去摯愛，思念的總是那些最莫名其妙的事。微不足道的小事。像是微笑；像是她睡眠中的翻身；像是為她重新粉刷房間。

歐弗跑去拿鑽頭箱。不消說，鑽頭是鑽洞時最重要的元件。不是電鑽喔，是鑽頭。就像是開車重要的是適當的輪胎，而不是在那邊搞什麼「陶瓷碳纖煞車系統」之類的屁物。只要是有腦袋的人都知道。歐弗站到正中央，估量整個房間。接著，猶如外科醫生打量自己的手術器具一樣，歐弗的眼睛在鑽頭之間來回逡巡。他挑出其中一個，插入電鑽，試壓幾下開關，讓電鑽叫了幾聲。他搖頭，感覺不對，換另一個鑽頭。他重複試了四次才滿意，接著，他像在甩動左輪手槍似的一面甩動手中的鑽頭，一面穿過客廳。

他站到中間抬頭看著天花板。他曉得要先量好距離才能開始動工。這樣鑽孔才會位在正中央。有些人想都不想就直接在天花板鑽洞，成敗一瞬間，歐弗覺得沒有比這更糟的做法了。

他跑去拿捲尺，從房間四個角落開始量起——保險起見還量了兩次——然後在天花板正中央打了個叉。

歐弗從凳子上下來，在房間裡走來走去，確保塑膠膜有好好固定住，不會跑掉。他把前門的鎖打開，這樣別人進來找他時才不用把門拆掉。那扇門品質很好。還可以再用好多好多年。

他穿上西裝外套，並檢查內袋中的信封袋。最後他把窗台上的老婆照片往後轉，面向外頭的工具間。因為他不想讓她看見待會的畫面，又不敢直接把照片往下蓋。如果他們跑到看不見景致的地方，歐弗的老婆就會暴跳如雷。她總是說，她需要「看看充滿生命力的東西」。所以他讓她看看工具間，心想那隻煩人貓搞不好又會跑來。歐弗的老婆最喜歡煩人貓了。

他抓起電鑽，拿起掛鉤，站上凳子，開始鑽洞。第一次門鈴響起時，他當自己聽錯了，因此沒有理會。第二次他發現外頭真的有人按門鈴，因此更不想理會。

第三次，歐弗停下動作，忿忿瞪著門口，彷彿他單單運用念力就能說服門外的人趕快消失不見。成效不彰。顯然門外的人認為，前幾次他沒有開門唯一合理的解釋，是因為他沒有聽到門鈴聲。

歐弗從凳子上下來，一路大步踏過塑膠膜，從客廳走到走廊。他不過是想要自我了斷而已，為什麼一直有人想來打擾他？

「幹嘛？」歐弗氣沖沖地把門推開。

長腿男及時把他的大頭縮回來，整張臉差一點兒就黏在門板上。

「嗨！」矮個五十公分的外國懷孕女站在長腿男旁，開開心心地打招呼。

歐弗抬頭看了長腿男一眼，再低頭看著她。長腿男雙手戰戰兢兢地摸索著臉上的每個器官，彷彿在確認每個突起的部分是否都還健在。

「這是我們的一點心意。」懷孕女語帶善意，將一個藍色的塑膠盒塞到歐弗懷裡。

歐弗一臉狐疑貌。

「是小餅乾。」她解釋，希望提高歐弗的興趣。

歐弗緩緩點頭，彷彿只是表達「知道了」。

「你穿得好正式啊。」她微笑道。

歐弗再次點頭。

然後他們三人佇立在那，等著誰先開口說話。最後，她看著長腿男，搖搖頭，一副敗給他的樣子。

「噢，老公，拜託別再一直摸臉了好不好？」她小聲說道，並從腰際推了他一下。

長腿男抬起雙眼，和她視線交會，點頭，然後看向歐弗。歐弗則看著懷孕女。長腿男指著盒子，整張臉亮了起來。

「跟你說，她是伊朗人啦。伊朗人不管到哪都帶著吃的東西。」

歐弗兩眼無神直盯著他。長腿男越發不知如何是好。

「所以……所以我和伊朗人很合得來這樣。他們就喜歡煮東西，我就喜歡……」他起頭，臉上掛著誇張至極的微笑。然後他沒作聲。歐弗看起來超級沒有興致。

「……吃。」長腿男接下去把話說完。

他本來想用手指做出在空氣中連續擊鼓的動作。但他先往外國懷孕女看去，然後意識到那大概不是個好主意。

歐弗別過頭，把焦點放到她身上。他一臉疲倦，彷彿看到小孩嗑了太多糖果的慘樣。

「所以咧？」他問道。

她伸伸懶腰，把雙手擱在肚皮上。

「我們只是想要來自我介紹一下，畢竟未來就是鄰居了嘛……」她微笑道。

歐弗迅速草率地點了一下頭。「好，再見。」

他想把門關上。但她伸手阻止他。

「我們還想謝謝你幫我們倒車。你真的很好心！」

歐弗低聲哀號，滿臉不情願地把門敞開。「沒什麼好謝的。」

「怎麼會，你人真的很好。」她堅持。

「我是說，沒什麼應該謝的，因為一個成年人本來就該會牽著拖車倒車。」歐弗回答，目光落到長腿男身上，露出不怎麼欽佩的眼神。長腿男看著他，不太確定這是不是在污辱他。歐弗決定不要幫他解惑。他往後一退，再次作勢關門。

「我名字叫帕瓦娜！」外國懷孕女說，一腳擋在門檻前。

歐弗瞪著那隻腳，再瞪瞪那隻腳的主人。

一臉難以理解她到底做了什麼的樣子。

「我叫派崔克！」長腿男說。

歐弗和帕瓦娜完全沒有理會他。

「你總是那麼愛嗆人嗎？」帕瓦娜誠懇而好奇地問。

歐弗臉上寫著「被冒犯」三個字。「我他媽才沒有愛嗆人。」

「你有那麼點愛嗆人。」

「我才沒有！」

「對啦對啦對啦，你說的每個字都像是給人的擁抱，好棒喔。」她回道，歐弗覺得她的口氣根本言不由衷。

他暫且鬆開緊抓住門把的手，看看手中那盒餅乾。

「好吧。阿拉伯風味餅乾是吧，很好吃是不是？」他低聲咕噥道。

「波斯風味。」她糾正他。

「嗄？」

「是波斯，不是阿拉伯。我是從伊朗來的——我們說的是法爾西語，你知道吧？」她解釋道。

「法、俄、西語都會？這麼大言不慚的話也只有妳說得出來了。」歐弗同意道。

她嘹亮的大笑讓他猝不及防。彷彿有人氣泡飲料不小心倒太急，導致氣泡不斷冒出來，往四面八方漫溢。那種笑聲，和灰色的水泥地，和花園裡方正的鋪地石完全不搭嘎。那種不修邊幅、古靈精怪的笑聲拒絕服從任何規則指令。

歐弗往後退了一步。他的腳被門檻旁的某條膠帶黏住。急躁的他想把膠帶甩開，結果卻把保護膜的邊角扯起來。他又急著想把膠帶和保護膜甩開，結果卻不小心絆到、往後一摔，扯掉更多的保護膜。他滿臉怒火，重新站穩，試圖恢復冷靜。他再次抓住門把，看著長腿男，連忙轉換話題。

「那你又是幹嘛的？」

長腿男突然被問得不知所措，微微聳肩，然後笑答：

「我是ＩＴ顧問！」

歐弗和帕瓦娜同時搖頭，他們的動作一致，簡直可以組隊參加花式游泳比賽。有那麼一會兒，歐弗沒那麼討厭她了，雖然他不大願意承認。

長腿男似乎沒注意到他們的反應。他倒是被其他東西吸引住：電鑽。歐弗手中一直緊握著電鑽，就像游擊隊隊員手中緊握著AK-47一樣。

長腿男一打量完電鑽，便向前一傾，瞇眼探看歐弗的屋內。

「你在幹嘛啊？」

歐弗看著他，彷彿看到一個白痴對著手中擺明拿著電鑽的人問：「你在幹嘛啊？」

「我在鑽洞。」他厲聲回道。

帕瓦娜給長腿男一記白眼。要不是她挺著大肚子，肚子內懷有她自願為長腿男繁衍血脈的基因證明，此刻歐弗可能會認為她還滿討人喜歡的。

「喔。」長腿男點頭應道。

然後他往前一傾，凝神一望，看見客廳地板漂亮地鋪滿了塑膠保護膜。

他眼前一亮，咧嘴看向歐弗。

「還以為你是要謀殺誰咧！」

歐弗一句話也沒說，只是盯著他看。長腿男清清喉嚨，有些遲疑。「我是說，這很像《夢魘殺魔》會出現的場景，類似啦。」他說著，原先充滿自信的笑容慢慢淡了。「那是一部電視影集這樣……在講一個會到處殺人的傢伙。」長腿男聲細如蚊，開始用鞋頭戳弄鋪地石之間的縫隙。

歐弗搖搖頭。沒人了解長腿男這段話原先到底是想說給誰聽。

「我還有事要忙。」歐弗對帕瓦娜草率說了一聲，緊緊握住門把。

帕瓦娜故意用手肘頂了長腿男的腰際。長腿男看起來好像很努力鼓起勇氣的樣子；他瞥了帕瓦娜一眼，然後望向歐弗，臉上一副等著整個世界向他發射橡皮筋的表情。

「欸，這個咧，其實我們過來是想要跟你借一點東西啦……」

歐弗揚起眉毛。「什麼『東西』？」

長腿男清清喉嚨說：「一把梯子。還有一支鹿角扳手。」

「你是說六角扳手？」

帕瓦娜點頭。長腿男則一臉霧煞煞。

「不是叫鹿角扳手嗎？」

「是六角扳手。」帕瓦娜和歐弗同時糾正他。

帕瓦娜對他急切點頭，一臉「我贏了」的樣子指著歐弗道：「他也說是這樣說吧！」

長腿男低聲咕噥了一句，但聽不清楚。

「結果你還在那邊說『亂講，是鹿角扳手』！」帕瓦娜奚落他。

長腿男看起來有點垂頭喪氣。

「我說話才不是那個樣子。」

「就是那個樣子！」

「才不是！」

「明明就是！」

「才不是！」

歐弗的視線在兩人之間擺盪，就像一隻大狗看著兩隻老鼠如何擾牠清夢一樣。

「明明就是。」其中一人說道。

「只有妳這樣覺得。」另一個回道。

「大家都這麼說！」

「多數不是永遠都對！」

「不然看咕狗怎麼說啊？」

「好啊！查咕狗啊！查維基百科啊！」

「手機給我。」

「用妳自己的！」

「吼！我沒帶在身上啦！」

「抱歉不關我的事！」

歐弗看著其中一人。然後再看另一個人。這場爭論沒完沒了。就像兩台故障的電暖氣機，不斷對彼此高聲尖叫。

「我的天啊。」他嘀咕道。

帕瓦娜開始發出怪聲，歐弗猜測她想必在模仿某種飛行類昆蟲。她彈唇發出螺旋槳般的噗噗聲，想讓長腿男覺得煩躁。效果十分顯著。長腿男和歐弗兩人都受不了。歐弗投降。

他走進走廊裡，把西裝外套吊起來，把電鑽放下，趿上木底拖鞋，從他們倆身邊走過，進到工具間。他相當肯定他們兩人根本沒在注意他。他開始扛著梯子倒退走出工具間時，耳邊還不斷傳來他們兩個的聲音。

「快去啊，去幫他，派崔克。」帕瓦娜一瞧見他就連聲催道。

長腿男朝他走了幾步，雙手呆呆的不知道該放在哪裡。歐弗兩眼緊盯著他，像是看到一個盲人開公車。就在這個時候，歐弗才發現，剛剛他進工具間拿梯子之際，他家又出現另一個入侵者。

盧恩的老婆阿妮塔從街尾迢迢而來，如今已站在帕瓦娜身邊，漫不經心看著這番盛景。歐弗暗忖，當前唯一的理性反應就是假裝她沒有在看他們。他覺得其他反應只會更鼓勵她繼續觀看下去。他遞給長腿男一個圓筒狀容器，裡頭裝著分門別類的六角扳手。

「噢，看看裡面有好多種啊。」長腿男往容器裡看，一邊思考一邊說道。

「你想要什麼大小的？」歐弗問。

長腿男看著他，露出一般人無法表達內心想法時都會有的蠢樣。

「就是……普通大小的？」

歐弗盯著他，看了好久好久。

「你要這些東西幹嘛？」最後他終於開口。

「用來組裝之前我們為了搬家拆開來的IKEA衣櫥。然後我忘記我家的鹿角扳手放在哪裡。」長腿男說，看起來完全沒自覺說錯了什麼。

歐弗看了看梯子，再看向長腿男。

「你這個衣櫥難不成是在屋頂上？」

長腿男噗哧一笑，搖搖頭。「喔喔，我懂你在說啥了！不是啦，我借梯子是因為二樓的窗戶卡住了。打不開。」他加了最後一句，彷彿不這麼說歐弗會聽不懂「卡住了」這個詞的背後意涵。

「所以你想從外面試試看能不能把它打開？」歐弗好奇問道。

長腿男點頭，笨拙地接過歐弗手上的梯子。歐弗露出很想說些什麼的表情，但他似乎又改變主意。他轉向帕瓦娜。

「妳過來這邊幹嘛？」

「給予精神支持。」她咯咯笑道。

歐弗一臉不全然信服的表情。長腿男也是如此。

歐弗的目光不情願地游移到盧恩的老婆身上。她還在那。他上次見到她（或者說，正視她）彷彿是好幾年前的事了。她老了。這年頭所有的人似乎都在歐弗背後一個個變老了。

「有事嗎？」歐弗說。

盧恩的老婆淺淺一笑，雙手在臀部後面緊緊交握。

「歐弗，你知道我不想打擾你，但這次是我們家暖氣機出問題了。怎樣都沒辦法把溫度調高。」她慎重說道，依次向歐弗、長腿男和帕瓦娜微笑。帕瓦娜和長腿男都回以微笑。歐弗則看著他凹壞的手錶。

「這條街都沒有人需要去上班的嗎？」他納悶。

「我現在是靠養老金過日子。」盧恩老婆說，幾乎是帶著歉意。

「我現在請產假中。」帕瓦娜說，得意地拍拍肚子。

「我是ＩＴ顧問！」長腿男驕傲地說。
歐弗和帕瓦娜再一次進入同步搖頭模式。
盧恩的老婆把話題拉回來。
「我想可能是暖氣機的問題啦。」
「妳有沒有把氣抽光看看？」歐弗問。
她搖搖頭，一臉好奇。
「你覺得會是這個原因嗎？」
歐弗翻白眼。
「歐弗！」帕瓦娜立刻朝他咆哮，一副學校校長斥責學生的樣子。歐弗對她怒瞪。
她怒瞪回去。「不要那麼失禮。」她命令道。
「我跟妳說過，我不失禮！」
她的眼神毫不退縮。他小小低吼幾聲，然後走回門口佇立在那。他覺得這場鬧劇差不多夠了。他只求一死。為什麼這些神經病不能尊重他這點心願？
帕瓦娜把手放在盧恩老婆的手臂上，安撫她。
「我相信歐弗會幫妳修暖氣機的。」
「那就再好也不過了，歐弗。」盧恩的老婆馬上笑逐顏開。
歐弗把手插進口袋，踢了踢門邊脫落的保護膜。

「妳老公沒辦法處理自己家裡的問題嗎？」

盧恩的老婆搖頭，一臉哀痛。

「沒辦法，你也知道盧恩最近病得很重。醫生說是阿茲海默症。他現在都坐輪椅了。這陣子真的是過得很艱苦……」

歐弗點頭，依稀有這個印象，他老婆好像曾經跟他說過好幾萬遍，但他還是有辦法一直忘記。

「是啦是啦。」歐弗滿嘴不耐煩。

「歐弗，你就稍微走一趟，幫她把暖氣機吹一吹不行嗎？」帕瓦娜說。

歐弗瞥了她一眼，似乎想要回嘴。但後來他只是低下頭看著地面。

「這個要求很過分嗎？」帕瓦娜繼續說道，兩隻眼睛像鑽子般盯著他看，兩臂交叉抵在肚皮上。

歐弗搖頭。

「不是幫暖氣機吹氣，是抽氣……真是的。」

他抬頭快速瞄了他們一眼。

「你們以前都沒幫暖氣機抽過氣是不是？」

「沒有。」帕瓦娜一臉無所謂的回道。

盧恩的老婆望著長腿男，臉上略帶緊張。

「我根本聽不懂他們在說什麼。」長腿男冷靜對她說。

盧恩的老婆求助無門，只好點頭，再次面對歐弗。

「你能幫忙就真的太好了，歐弗，如果不會太麻煩你的話……」

歐弗站在那，低頭盯著門檻。

「你們在居民委員會發動政變以前就該先想清楚的。」他小聲說道，邊說邊咳了好幾聲，讓這句話難以聽清楚。

「你說什麼？」帕瓦娜問。

盧恩的老婆清清喉嚨。

「可是親愛的歐弗，當時根本沒有什麼政變——」

「有就是有。」歐弗暴躁地回道。

盧恩的老婆看著帕瓦娜，有點不好意思地微微一笑。「是這樣子啦，盧恩和歐弗以前一直處不太來。盧恩生病前是居民委員會的主席。歐弗則是他前一任主席。盧恩獲選之後，他和歐弗之間就一直吵個不停，事情大概是這樣。」

歐弗抬頭，伸出食指糾正她。

「那是政變！那才是真相！」

盧恩的老婆對帕瓦娜點頭。

「呃，關於這點，盧恩之前建議我們的房子應該換一套供熱系統。在他們開會投票以前，他還算了一下有誰支持他，而歐弗認ㄨ——」

「他媽的盧恩哪懂什麼是供熱系統？嗄？」歐弗氣得激動大叫，旋即被帕瓦娜瞪了一眼，他重新思考過後，決定不把心頭話全說出來。

盧恩的老婆點頭。

「歐弗，也許是你對的。但不管怎麼說，他現在病得很嚴重……一切都無所謂了。」她的下嘴唇不斷顫抖。然後，她恢復鎮定，挺直頸項，重拾尊嚴，輕咳一聲。

「政府說要過來把他帶走，送到安養院。」她好不容易才說出口。

歐弗再次把雙手插進口袋，堅決地跨過門檻，往屋裡一退。他已經聽夠了。

與此同時，長腿男似乎決定換個話題轉換氣氛。他指向歐弗走廊的地板。

「那是啥啊？」

歐弗回頭看，塑膠膜掀開的那一小塊地板暴露了出來。

「地板上看起來好像有一些……輪胎印耶。你在家裡騎腳踏車喔？」長腿男說道。

歐弗又退一步，擋住長腿男的視線。帕瓦娜觀察著歐弗的一舉一動。

「沒什麼好看的。」

「但我覺得那是——」一臉困惑的長腿男開口。

「是歐弗的老婆桑雅啦，她——」盧恩老婆溫和地打斷他，但她才剛說出「桑雅」這個名字，就被歐弗硬生生截斷，他轉過身來，眼中爆出無限怒火。

「說夠了沒！現在全部給我閉嘴！」

現場瞬間安靜無聲，四個人都嚇了一跳。歐弗踏進走廊，當他把門甩上時，雙手仍不住發抖。

他聽見外頭帕瓦娜輕聲詢問盧恩老婆：「剛剛到底是怎麼回事？」接著他聽到盧恩的老婆口氣緊張，支吾其詞，而後才高聲說道：「唉呀，真是的，我該回家了。關於歐弗老婆的事……唉，就把它忘了吧。妳也知道，像我這種老太婆，就是太多話了……」

歐弗聽見她緊繃地大笑幾聲，然後拖著腳步離開，她細碎的腳步聲一繞過工具間的轉角，便迅速消隱。過了一會，懷孕女和長腿男也邁步離去。

獨留歐弗與寂靜無聲的走廊相對。

他往下一沉，癱坐在凳子上，呼吸凝重。他的雙手還在發抖，彷彿他此刻站在深及腰際的冰水當中。他的胸口怦怦猛跳。這個狀況最近越來越頻繁。他連吸進一口氣都很吃力，像是跳出魚缸的魚。公司請的醫師說這是慢性病，之後工作千萬不要太過操勞。

他說得容易。

「正好利用這個機會回家休養一下。」老闆說。「不然你心臟老是出問題也不是辦法。」他們說這叫「提早退休」。呵，不如乾脆一點，說出心裡話——根本就叫做「除掉廢物」。在同一個崗位貢獻了三分之一個世紀，他們就是這樣看待他的：廢物一個。

歐弗不曉得他在凳子上坐了多久。他手中握著電動鎚鑽，心臟劇烈跳動，連腦袋都能感覺到陣陣搏動。門邊的牆上掛著一張相片，是歐弗和桑雅的合照。那張相片也快四十年歷史了。是他們到西班牙進行巴士旅遊時照的。她全身曬成古銅色，搭著一襲紅色連身裙，看起來很快樂；歐弗則站在她身旁，牽著她的手。歐弗在那大概坐了一個鐘頭，就盯著那張相片看。有好多好多事讓他思念成狂，但他真正希望能再做一次的，就是將她的手牽在手裡。她總是習慣把食指折進他的掌心，藏在裡頭。每當她這麼做，他便覺得全世界沒有做不到的事。所有的過往雲煙中，這是他最最想念的事。

他慢慢站起身來。走進客廳。爬上人字梯。一鼓作氣鑽出一個洞，把掛鉤裝上。

然後他爬下梯子檢視成果。

他回到走廊，穿上西裝外套，並摸摸口袋裡的信封袋。家裡的燈都關了。咖啡杯洗了。客廳的掛鉤也裝上了。一切大功告成。

他把吊在衣架上的繩索取下來；用他的手背，最後一次，溫柔撫摸她每一件大衣。然後他走回客廳，在繩索上打了一個環，穿過掛鉤，踏上凳子，把頭套進繩環中。雙腳一蹬，把凳子踢倒。

他閉上雙眼，感受箍緊的繩環猶如一隻獸性大發的動物，張口咬住他的喉嚨。

8 父親的舊腳印

她相信命運。一生所行旅的道途，終將以不同方式「引領你找到命中註定的歸宿」。可以想見，每當她開始談這些命運啊註定的，歐弗就會開始默默碎念，一面努力裝忙，拿起螺絲或是其他工具瞎弄。但他從來不曾反對過她。對她而言，命運或許代表「某種事物」，那不甘他啥事。但對他而言，命運代表的是「某個人」。

在十六歲變成孤兒是件挺奇怪的事。還來不及組織自己的家庭取而代之，就早早失去了原有的家。這樣的孤寂感特別、特別讓人無所適從。

歐弗結束了兩星期的鐵道短期工作。他勤奮不懈、認真盡職，且令他驚訝的是，他還滿喜歡的。做工時有股莫名的解放感。雙手能紮實掌握住工具，雙眼能看見努力的成果。歐弗向來不討厭學校，但他也看不出學校有何用處。他喜歡數學，還比同班同學跳了二級。至於其他科目，坦白說他不太在乎。

但在鐵道工作是全然不同的事。更加適合他做的事。

最後一天的最後一班打完卡，他的情緒簡直盪到谷底。不只因為他得重回學校念書，也因為他當下才倏然驚覺，他根本不懂得謀生。爸爸在許多方面的確樣樣精通，但歐弗得承認，除了一棟破房子、一輛老舊的紳寶及一只撞凹的手錶外，他爸沒留下什麼可貴的遺產。向教堂求助就甭提了，上帝最好他媽搞清楚這點。歐弗佇立在更衣室時，把這些事情都想過一遍，不僅是為上帝著想，也是為自己著想。

「如果祢非要把爸爸和媽媽帶走，那些臭錢祢就自己留著吧！」他對著天花板大叫。

然後他就把東西收拾收拾，轉身離開。聽見剛剛那句話的，究竟是上帝，還是另有其人，他一直沒找到答案。但正當他走出更衣室時，來自常務董事辦公室的人已站在外頭等候。

「是歐弗嗎？」他問。

歐弗點頭。

「董事要我傳話，他說你這兩週表現良好。」那人說話簡潔了當，直接切入重點。

「謝謝。」歐弗說完就舉步離開。

男人一手按住歐弗手臂。歐弗停下來。

「董事想知道你是否有意願留下來繼續為本公司服務？」

歐弗不發一語看著那個男人，多半是確認他是不是在開玩笑。然後，他緩緩點頭。

他又多往前走了幾步，那人才在身後大喊：

「董事說，你跟你父親簡直是一模一樣。」

歐弗沒有轉身。但他向前行時，背脊挺得更直了。

這就是他接手父親事業的故事。他努力工作，從不埋怨也從未病倒。同時段班的前輩發現他有點沉默寡言，而且還有點孤僻怪異。他下班後居然不想和他們去喝酒，似乎對女人也不感興趣，光是這點就怪上加怪啦。不過他基本上就是他父親的翻版，沒有做出讓人說閒話的事。有人請歐弗幫忙，他義不容辭，有人請他代個班，他也沒半句牢騷。日子一天一天過去，差不多每位工人都欠他一兩個人情。所以他們就接納他了。

某夜，他們的老卡車——就是每天載他們於鐵路往返的那台——在城外二十公里處拋錨了，雪上加霜的是，那天還下著當年最滂沱的傾盆大雨。但歐弗靠著一把螺絲起子和半卷紗布就把車子修好了。從此以後，對這些鐵道前輩來說，歐弗是個不錯的人。

傍晚下班後，歐弗就煮香腸和馬鈴薯來吃。他坐在廚房窗邊，一面往外看，一面扒晚餐。隔天，就照常出門上班。這就是他的生活概況。他喜歡規律，喜歡事情盡在掌握的感覺。自從父親死後，他越來越會區分盡忠職守和偷懶散漫的人；會動手出力和只出張嘴的人。歐弗說的話越來越少，做的事越來越多。

他沒有知心朋友。但反過來看他也幾乎沒樹立什麼敵人。除了湯姆以外。湯姆自從晉升為領班後，就不放過任何可以讓歐弗日子很難過的機會。他給他最骯髒最吃力的工作、對他破口大罵、吃早餐時故意絆倒他；派他檢查車廂底部，並趁他毫無保護措施躺在枕木上時，啟動電車。湯姆極其鄙視地狂笑，並對他號叫：「小心唷，不然會落得跟你老頭一樣的下場！」

歐弗依舊謙卑地低下頭、悶不吭聲。他看不出挑釁一個身材大他兩倍的男人有何益處。他繼續每天工作，以行動來證明自己——他父親當年就是這麼熬過來的，所以他想，他自然也可以如法炮製。他的同事都漸漸懂得欣賞他這一點。「不愛說話的人不會偷雞摸狗。」有天下午，一位前輩在軌道上這麼跟他說。歐弗點點頭。有些人懂得其中道理，有些人不懂。

同樣的，有些人最後會像歐弗一樣，某天會出現在董事辦公室中，有些人不會。

差不多是歐弗他父親的喪禮過後兩年。歐弗剛滿十八歲。那時湯姆偷走車廂中的備用零錢，結果被抓到。除了歐弗以外沒有其他人看到，但問題是，零錢不見的當下，車廂內只有湯姆和歐弗兩人。當一名表情正經的人過來，通知湯姆和歐弗前往董事辦公室做口供時，在場每一個人都不敢相信歐弗會有罪。當然他確實無罪。

歐弗來到董事辦公室外的長廊，坐在一張木椅上。他盯著地板看了十五分鐘，直到房門打開。湯姆走了出來，雙手拳頭攢得緊緊的，以致皮膚沒有血色，整隻下臂也一片慘白。

他一直等歐弗抬頭，與他四目交會。但歐弗一逕盯著地板，直到他被帶進辦公室。

房間裡，更多穿著西裝的正經人士圍成一圈。董事在辦公桌後方不斷來回踱步，臉色脹紅，或許是氣得站不住了。

「歐弗，你想先坐下嗎？」最後，其中一名西裝男開口。

歐弗對上他的目光，知道他是誰。他爸爸幫他修過一次車。一輛藍色歐寶曼塔（Opel Manta），大型引擎。他對歐弗投以和善的微笑，並簡單往地板中央的椅子揮了一下，似乎是想讓他明白，這裡的人都是朋友，可以放輕鬆些。

歐弗搖頭。歐寶曼塔男明白地點點頭。

「好。這只是一個既定流程而已，歐弗。這裡沒有人認為錢是你拿走的。你只需要跟我們說是誰偷的就好。」

歐弗低頭看著地板。半分鐘過去。

「歐弗？」

歐弗沒有回答。最後是由董事的刺耳怒喝一聲劃破寂靜：「歐弗，回答問題啊！」

歐弗沉默以對，低頭看著地板。所有西裝男的表情從原本的堅信不移轉為困惑不已。

「歐弗……你知道你一定要回答問題吧？錢是你偷的嗎？」

「不是。」歐弗的語氣堅定。

「那是誰偷的？」

歐弗沉默。

「快回答問題！」董事命令。

歐弗抬頭，挺起胸膛而立。

「我不是會在別人背後說三道四的人。」他說。

整間辦公室頓時鴉雀無聲，大概有好幾分鐘都無人開口。

「你必須曉得啊，歐弗……如果你不告訴我們犯案者是誰，而又有一名以上的證人指認你的話……那我們別無他法，只能宣告你有罪了啊。」歐寶曼塔男說，此時他的口氣再也和善不起來了。

歐弗點頭。但還是一個字也不說。董事仔細觀察他，彷彿他是牌局中的吹牛大王似的。歐弗臉上的表情毫無動靜。董事臉色沉了下來，點點頭。

「好吧，你可以走了。」

於是歐弗離去。

大約十五分鐘前，湯姆在董事辦公室裡把一切栽贓到歐弗身上。當天下午，和湯姆值同一班的兩個年輕晚輩前來指稱，他們倆親眼看見歐弗是怎麼把錢偷走的；這些晚輩也不過是急於獲得前輩的認同罷了。假若歐弗供出湯姆的話，他們雙方的證詞就會互相牴觸。然而現在是湯姆的證詞，對上歐弗的沉默。隔天早上，領班就叫他清空置物櫃，至董事辦公室外待命。

湯姆站在更衣室門前，一面奚落他，一面看他離開。

「小偷。」湯姆嘶聲說道。

歐弗看也不看，與他錯身而過。

「小偷！小偷！小偷！」其中一個指證歐弗的年輕同事在更衣室對他開心地哼著這幾個字，直到同時段班的一名前輩甩了他一記耳光，才讓他閉嘴。

「小偷！」湯姆毫不忌諱地大喊，這兩個字好幾天過後都還縈繞在歐弗耳裡。

歐弗頭也不回走進傍晚的空氣中，深深吸了一口氣。他憤怒至極，但並非因為他們叫他小偷。他永遠不是會在乎別人怎麼叫他的人。但他丟掉了父親奉獻一生的工作，這份恥辱就像是一枝炙熱的撥火棍，在他胸膛燒灼出無可比擬的痛苦。

他把捲成一捆的工作服夾在臂下，往辦公室走去。這是他最後一次走在這條路上，他有很多時間回想目前為止的人生旅程。他喜歡在這邊工作。正當的職務、適當的工具、真正的職業。他決定，只要本案結束，警察把該辦的作業辦完、該罰的刑責罰完，他就要想辦法到其他地方找一份類似的工作。他猜他可能得遠走他方。犯罪紀錄可能需要一定的地理距離才不會引人注目。反正這裡也沒什麼好留戀的，他恍然發覺。但至少，他並沒變成到處說人壞話的人。他希望將來和爸爸在天國相聚後，他能夠看在這個份上，原諒他丟掉工作這件事。

他在長廊的木椅上坐了快四十分鐘，一位穿黑色窄裙、戴尖框眼鏡的中年婦女才前來告訴他，他可以進辦公室了。她幫他把門關上。他佇立在那，手臂下仍夾著工作服。董事坐在辦公桌後方，雙手在面前交握。他們兩人彼此對望良久，久到兩人彷彿皆化作博物館中的畫作，各富其趣。

「錢是湯姆偷的。」董事開口。

這不是問句，而是向歐弗確認實情的簡短聲明。但歐弗沒有回答。董事點點頭。

「可是你們家的男人不是大嘴巴。」

那也不是問句。歐弗也沒有回應。

但董事注意到，他聽到「你們家的男人」時，馬上挺直腰桿。

董事再度點頭，然後戴上眼鏡，看著一疊文件，開始寫些東西。彷彿歐弗此時此刻已消失在這個空間裡。歐弗在他面前站了好久，他開始懷疑董事是否忘記他還沒走。董事抬起頭。

「怎麼了？」

「一個人的本性要從他的作為來評斷，不是從他的話語來評斷。」歐弗說。

董事一臉驚訝看著他。方才這男孩所說出來的字數，可是比他這兩年來在這個車站工作時，所有員工曾聽到的還要多啊。老實說，歐弗不曉得這些字是從哪冒出來的；他只是覺得有必要說出來。

董事再度低下頭來瀏覽那疊文件，寫了幾個字，把其中一張推到桌子另一側，指出歐弗該簽名的地方。

「這是一份自願請辭聲明。」他說。歐弗簽完名，直挺挺地站好，臉上流露出一股寧死不屈的神情。

「你可以叫他們進來了，我準備好了。」

「叫誰進來？」董事問。

「警察。」歐弗說，雙手在身體兩側緊握。

董事輕快地搖搖頭，然後低頭撈了撈那疊文件。

「這疊文件這麼亂，我猜那些證人證詞已經不知道跑到哪裡去了。」

歐弗把身體重心從一腳換到另一腳。聽到這則消息，他不太曉得該作何反應。董事頭也不抬地揮揮手。

「你可以走了。」

歐弗轉身踏入長廊，闔起身後的門。感覺有些暈眩。正當他把手伸向大門時，剛剛放他進辦公室的婦女健步如飛追上他，在他還來不及抗議以前把一張文件塞進他手裡。

「董事想通知你，你已經被雇為長途火車的夜間清潔工了，明天一早請向那邊的領班報到。」她嚴肅說道。

歐弗不可置信地瞪著她，然後瞪著文件。她身子向前一傾。

「董事要我跟你說這句話：你九歲那時候沒有偷走皮夾，如果現在會偷東西，他一定會吐血。還有，要是他把一個正人君子的兒子驅逐街頭，就因為那個兒子有做人原則，他一定會遭天打雷劈。」

所以結局是，歐弗變成了夜間清潔工。若沒有發生這一連串事件，他就不會在那天早上下班時發現她的身影。那雙紅鞋、金色胸針以及那頭光潔亮麗的褐髮。還有她銀鈴般的笑聲，那讓他在此後的生命中，都覺得好像有人在他的胸膛中赤足飛奔。

她常說：「條條大路都指向你命中註定達到的目標。」對她而言，那或許代表著某件事。

但對歐弗而言，那代表著某個人。

9 幫暖氣機抽氣

人家說，腦袋失去意識以前，活動得特別快速。宛如動能爆炸的瞬間，會迫使心智功能加速運作，直到其所感知的外在世界進入慢動作模式。

因此歐弗有時間思考各式各樣的事物。

主要是暖氣機。

我們都知道，事情有對的做法，也有錯的做法。雖然已經是多年前的事了，歐弗也不太記得他自己覺得怎麼做才對，但當年居民委員會在討論社區該採用何種中央供熱系統時，他記得很清楚，盧恩的做法絕對是錯的。

他們不僅對中央供熱系統的看法有所歧異。盧恩和歐弗認識了將近四十年的光陰，其中至少有三十七年，他們都想把對方直接掐死。

歐弗其實記不得事情是怎樣開始的。那不是什麼天崩地裂的論戰，讓你一輩子無法忘懷。比較像是一顆種子，起先只是一點意見不合，然後那點嫌隙慢慢生根，每一個吐出的新字都像是險詐的詭雷，把你纏得緊緊的，直到最後，每一次開口，就會引爆起碼四個過去埋下的衝突，炸得你體無完膚。這種紛爭像是永無止息的馬拉松，只能持續下去，一直跑、一直跑、一直跑、一直跑。直到某天，你再也跑不動了。

嚴格來說，車子也不算是主因。但畢竟歐弗開的是紳寶，而盧恩開的是富豪。任誰都看得出來，兩人終有一天會翻臉。不過一開始，他們是朋友。或者說，像歐弗和盧恩這種漢子如果有交友能力的話，那他們算是朋友無誤。可想而知，多半是看在老婆的分上才這麼做。他們四人同時搬到這個社區，桑雅和阿妮塔馬上就成為好朋友（只有嫁給歐弗和盧恩這種男人的女人才會如此）。

歐弗記得，起先那幾年他還不至於討厭盧恩。居民委員會就是由他們成立的。歐弗擔任主席，盧恩擔任副主席。當初市議會想把歐弗和盧恩房子後方那片森林砍掉，好蓋更多房子的時候，他們也齊聲抗議過。當然市議會的說詞是，那些建設計畫早在他們搬來前幾年就已經決定好了，但這種論點是沒辦法打倒盧恩和歐弗。「你們這些混帳，我們跟你們拚了！」盧恩當時還對著電話如此咆哮。於是他們就開戰了：上訴法院、聲請令狀、連署請願、投稿報紙等各種途徑都用上了。一年半之後，市議會終於放棄，轉往其他地方大興土木。

那天傍晚，盧恩和歐弗坐在盧恩家的露天平台，小啜威士忌。他們的老婆指出，他們對於獲勝一事並沒有特別開心。這兩個人反而很失望，沒想到市議會這麼快就放棄了。這十八個月，可說是他們生命中最有樂趣的十八個月。

「現在難道沒有願意為了原則而戰的人嗎？」盧恩納悶。

「一根毛也沒有。」歐弗回答。

然後他們敬酒，向不足掛齒的敵人致意。

當然，這都是遠在居委會政變事件以前的事情了。也在盧恩買了寶馬以前。

「白痴。」歐弗那天如此作想，現在如此作想，這些年來都如此作想。事實上，日日夜夜都如此作想。「你他媽要怎麼跟一個買寶馬的人理性對話？」當桑雅問歐弗，為何他們兩個再也無法理性對話時，他就如此反斥。那當下，桑雅找不到其他對策，只好翻白眼咕噥道：「你沒救了。」

就歐弗自己的觀點來看，他才不是沒救。他只是認知到，這個世界就是個規畫縝密的大藍圖，凡事都該照規矩來。他覺得人生在世，不該以為凡事都可汰舊換新，認為從一而終的忠誠度沒有價值。現在的人不時就換新的東西，結果那些能讓物品更持久耐用的專業技術都無用武之地。品質——再也沒人重視了。盧恩不重視，其他鄰居不重視，歐弗公司的經理也不重視。現在什麼東西都要電腦化，彷彿只要穿著極窄襯衫的建築顧問沒辦法把筆電的蓋子掀開來，大家就不會蓋房子一樣；彷彿羅馬競技場和吉薩金字塔就是靠電腦蓋出來的一樣。靠，一八八九年的人有辦法蓋出艾菲爾鐵塔，現在的人卻要休息一下，等跑腿小弟把手機充滿電後，才能畫出一張單樓房屋的草圖。

現在這個世界，人還沒過世，就已經過時了。再也沒有人有能力好好用雙手做事，舉國上下還會起立為這點事實鼓掌歡呼，毫無保留地耽溺於平庸之中。

換輪胎、裝燈光氣氛開關、鋪磁磚、補牆縫、牽著拖車倒車、報稅等等，沒人會做。這些技能都是代代相傳的知識，但現在的人都不把它當一回事。歐弗和盧恩談過他的憂慮。結果盧恩就買了寶馬。

真心相信凡事是有限度的人，就沒救了嗎？歐弗壓根不這麼認為。

沒錯，他不大記得和盧恩是怎麼吵起來的。但他們一吵就不可收拾。從暖氣機、中央供熱系統、停車位，吵到砍樹、剷雪、割草坪，連盧恩家池塘裡的老鼠藥也要吵。超過三十五年來，他們曾在一模一樣的住宅裡，站在一模一樣的露天平台上，一面來回踱步、一面從籬笆上方交換意味深長的憤怒目光。然後一年前的某天，此景不再。盧恩病了。他不再走出屋外。歐弗甚至不知道那輛寶馬是否還在。

他內心有一部分，居然開始懷念那個該死的討厭鬼。

所以，正如人家所說，腦袋失去意識以前，活動得特別快速。宛如在毫秒之際，就有萬縷思緒飛掠而過。換句話說，歐弗在踢掉凳子、往下墜落、憤怒地在地板上翻滾扭動時，他有十分充足的時間可以思考。他仰躺在地，茫然看著還釘在天花板上的掛鉤，好像看了一輩子之久。然後他瞪大雙眼，吃驚看著已斷成兩半的繩索。

該死的社會，歐弗心想。連繩子也做不好？他一面大聲咒罵，一面努力把纏在腿上的繩子解開。誰會連繩子都做失敗？

沒救了，這世界再也沒有品質了，歐弗百般無奈地想。他站起身，拍拍身上的灰塵，凝神環視整個房間，以及整個樓層。他的臉頰發燙，不確定是因為生氣的緣故，還是羞愧的緣故。

他看著窗戶與闔上的窗簾，彷彿很擔心有人看到他的樣子。媽的，這樣說就通了，他心想——想用任何理性的方式自我了斷，在現在這個社會中是行不通的。他撿起斷掉的繩子，丟進廚房的垃圾桶；把透明保護膜摺疊收納，塞進**IKEA**購物袋；把電動鎚鑽和鑽頭放回盒子裡去，然後走到工具間將它們物歸原位。

他在那佇立了幾分鐘，回想桑雅以往總是嘮嘮叨叨，叫他把地方整理乾淨。他總是拒絕聽命，且心知肚明，新的空間一多出來，就會有藉口出去買更多沒用的東西把它填滿。現在整理已經太遲了，他確信。現在不會有誰會想要出去買沒用的東西。現在整理，只會帶來很多空蕩蕩的缺口。而歐弗最討厭空蕩蕩的缺口了。

他走到工作台邊，拿起一把調節式扳手和一只小型塑膠澆水壺，走出去，鎖上工具間，拽三下門把，然後沿街道往街底走去，看到最後一個信箱，轉彎，按下門鈴。阿妮塔打開門。歐弗看著她，一語不發。從門口望向屋內，盧恩就坐在輪椅上，眼神放空瞪著窗外。在所剩不多的歲月裡，這似乎是他唯一可做的事。

「你家的暖氣機在哪？」歐弗咕噥道。

阿妮塔露出訝異的淺笑，既熱切又困惑地猛點頭。

「噢，歐弗，真的太謝謝你的好意了，如果不會太麻——」

歐弗沒聽她說完，鞋也沒脫，便逕行踏進走廊。

「對啦對啦，反正這個大爛天早就毀了，沒差。」

10 歐弗蓋的房子

十八歲生日過後一個禮拜，歐弗考到汽車駕照。他看上一則汽車廣告，便走了二十五公里路，購買第一輛屬於自己的車：藍色紳寶92。他把爸爸老舊的紳寶92賣掉，才有錢買這輛新車。不過也只是一輛部分新穎、基本上有點年紀的紳寶93，但歐弗覺得，男人沒有自己的車，就不算像樣的男人。所以就行動了。

當時國家進入轉變期。人民搬家、找新工作、購買電視，報紙開始談論「中產階級」這個新詞。歐弗不太曉得是啥，但他很清楚自己不是其中一分子。中產階級搬進了新建的房屋，有筆直的外牆與修剪整齊的草坪。歐弗不久便意識到，他爸媽的屋子妨礙了建設計畫的發展。若有什麼東西是中產階級討厭的，就是任何阻擋他們發展的障礙。

歐弗收到市議會好多封來信，標題是「都市邊界重劃」。他不甚了解這些信件的內容在講什麼，但他了解他爸媽的家與街上其他新建的房子格格不入。市議會告知他，他們不惜以強硬手段逼迫他轉售土地，以拆掉舊房，蓋上新屋。

歐弗不太知道他拒絕的理由是什麼。也許是因為他不喜歡市議會信中的口吻，也許是因為這棟房子是他家人留給他的最後回憶。

無論如何，當晚，他將自己第一輛車子停入花園，在駕駛座上坐了好幾個小時，凝視著屋子。老實說，這棟房子已經老舊不堪了。他爸爸對機械很有一套，然而建築就完全不是他的強項，歐弗自己也沒有好多少。這些日子以來，他只使用到廚房，以及與廚房相連的小房間，整個二樓已漸漸變成老鼠的踢踏舞俱樂部。他從車裡看著房子，彷彿暗自期待，只要他等得夠久，房子就會自動整修自己。這棟房子不偏不倚坐落在兩個城市的交界，如今兩市政府就是要把這條地圖上的分界線移到別處。這棟房子曾是森林邊際一叢小村落的一隅，如今整個村落消失不見，與它並排的是金碧輝煌的民宅建設，住進一戶戶西裝族與他們的家眷。

西裝族都不喜歡這個霸著街尾不走的孤單少年。他們不准小孩在歐弗家附近玩耍。歐弗漸漸明白，西裝族比較想跟西裝族住在一塊。他們想跟誰住就跟誰住，他沒有意見——但現在是他們搬到他街上，不是他闖進他們的生活空間。

於是，歐弗決定不把房子賣給市議會；這麼多年來，這是他第一次感到滿腔奇特的反抗因子，不禁令他心跳加快。他決定唱反調——他要把房子整修整修。

當然他不知道要怎麼修。他無法分辨鳩尾榫和一鍋馬鈴薯之間的差別。他發現他的新工作都集中在夜間，整個白天無所事事，因此他就到鄰近的建築工地尋找工作機會。他猜想這肯定是學習建築的最佳地點，再說他也睡得不多。領班說，他們只剩粗活的缺。歐弗就接下了。

此後，他夜晚在城南的鐵路線上撿垃圾；小睡三小時後，用剩下的時間在鷹架間跑上跑下，旁聽頭戴工程盔的工人討論施工技巧。他一週休假一天，他就拖著一袋袋水泥、一根根木樑，一連十八個小時都不停歇，任汗流浹背，任形單影隻，破舊之處就打掉重建。畢竟這是除了紳寶及爸爸的手錶之外，他父母留給他的唯一遺物。歐弗的肌肉越來越結實，他學得也越來越快。

領班很欣賞這個認真的年輕人，某個週五下午，他帶歐弗到一堆廢棄木板面前。那堆木板原先用來測量建築木材的長度，後因破裂不敷使用而丟棄集中，準備燒掉處理。

「在我剛好轉頭看別的方向時，如果你有需要的材料不見了，我就當你是燒掉了。」領班說完就走了。

歐弗蓋房子的風聲在前輩之間傳開，不時就有人三三兩兩過來問他進度如何。他把客廳牆壁整面打掉時，一個身材精瘦、門牙歪歪的前輩先是花了二十分鐘罵他白痴，不懂這行還隨便動工，然後就教他怎麼計算負載參數。他在鋪廚房地板磁磚時，一個身材壯碩、有根小指不見的前輩先是罵他五百遍「天兵」，然後才教他正確的丈量方法。

一日下午，歐弗準備回家時，他在便服旁邊發現了一小盒二手工具箱。上頭有一張紙條寫著：「給阿弟仔」。

慢慢的，房子開始成型。由一粒粒螺絲釘、一條條實木地板打造而成。當然，沒人在場見證，但他不需要別人見證。他父親以前總是說，美好的成果就是最大的獎賞。

他盡可能不要妨礙到鄰居。他知道他們不喜歡他，不需要給他們更多理由證實自己的看法無誤。唯一避不了的是歐弗的隔壁鄰居，一對老夫妻。那位老爺爺是這條街上唯一不打領帶的人。

父親死後，歐弗仍固定隔週餵一次小鳥。只有某天早上忘了這麼一次。為了彌補疏失，他隔天早上就跑去餵鳥台那，結果差點在鳥台下方的籬笆和老先生一頭撞上。老先生一臉被冒犯的樣子，瞟了歐弗一眼；他手上拿著的正是鳥飼料。他們沒對彼此說什麼。歐弗只是點點頭，老先生也微微點了一下。歐弗走回屋內，那天之後，他只在他的餵食日出去餵鳥。

他們從來沒跟彼此說過話。但一天早上，老先生走出門外，站在門前台階上，歐弗正巧在替籬笆上油漆。他漆完這一面後，他也順便把另一面也漆上。老先生沒說話，但傍晚時分，他和經過廚房窗戶的歐弗互相點頭打了招呼。而隔天，一個家常蘋果派就躺在歐弗的門前台階上。歐弗在媽媽過世之後，就再也沒吃過家常蘋果派了。

市議會寄來的信件越來越多，威脅的語氣一封比一封強烈，而且很不滿他沒有跟他們聯絡售屋事宜。最後他乾脆不讀，直接把信件丟掉。如果他們想得到他父親的房子，就得親自出馬從他手裡奪走，就像當初湯姆想從他手裡把皮夾奪走一樣。

一連幾個早晨過去，歐弗某天早上走經鄰居的屋子，看見老先生在餵鳥，身旁還跟了一個小男孩。是他孫子，歐弗想到。他偷偷從寢室的窗戶觀察他們。老先生低聲和男孩說話，彷彿在分享一個天大的祕密。這番情景讓歐弗回想起些什麼。

當晚，他坐在紳寶裡吃晚餐。

幾週過後，歐弗載了最後一根釘子回家，當旭日自地平線冉冉升起，他雙手插進海軍藍長褲的口袋，站在花園中一覽自己的工作成果，難掩滿臉的驕傲。

這段日子以來，他發現他很喜歡房子。也許大部分是因為房子很好懂。房子可以計算，可以畫在紙上。只要建材防水，就不會外漏；只要骨架強固，就不會倒塌。房子公平公正，你耕耘一分就收穫一分。可惜的是，人類遠比房子複雜難懂得多。

於是日子一天一天過去。歐弗出門工作，收工回家，享用香腸炒馬鈴薯。雖然沒有人作伴，但他並不感到孤單。然後，某個禮拜日，歐弗在搬動一些木板時，有個開朗的圓臉男出現在他家鐵門外。他身上的藍色西裝不太合身，汗水自他額頭流下，他詢問歐弗能不能給他一杯冰水。歐弗覺得沒有理由拒絕他。那人站在鐵門旁喝水的同時，他們小聊幾句。或者應該說，基本上講話的都是那個圓臉男。聊著聊著發現，原來他對房子非常有興趣。他也正在裝修自己的房子，就在鎮上的另一邊。然後不知圓臉男怎麼做到的，竟把自己邀請到歐弗家裡去喝咖啡。顯然歐弗還不習慣應付這種主動攻勢，但聊了一小時房屋建設之後，他差不多能向自己承認，偶爾找個伴到廚房坐坐也沒那麼糟。

圓臉男準備離去以前，他隨口問了歐弗有沒有保房屋險。歐弗坦承他沒想過這個問題。從前他父親對保險也不怎麼有興趣。

開朗的圓臉男震驚不已，他向歐弗解釋，要是房子有什麼萬一，後果會如何不堪設想。聽完他許許多多的忠告，歐弗覺得深感認同。在這之前他都沒有想過那麼多問題，這不禁讓他覺得自己滿笨的。

圓臉男問歐弗借電話一用，歐弗覺得無妨，便讓他用了。後來才發現，原來這人為了感謝歐弗在炎炎夏日熱情款待一個陌生人，早就找到法子報答他的好心腸。因為他正巧就在保險公司工作，而且還能動用一點關係，幫歐弗談好非常划算的保單。

一開始，歐弗對此抱持懷疑態度，先是仔細問起圓臉男的相關證照，圓臉男也不厭其煩地一一詳述。然後他花了不少時間溝通協商，把投保費用再往下多砍一些。

「你真是個難纏的生意人啊。」圓臉男說。歐弗聽到這句話，心底難免有幾分得意——難纏的生意人。圓臉男給他一張紙條，上頭寫有他的電話號碼，說他改天一定會再來坐坐，多喝幾杯咖啡，再聊聊房子裝修的事。這是第一次有人想和歐弗交朋友。

歐弗把一整年份的保費現金付給圓臉男。他們握手，交易完成。

圓臉男從此沒跟他聯絡。有次歐弗試著打電話給他，但沒有人接。他失望得像是心被扎了一下，但馬上決定把它拋諸腦後。至少以後如果有別家保險公司打電話來，他可以光明正大地說他已經投保了。這樣還不錯。

歐弗繼續避免和其他鄰居來往。他不想給他們找麻煩。但不幸的是，麻煩似乎決定主動來找他。房屋整修完幾個星期過後，有位西裝男的房屋遭竊。這是本區第二起住宅竊盜案，和前次犯案時間相距不長。西裝族隔天一早就齊聚一堂，焦點全擺在還住在那棟該死廢屋的無賴少年身上，這種人一定和竊盜案脫不了關係。他們都非常清楚「他整修房子的錢是哪來的」。當天傍晚，有人塞了張紙條到歐弗家門下，上頭寫著：「識相的話就給我滾出去！」在那之後，還有人丟石頭打破他家窗戶。歐弗把石頭撿起來，並把窗玻璃換了。他從沒和西裝族正面談判。沒什麼意義。但他也沒有搬走的意思。

隔天一早，他被濃煙的臭味熏醒。

他身手敏捷地跳下床，腦中第一個想法是，不管昨天石頭是誰丟的，看來他還沒玩夠。下樓途中他下意識抓了鐵鎚。歐弗過去不是訴諸暴力的人。但很難擔保以後不會，歐弗心想。

他走到門廊上，全身上下只有一件內褲。前幾個月辛苦搬運建材，不知不覺讓歐弗變成一名結實壯碩的少年。他赤裸的上半身與右手緊握的鐵鎚，在他走出家門的瞬間吸引了聚集街頭、圍觀失火現場的群眾目光，他們立刻下意識往後退了一步。

那時歐弗才發現，著火的不是他家，而是隔壁鄰居家。

西裝族佇立街頭，如小鹿盯著車燈般盯著前方。老先生從濃煙中出現，他老婆斜倚在他懷中，不斷咳嗽。老先生一把她交給某位西裝男的老婆，就連忙轉身走回火場。好幾個西裝男對他大喊，要他別回去了。「已經太遲了！等消防隊員來吧！」他們吼道。老先生沒有理會。他奮力踏入火海之際，上頭著火的建材砸了下來，將門檻掩蓋其中。

歐弗迎著風站在大門邊，看到四濺的火球已經將他和鄰居屋子之間的乾草點燃。那短短幾秒彷彿延長為好幾分鐘。歐弗考量了一下全盤情況。要是他不立即衝去拿水管滅火，不用幾分鐘火勢就會延燒到他家來。他看見老先生在屋子內努力推開倒下的書櫃，往更深處走去。西裝男大叫他的名字想阻止他，但老先生的老婆尖聲叫著另一個名字。

他們孫子的名字。

歐弗全身重量下沉至雙腳腳跟，怔怔看著零星火舌慢慢沿著草坪爬過來。老實說，他沒怎麼在想自己現在要做什麼，反而一直在想，如果是他父親，他會怎麼做。當那個念頭在心底根深蒂固，他便不作他想。

歐弗嘴巴碎碎念著，一臉煩躁。他看了自己的房子最後一眼，下意識計算一下他當初花了多少個鐘頭把它建好。然後，他走進火場。

屋子裡滿是悶熱濃煙撲鼻，簡直就像有人拿鏟子往臉上敲一樣。老先生仍在跟書櫃搏鬥，倒下的書櫃剛好擋在入口前，推也推不開。歐弗一搬就把書櫃扔到一邊，彷彿它是紙糊的。眼前清出了一條上樓的路。待他們出現在天光之中，老先生黑抹抹的雙臂已抱著那個男孩。歐弗身上則多了好幾條淌血的傷痕，劃過胸膛與雙臂。

街上的人四處亂跑，放聲尖叫。火警聲劃破空氣而至，穿著制服的消防隊員環繞在他們周圍。

只穿一條內褲的歐弗忍住肺部的刺痛，看著第一道火焰爬上自己的房子。他快速奔過草坪，但馬上就被一群消防隊員攔下來。突然間，他們就到處都是。還不讓他通過。

一個穿白襯衫的男人——就歐弗所知應該是消防隊長之類的人物——雙腿大大岔開站在他身前，說明他們不能讓他幫自己家滅火。那太危險了。而且不幸的是，白襯衫男接著說，消防隊還沒正式取得政府許可之前，也不得將火撲滅。

原來實情是這樣的：因為歐弗的房子位在兩市交界，所以消防隊必須先在短波收音機中接收到指揮中心的指令，才能採取行動。必須先獲得許可，文件必須蓋好章。

歐弗出聲抗議，但白衣男僅用平板的語氣說道：「規定就是規定。」

歐弗掙脫開來，氣沖沖奔向噴水管，但已是枉然——火焰比他早先一步。當消防隊員終於收到滅火指令時，房子早已經被惡火吞噬。

歐弗站在花園，哀傷看著房屋燒毀。

幾小時後，他到電話亭打電話給保險公司，才得知他們從沒聽過圓臉男這個人。他的房子並無有效保險。保險公司的女員工嘆了口氣說：「現在這種詐騙分子屢見不鮮，他們常常挨家挨戶尋找目標。希望你至少不是付他現金！」

歐弗掛上電話，口袋裡的拳頭攥得緊緊的。

11 開個窗也會摔下梯子的長腿男

清晨五點四十五分，今年第一場降雪正式登場，在熟睡的連棟樓房社區身上蓋上了一層冰冷的棉被。歐弗將外套從掛鉤上拿下來，出門進行他的每日巡查。一出門就看見貓咪坐在門外的雪中，他又是驚訝，又是不悅。牠看起來就像在那坐了整夜似的。

歐弗格外用力把門甩上，想把牠嚇跑。但看樣子牠連受驚的基本常識也沒有，一逕坐在雪中舔著小肚肚。完全無動於衷。歐弗不喜歡這種貓性。他搖搖頭，兩腳奮力踏到地面上。貓咪迅速瞅了他一眼，顯然是意興闌珊，又低下頭繼續舔肚子。歐弗朝牠揮著手臂。貓咪閃也沒閃。

「這是私人土地！」歐弗叫道。

貓咪依舊對他愛理不理，歐弗一時失去耐性，一個掃堂腿就把木底拖鞋踢過去。現在回想起來，他也沒辦法發誓當時不是有意這麼做。他老婆看到了肯定會發飆。

不過此時也沒差了。貓咪根本沒反應。拖鞋以一個優雅的弧度，飛越了一公尺半後，落在貓咪左側，輕輕彈起，撞上工具間，最後栽進雪裡。貓咪若無其事地看了拖鞋一眼，再看向歐弗。

然後牠站起身，悠悠繞過歐弗的工具間轉角，消失無蹤。

歐弗穿著襪子走過雪地，把鞋子撿起來。他瞪著鞋子，彷彿它應該要為自己準度這麼差而感到羞恥。然後他稍微振作起來，展開今日的巡查之旅。

就算他今天要死了，並不代表那些宵小分子就得以胡作非為。

他回家後，便穿過雪地往工具間走去。他打開門，裡面飄出石油溶劑和霉味，工具間該有的味道。他跨過紳寶的夏胎，把未分類的螺絲罐移到一邊，從工作台中間擠過去，一面留意不要撞倒一壺壺的石油溶劑和浸在裡頭的刷子，把花園椅和圓形的烤肉架搬到旁邊，把十字扳手收好，然後抓起雪鏟，放在手中掂了掂重量，彷彿它是一把長劍。他靜靜站在那兒，細細端詳。

他拿著鏟子走出工具間時，那隻貓又出現在屋子外，坐在雪地之中。歐弗怒瞪著牠，為牠的膽大包天嘖嘖稱奇。牠毛皮上的殘雪正在融化滴水。更正，應該說是剩餘的毛皮。牠身上的禿塊比毛還多。一隻眼睛上還有一條長長的疤痕劃過鼻子。如果貓有九條命，牠差不多用掉了至少七八條命吧。

「滾開。」歐弗說。

貓咪端詳著他，彷彿牠是坐在桌前的面試官，握有決定是否錄用的大權。

歐弗握緊雪鏟，剷起雪扔向貓咪，牠馬上跳開，一臉憤怒瞪著他，吐出一點雪，用鼻子哼氣，然後轉身，再次提起貓掌，繞過工具間的轉角而去。

歐弗接著拿起雪鏟幹活。他花了十五分鐘把房子和工具間的石徑清乾淨。他除雪一點也不馬虎。清出來的路一定十分筆直，甚至連邊緣也一絲不苟。人們再也不知道怎麼剷雪了。現在他們只會隨便清出一條路，拿吹雪機還是什麼的，傳統方法也行，反正只是把雪撥開，撥得到處都是，彷彿人生只有一件重大的事：想辦法往前推進。

他在街道上把雪堆成一堆，鏟完後，便把鏟子往雪堆一插，靠在鏟子上稍事休息。他調整身體重心，看著太陽升起，照耀在這個沉睡的社區。他前晚幾乎沒睡，想著各種死法。他甚至還畫了幾張圖表，把各種不同方法分門別類。他仔細衡量各個優缺點後，覺得他今天決定採用的方法已是所有爛選項中最好的一個。當然他不希望死後，紳寶就留在N檔，還得浪費昂貴的汽油，但為了一勞永逸，他只能接受這樣的後果。

他把雪鏟放回工具間，走進屋裡。他穿上海軍藍西裝。這套西裝到時一定會弄得髒兮兮的，沾滿臭味，但歐弗覺得老婆只能遷就一下了，但也要等他到那邊之後再說。

他用早餐，聽收音機。清洗餐具，擦拭流理台。然後巡視房子，檢查暖氣機。把所有燈光關掉。檢查咖啡滲濾機是否拔掉插頭。在西裝外穿上藍色外套，套上木底拖鞋，走回到工具間，拿出一條纏成圈狀的塑膠管。鎖上工具間和家門，兩個門把都各拽三下。然後沿著街道走去。

剎那間，白色的斯科達（Škoda）冷不防從左邊出現，嚇了他一跳，差點摔在工具間旁的雪堆中。歐弗追了過去，揮舞著雙拳。

「你會不會看字啊，他媽的白痴！」他咆哮道。

司機是個纖瘦的男人，手中夾了根菸，似乎聽見他的話。當斯科達從單車房拐過去時，他們四眼透過車窗相交。那人直直看著歐弗，然後搖下車窗，不感興趣地抬起眉毛。

「車輛禁止進入！」歐弗指著告示說道。他緊攥著拳頭走向斯科達。

車主的左手懶懶掛在車窗外，不慌不忙地把菸灰彈掉。他那雙藍眼睛不為所動，看著歐弗的眼神就像是看著躲在籬笆後方的動物一樣。不值攻擊，不屑一顧。彷彿歐弗是用濕抹布輕輕一擦就掉的髒東西。

「你會不會看告——」歐弗語氣粗暴地邊說邊靠近，但那人已經把車窗搖上了。

歐弗對著斯科達大吼大叫，但那人無視於他。連挑釁的意思也沒有。沒有急打方向盤路邊靠，也沒有猛然煞車讓輪胎嘰嘰大叫。他逕自往車庫的方向開去，然後駛上馬路。彷彿歐弗張揚的手勢不過是路邊壞掉的路燈，沒什麼重大影響。

歐弗杵在原地，氣得拳頭發抖。待斯科達消失眼前，他轉身走回兩排房子之間，他走得很急，差點被自己的腳絆倒。白色斯科達剛剛顯然停在盧恩和阿妮塔的屋外，地面留下兩截菸屁股。歐弗把菸屁股撿起來，一副找到高階刑事案件的重要線索似的。

「你好啊，歐弗。」他身後傳來阿妮塔戒慎恐懼的聲音。

歐弗轉身向她。她站在台階上，一件灰色針織衫披在身上，像是兩隻手想抓住濕濕的肥皂一般，努力巴著她的身體不放。

「好好好，妳好。」歐弗回道。

「那是市議會的人。」她說，朝斯科達離開的方向點點頭。

「車輛禁止進入住宅區。」歐弗說。

她點頭，臉上再次露出戒慎恐懼的神情。

「他說市議會特別批准他開車進來社區。」

「他才沒什麼鳥——」歐弗才開口就閉嘴，下巴開開合合，尋找恰當字眼。

阿妮塔的嘴唇顫抖。「他們想把盧恩帶走。」她說。

歐弗點頭，沒說話。他一手還拿著塑膠管。他把另一隻緊握的拳頭塞進口袋裡。有一會兒他想說些什麼，但他只是低下頭，然後轉身離開。他走了好幾公尺後才發現他把菸屁股放進口袋了，但此時已經來不及做什麼處理了。

金髮嬌嬌女站在街上。雪靴一看見歐弗就對他瘋狂吠叫。她們身後家門大敞。歐弗猜想，她們站在那是在等安得斯那個傢伙。雪靴的嘴裡沾著像是毛的東西。金髮嬌嬌女一臉心滿意足，咧嘴而笑。歐弗經過她們時直直瞪著她，她沒有移開視線。她的嘴咧得更開了，彷彿是笑歐弗有什麼損失似的。

當他走到他家和長腿男與懷孕女家中間時，他看到長腿男站在門口。

「嗨，歐弗！」他一臉蠢樣高喊。

歐弗看見自己的梯子靠在長腿男的房子牆上。長腿男開心揮手。看來他今天很早起，至少以ＩＴ顧問的標準來說很早。歐弗看見他手中拿著一把鈍鈍的銀色餐刀，這時才了解，長腿男可能打算用餐刀撬開卡住的二樓窗戶。歐弗的梯子斜插進深深的雪堆中，等著長腿男攀上去。

「祝你今日順利！」

「好啦好啦。」歐弗頭也不回地應道。

雪靴在安得斯那傢伙的屋外憤怒吠叫。歐弗從眼角餘光瞄到金髮嬌嬌女依舊站在原地，朝他的方向露出大大的笑容，讓他心裡很不舒服。他不曉得是什麼原因，但他骨子裡覺得事有蹊蹺。

他繼續往前走去，經過單車房，走到停車區，此時才不甘不願地對自己承認，他這樣走來走去是為了找那隻貓咪。但他到哪找都沒看到牠。

他打開自己的車庫，開啟車鎖，坐進紳寶，雙手插在口袋內，就這樣待了半小時之久。他不太曉得自己幹嘛這麼做，他只是覺得在進行這類事情前，應該要有些神聖性的靜默時刻。

不知道結束之後，紳寶的烤漆會不會髒得離譜。他猜會吧。他明白這很遺憾，也很丟臉，但這是沒辦法的事。他踢了輪胎幾下。狀況良好，真的很好。從最後踢的那下看來，他預估輪胎至少還能撐三個冬天。才想完，他就猛然想起外套內袋的遺書，於是他把遺書撈出來，查看是否記得把夏胎相關事宜寫下來。有，他寫了。在「車子與配件」這條下面，「工具間的夏胎」。他的指示寫得一清二楚，就算是天生的智障也能看懂，找得到輪圈螺絲放在後車廂的哪裡。歐弗把遺書滑進信封袋，放回外套內袋。

他回頭瞥向停車區。不是說他還擔心那隻該死的貓，不可能。他只是希望牠不要出什麼事，不然他老婆一定會要他難看，這點他相當肯定。他只是不想因為那隻該死的貓而挨一頓罵。不過是這樣罷了。

遠方傳來救護車的警報聲，而且越來越近。但他不予理會，只是坐進駕駛座，發車。他把後車窗降個五公分，下車，關上車庫門，把塑膠管緊緊插進排氣管，看著廢氣從管子另一頭慢慢冒出來。接著把管子塞進後車窗的縫隙中。上車，關門。調整側邊的後照鏡，前後微調電台頻道。躺在座椅上，閉上雙眼，感覺廢氣濃煙一縷一縷地充滿車庫和他的肺臟。

人生不該是這樣的。你工作，還貸，繳稅，該做的都做。然後結婚。不論甘苦，至死不渝，他們不是約定好了嗎？歐弗記得清清楚楚。她不該比他先死的。當初講好「至死不渝」是指「他」死去的那天，他媽的很難理解嗎？嗄，是不是？

歐弗聽見有人拍打車庫門的聲音。不理它。他撫平褲子上的皺痕，從後照鏡看著自己，心想也許他該打領帶的。她總是喜歡他打領帶的樣子。在她眼中，他是世界上最帥的男人。不知道她現在還會不會看他一眼。不知道她看到他被裁員後，穿著一身髒兮兮的西裝，出現在那個世界時，會不會覺得很丟臉。她會不會覺得他是個保不住正當工作的白痴，不懂得學習一些電腦知識，於是被社會淘汰掉？她會不會像以前那樣看他，覺得他是可以託付一生的男人，可以處理大小事、修理熱水器的男人？她還會像以前一樣，喜歡眼前這個已失去人生目標的老頭嗎？

車庫門上的砰砰聲越來越激烈。歐弗沒好氣地瞪著車庫門。砰砰聲越來越響。歐弗心想，我受夠了。

「敲夠了沒啊！」他大吼一聲，猛然打開車門，塑膠管被震得彈出車窗和塑膠邊條之間的縫隙，掉落在水泥地上。濃濃的煙霧往四面八方湧去。

有了幾次的前車之鑑，外國懷孕女應該知道，當歐弗在門的另外一邊時，不可以靠門太近。但這次歐弗把門推開時——他還得先往回拉一下再推開，像是要解開卡在柵欄上的套索一樣——她還是來不及回防，於是車庫門硬生生撞上她的臉。

歐弗見著她，便停下動作。她摀著鼻子看著他，露出鼻子被車庫門撞到時會有的表情。廢氣如厚重的烏雲從車庫內傾巢而出，半個停車場都籠罩在有害的濃霧之中。

「我……妳他媽的應……妳應該要注意門什麼時候會打開啊……」歐弗勉強吐出這句話。

「你在搞什麼？」懷孕女尖聲斥問。她看見紳寶引擎空轉，地上的塑膠管口冉冉冒出一陣陣的廢氣。

「誰？我？……沒什麼。」歐弗說，臉上一副想趕快把車庫門關上的表情。兩條紅柱開始流出她的鼻孔。她一手摀著臉，一手對著他揮舞。

「我需要你載我到醫院去。」她說，稍微把頭往上抬。

歐弗滿臉狐疑。「說啥子鬼話，妳也行行好，不過是流鼻血而已。」

她不知道罵了什麼話，歐弗猜應該是法爾西語。她用食指和拇指緊緊掐住鼻梁，然後不耐煩地猛搖頭，鼻血濺到外套上。

「跟流鼻血沒關係啦！」

歐弗把手插進口袋裡，聽了略感困惑。「不是喔，那就算了。」

她哀號一聲。「派崔克從梯子上摔下來了啦。」

她現在整顆頭都往後仰，歐弗只能對著她的下巴講話。

「派崔克誰啊？」歐弗問下巴。

「我老公。」下巴回答。

「長腿男？」歐弗問。

「對，就是他。」下巴回答。

「他從梯子上摔下來了？」歐弗想搞清楚現在是什麼狀況。

「對。他想把窗戶打開。」

「這樣啊。還真是他媽的意外；我從一公里外就能預見這樣的後果了……」

下巴不見，那雙褐色大眼再度出現。

它們看起來一點也不開心。

「你是想跟我繼續吵還是怎樣？」

歐弗抓抓頭，有些困擾。

「好，不吵不吵……但妳不能自己開車去嗎？你們幾天前那輛日式紡織機咧？」他出聲反駁。

「我沒有駕照啦。」她回答，把嘴唇上的血抹掉。

「什麼叫做沒駕照？」歐弗問，彷彿她剛剛說的是無法解讀的外星語。

她再次不耐煩地嘆氣。

「聽好，我沒有駕照，就這樣。有問題嗎？」

「妳幾歲了？」歐弗問，帶著不可思議的口吻。

「三十。」她不耐煩的回答。

「三十！還沒有駕照？妳是有什麼毛病還怎樣？」

她哀號一聲，一手壓著鼻子，一手煩躁地對著歐弗的臉彈手指。

「不要轉移話題啦，歐弗！醫院！你必須載我們去醫院！」

歐弗臉上寫著被冒犯三個字。

「什麼『我們』？如果妳老公連開個窗子也會摔下梯子，妳不會叫救護車嗎……」

「我已經叫了！救護車送他去醫院了。但車上沒有空間讓我坐。而且現在下雪的關係，城裡每台計程車都有人，公車也都塞在路上過不來！」

分叉的血流從她一邊臉頰流下。歐弗緊抓著下巴，牙齒敲得格格作響。

「公車千萬不能搭。司機都是該死的醉鬼。」他靜靜說道，他的下巴往下沉，不禁讓人以為他想把這句話藏到領口裡面去。

也許當「公車」這個詞脫口而出的時候，她便注意到他情緒變了。也許沒有。總之，她點頭，一副認同他的意見的樣子。

「對啊，所以說，你還是必須載我們去。」

歐弗鼓起勇氣，伸出手指指著她，想表現出威嚇感。但令人灰心的是，他覺得自己看起來不如所希望的一樣具有說服力。

「沒有『必須』這種事。我又不是他媽的無障礙計程車司機！」他最後勉強吐出這句話。

但她只是把鼻梁捏得更緊，點點頭，彷彿完全沒聽見他剛剛說了什麼，然後一臉煩躁地朝車庫一揮，地板上的塑膠管仍一逕吐著廢氣，天花板下累積的煙霧越來越厚。

「我沒空跟你計較這些小事。趕快準備準備，我們好上路。我去把孩子帶來。」

「什麼孩子?!」歐弗朝著她背後大叫，卻得不到任何答案。

她已經踏著與大肚子完全不成比例的小腳一晃一晃地離開，消失在單車房的轉角後方，往房子的方向走去。

歐弗待在原地，彷彿等著別人追上她，告訴她歐弗話還沒說完。但沒人這麼做。他把拳頭塞進皮帶裡，朝地上的塑膠管瞥了一眼。梯子是別人跟他借的，如果別人沒辦法好好站在上面，干他何事——這是他的觀點。

但話說回來，他也無法不去想，如果他老婆還在的話，遇到這種情況時，她會怎麼跟他說。當然這也不難想見，歐弗心底明白。有夠悲哀。

好一會兒之後，他終於往紳寶走去，用鞋子把塑膠管踢離排氣管，上車，檢查後照鏡，開到一檔，把車倒出車庫，開進停車區。他並不是很在乎懷孕女要怎麼到醫院。但歐弗很清楚，如果他老婆知道他在世所做最後一件事，居然是把一個懷孕的女人撞到流鼻血，還放她自己去搭公車，肯定會念他念個沒完沒了。

再說，既然車油不管怎樣都會用光，他先載她一趟回來也無妨，應該吧。「搞不好那女人之後就不會來煩我了。」歐弗心想。

想當然耳，她沒有做到。

12 受夠了的一天

人們總說歐弗和他老婆就像白天與黑夜。歐弗清楚得很，他是黑夜。他覺得無妨。再說，每次有人這麼說，總會逗得他老婆咯咯笑，還邊笑邊說別人以為歐弗是夜晚，只是因為他太刻薄，不願面向陽光。

他從來不懂她為何選擇他。她只愛音樂、書本、怪字這些抽象的事物。歐弗身邊則全是具體的事物。他喜歡螺絲起子、濾油器。他一生走來，雙手都紮紮實實地插進口袋。她則跳舞。

「你只是需要一道光來驅走所有的黑影。」有一次他問她，為何她總是如此光明正向時，她這麼回答他。

在她擁有的書中，顯然有個叫做法蘭西斯的僧侶曾這麼寫道。

「你騙不了我，親愛的。」她帶著一絲打趣的微笑說，爬進他寬大的臂膀中。「當沒有人看的時候，你的內心在跳舞啊，歐弗。我永遠愛你這點。不管你喜歡不喜歡。」

歐弗從沒了解她那句話是什麼意思。他從來不跳舞。那似乎太亂七八糟，飄忽不定了。他喜歡直線，喜歡清晰的定論。這是為什麼他總喜歡數學的原因。數學有正確答案，有錯誤答案。不像其他老師想騙你學習的嬉皮科目，你只能「申論自己的立場」。彷彿那就是達成結論的方式——比誰知道的長字比較多。在歐弗的觀念中，對的就是對的，錯的就是錯的。

他清楚知道，有些人覺得他不過是個愛發脾氣、完全不信任別人的神經老頭。但，恕他直言，那都是因為別人向來沒有給他改變心意的理由。

因為每個人一生到了某個時刻，就要抉擇他們想成為哪種人：選擇讓別人踩在頭上，還是不要。

失火那晚，歐弗在紳寶裡面過夜。第二天早上，他試圖在灰燼與殘骸之間清出一些東西。第三天早上，他不得不認清事實。他的房子沒了，他的心血沒了。

第四天早上，兩個男人登門而來，他們身上的白襯衫跟先前那位消防隊長款式相同。他們站在鐵門外，顯然不為眼前的廢墟所動。他們沒有自報姓名，只提起他們的機關名稱，彷彿他們是母船派來的機器人似的。

「我們一直寄信函給你。」襯衫男一號說，拿出一疊文件給歐弗。

「不少信函。」襯衫男二號說，並在記事本上做筆記。

「你都沒有回覆。」襯衫男一號說，像是在責備一隻狗。

歐弗兩腿大大岔開，站在他們面前。

「很不幸啊，這事。」襯衫男二號說，頭朝著已然燒毀的歐弗家歪了一下。

歐弗點頭。

「第一大隊說，起火原因是無害的電器短路。」第一名襯衫男指著手裡的文件說道。

歐弗心中很想反駁他對「無害」這個字眼的用法。

「我們來信過了。」襯衫男二號搖著記事本，重提這個話題。

歐弗再次點頭。

「都市邊界正在重劃。」襯衫男二號繼續說下去。

「您的房屋所在地會納入新建設計畫當中。」襯衫男一號指向西裝族的新興豪宅。

「房屋過去的所在地。」襯衫男二號更正。

「市議會有意願以市價買下您這塊地。」襯衫男一號說。

「這個嘛……是不含房產的市價。」襯衫男二號澄清。

歐弗接過文件來看。

「您基本上別無選擇。」襯衫男一號說。

「基本上不是你選擇，是市議會幫你選擇。」襯衫男二號說。

襯衫男一號不耐煩地用筆敲了一下文件。歐弗看著他。他指著文件底部一條線，上頭寫著「簽名」。

歐弗在鐵門旁靜靜看著他們的文件。他發現他的胸膛暗暗發疼；過了好久好久他才明白那感覺是什麼。

厭惡。

他厭惡那兩個穿著白襯衫的男人。他想不起來以前是否厭惡過誰，但現在，厭惡的感覺像火球般在內心熊熊燃燒。這棟房子是歐弗的父母買下來的，他從小在這長大；在這學會走路；他爸在這教他關於紳寶引擎的一切知識。累積了這麼多回憶之後，市政府機關的某某人自作主張，決定要在這蓋別的東西。一個圓臉男兜售了一筆沒有保險的保險交易。一個白襯衫男阻止歐弗撲滅火勢。而現在，又有兩個白襯衫男站在此地，跟他扯「市價」問題。

然而歐弗真的別無選擇。他大可在這站到太陽西下，但仍無法改變現況。

所以他簽了文件。另一隻手則在口袋中，攥緊了拳頭。

＊　＊　＊

他離開了父母家的舊址，從此不再回頭。他跟鎮上的一位老婆婆租了個小房間，在房裡坐了整天，鬱鬱盯著牆看。到了晚上就上工，清掃火車包廂。到了早上，領班要他們先別回更衣室，他們得回到鐵路公司領取新的工作服。

歐弗穿過熟悉的長廊，走著走著就碰到了湯姆。自從歐弗被栽贓車廂小偷的罪名後，這是他們第一次碰頭。比湯姆還有腦袋的人想必會避免眼神接觸。或是盡量假裝什麼事都沒發生過。但湯姆不是那種有腦袋的人。

「喲，這不是我們可愛的小偷嗎？」他驚呼一聲，臉上掛著想引戰的笑容。

歐弗不作聲，想直接繞過去卻被肘擊了一下，原來湯姆周圍跟了幾個年輕跟班，有一位現身擋住他的去路。歐弗抬頭，那人對他露出鄙視的微笑。

「錢包抓好，這裡有小偷啊！」湯姆音量之大，他的聲音在整條長廊上迴盪。

歐弗一手把臂下那堆衣物抓得更牢，但他另一手藏在口袋中，奮力攥緊拳頭。他走進沒人的更衣室，脫掉骯髒的舊工作服，解下他父親撞凹的手錶，放在長凳上。當他轉過身準備進淋浴間沖洗時，湯姆就站在門口。

「聽說你家失火啦。」他說。歐弗看得出來湯姆希望他會開口回應。他決定不要讓那個一把黑鬍的大塊頭稱心如意。

「你老子肯定很為你感到驕傲！就連他也不會廢到把自己的房子燒掉，靠，夠屌！」他踏進淋浴間時，湯姆在他身後大喊。

湯姆聽到他的年輕跟班集體大笑。他閉上雙眼，額頭抵著牆，任憑熱水流過全身。他站在那二十分鐘以上。他洗澡從來沒洗那麼久過。

他走出來，就發現他父親的手錶不見了。歐弗翻遍了板凳上的衣物，找遍了地板，搜遍了每一個置物櫃。

每個人一生到了某個時刻，就要抉擇他們想成為哪種人。選擇讓別人踩在頭上，還是不要。

或許是因為湯姆把偷竊一事栽贓到他頭上；或許是因為火災一事；或許是因為那個冒牌保險業者；或許是因為穿白襯衫的那些傢伙。也或許只是因為他受夠了。那時候，就像有人把歐弗腦中的保險絲剪斷了，歐弗眼前的景象全暗了下來。他一身赤裸走出更衣室，一灘灘水從鼓鼓隆起的肌肉上滴落。他走到長廊最底，領班的更衣室就在那。他把門踢開，裡面人滿為患，他擠過這群一臉震驚的領班，往裡面走去。湯姆站在底端的一面鏡子前，修剪雜亂的鬍鬚。歐弗緊緊扣住他的肩膀，對他咆哮，宏大的音量讓所有金屬牆板都跟著隆隆作響。

「把我的手錶還來！」

湯姆帶著高人一等的表情，低頭看著他的臉。湯姆黝黑的身軀像一道黑影般聳立在他面前。

「我他媽才沒有你的——」

「馬上還來！」湯姆還沒說完，歐弗就對著他嘶吼。見到他如此狂暴的舉動，房裡其他人紛紛往他們的置物櫃靠過去。

一秒過後，湯姆手中的外套就被搶了過去，那力道強得他沒時間出聲抗議。他只是站在原地，像是被懲處的孩子，眼看歐弗從外套的內袋中挖出他的手錶。

然後歐弗揍了他。就那麼一拳。那就夠了。湯姆像一袋受潮的麵粉般往下塌陷。他魁梧的軀體才剛撞上地面，歐弗便已經轉身離去。

每個人一生都有這樣一個時刻，必須抉擇想成為哪種人。你不知道背後的故事的話，那表示你還不認識這個人。

＊＊＊

湯姆被送至醫院。不斷有人問他究竟發生了什麼事，只見湯姆眼神飄忽，吞吞吐吐說著「不小心滑倒」之類的話。且奇妙的是，其他當時身在更衣室裡面的人，沒有一個記得那時發生了什麼事。

那是歐弗最後一次見到湯姆。他也決定，那是他最後一次讓別人拐騙。

他繼續做夜間清潔工，但他辭掉建築工地的工作。他沒有房子要蓋了，再說他此時建築技術也學得差不多了，那些戴工程盔的大哥已經沒有東西可以教給他。

他們給了他一個工具箱作為餞別禮。這次，裡頭全是新買的工具。「給阿弟仔。這次蓋個能保存下來的東西吧。」他們在一張紙上這麼寫道。

歐弗暫時還用不上工具箱，接連幾天他只是漫無目的，到哪都提著它。最後，那個租他房間的老婆婆可憐他，便開始尋找房子裡有什麼可以讓他修理。對他們兩人來說，這是比較和平的做法。

那年稍晚，他進入軍隊服兵役。他每項體能測驗都得到最高分。招募官員喜歡這個不苟言笑又體壯如熊的年輕人，拚命說服他考慮轉為職業軍人。歐弗覺得不錯。軍人穿制服，服從命令。人有定職，事有定規，物有定位。歐弗覺得，他搞不好能當個優秀的國軍。事實上，當他下樓去進行體檢手續時，這是他多年來第一次感到內心如此輕盈。彷彿突然被賦予了使命。目標。身分。

他的喜悅持續不到十分鐘。

雖然招募官員說，體檢不過是個「形式上的作業」。但是當聽診器貼上歐弗的胸膛時，出現了某個不該聽見的聲音。他被送進城看醫生。一個星期後，他們告知他，他先天患有一種罕見的心臟疾病。於是歐弗獲得終身免役。他回電抗議；他寫信；他找了三位不同醫生複診，希望是診斷錯誤。全部沒有用。

「規定就是規定。」歐弗最後一次到國軍行政部，試圖改變他們決定時，裡面穿著白襯衫的職員說。失望透頂的歐弗連公車也不想等，直接一路走回火車站。他坐在月台上，心情跌落谷底，自他父親過世後，沒有一次像現在這樣難過。

幾個月後，他將會和他註定相守的女人一起走過同一個月台。當然那個時候的他還一無所知。

他回去當夜間鐵路清潔工。比以往更沉默寡言。最後，他那張死氣沉沉的臉讓房東老婆婆看不下去，便安排他借用附近的一間車庫。她表示，再怎麼說，這個男生還有車子可以給他東搞西搞，也許這能讓他開心一點？

隔天早上，歐弗就在車庫中把整輛紳寶拆了開來。他把每個零件清洗乾淨，然後再把它們組起來。就看他有沒有這點能耐。同時也是為了找事忙。

他組完後，就把車賣掉，賺了一筆錢，再買一輛更新（但除此之外一模一樣）的紳寶93。他買回來第一件事就是把它拆開來，看看他辦不辦得到。他辦到了。

日子就這樣一天一天過去，緩慢而規律。然後一天早上，他看見她。她有著一頭褐色秀髮和一對藍色眼睛，穿著紅鞋，髮上別了一只黃色的大髮夾。

從此歐弗的內心不再平靜。

13 小丑嗶啵

「歐弗好好笑喔。」三歲女孩樂得呵呵笑。

「對啊。」七歲女孩咕噥，一點也不覺得哪裡好笑。她牽著妹妹的手，踏著大人的步伐走向醫院入口。

她們的母親一臉想要跟歐弗說什麼的樣子，但她似乎認為現在不是時候。她搖著身子走向入口，一手按著凸起的肚子，彷彿擔心孩子可能會逃跑似的。

歐弗拖著腳步走在後頭。「付錢了事就好，在那邊吵什麼吵。」她要這麼想隨她，他才不管，因為這事實上是原則問題。歐弗不過質疑在醫院停車幹嘛收費，為何停車場管理員可以因此開他罰單？歐弗這個人是不會阻止自己對管理員大吼「你只是假警察！」的。他言盡於此。

你到醫院是來等死的，歐弗很清楚這點。而且歐弗覺得，你活著的時候，國家要求你使用者付費無可厚非。但在你準備死去的時候，國家還要跟你收停車費，這就太超過了喔。就在這個時候，管理員開始對他搖搖手中的簿子；帕瓦娜也在這個時候開始動怒，說她很樂意付錢。那根本不是討論重點。

女人完全不懂什麼是原則。

他聽到七歲女孩在他前面抱怨她的衣服聞起來很臭。雖然紳寶車窗一路上都是開著的，廢氣的臭味還是久散不去。她們的母親問過歐弗他在車庫到底在幹嘛，但歐弗只發出某種聲音回答，那聽起來差不多近似你把浴缸拖過磁磚的聲音。當然對那個三歲女孩來說，搭汽車時能把所有窗戶拉下來已經是這一生中最棒的冒險了，儘管窗外溫度降至零度以下。相反的，七歲女孩則把臉深深埋進她的圍巾當中，不斷出聲懷疑把車窗拉下能有什麼用處。她早因為屁股坐在報紙上一直滑來滑去而不滿了（歐弗事先把報紙鋪在座位上，以避免她們「把車弄髒」）。歐弗也在前座鋪上報紙，但她媽媽把報紙扯開才坐下。歐弗的怨氣全寫在臉上，但他什麼也沒說。他只是一路不停瞄向她的肚子，彷彿擔心羊水隨時都可能流得整個座椅都是。

他們到了服務台後，她對兩個女兒說：「站在這裡不要動。」

他們周遭盡是透明玻璃與長椅，空氣中充滿消毒劑的味道。到處可見白衣護士跋著彩色的塑膠拖鞋，老人家靠著顫巍巍的助行器，拖著身子在長廊走來走去。地上有個告示牌，公告入口A的二號電梯故障中，請一一四號病房的訪客改搭入口C的一號電梯上樓。在該公告後面是另一則公告：入口C的一號電梯故障中，請一一四號病房的訪客改搭入口A的二號電梯上樓。在那則公告後面又有一則公告：一一四號病房本月維修中故不開放。在那則公告後面是一張小丑的照片，告知大家醫院小丑嗶啵今天將會探視病童。

「歐弗現在又跑去哪了？」帕瓦娜迸出這句。

「他去上廁所吧，我猜。」大女兒咕噥道。

「有小ㄨ——丑！」小女兒指著告示牌開心的說。

「妳知道在醫院上廁所也要付錢嗎？」歐弗從帕瓦娜身後驚呼。

她轉過身來，焦慮的看著歐弗。

「是是是，原來你在這邊，你要借錢還是怎樣？」

歐弗臉上寫著被冒犯三個字。

「我幹嘛要借錢？」

「上廁所的錢啊！」

「我又不需要上廁所。」

「但你說……」她開口，又連忙住嘴，搖搖頭：「算了算了……停車票可以用多久？」她問。

「十分鐘。」

她哀號一聲。

「妳不知道探病要花超過十分鐘嗎？」

「反正我就每十分鐘去投一次錢好了。」歐弗說，一副理所當然的樣子。

「你幹嘛不一次投完就好，省得麻煩？」她問，一問完就後悔了，滿臉露出希望這個問題沒有跑出嘴巴的樣子。
「因為他們就是想要妳這麼做！我們花多少時間就付多少錢，我才不會讓他們平白賺錢！」
「噢，我沒力氣跟你在這邊……」帕瓦娜一手貼上額頭，嘆氣道。
她看著她的女兒。
「妳們可以乖乖坐著和歐弗伯伯待在這邊嗎？讓馬麻去看把拔怎樣，好不好？」
「真是太好了。」七歲女兒點頭，滿臉的不高興。
「好耶耶耶！」三歲女兒興奮得忍不住尖叫。
「啥？」歐弗說。
帕瓦娜起身。
「什麼叫做『和歐弗伯伯待在這邊』？妳以為妳可以上哪去？」
讓他驚訝的是，懷孕女似乎沒有接收到他語氣中的惱怒。
「你必須坐在這邊看著她們。」她拋下這句話就消失在長廊遠處，讓歐弗來不及進一步抗議。
歐弗杵在那瞪著她，彷彿期待她會衝回來大聲說她只是開玩笑的。但她沒有。於是歐弗轉向女孩兒。下一秒，他臉上露出一副準備拿起桌燈直直照著她們雙眼，催問她們在謀殺案案發當時人在哪裡。

「故事書！」三歲女孩連忙大叫，一個箭步衝到等候室的角落，那兒簡直像是剛打過仗一樣，到處都是玩具、布偶和圖畫書。

歐弗對自己點點頭，確認這個三歲小孩似乎挺能滿足自己的好奇心，然後，他把注意力擺在七歲女孩身上。

「好了，該拿妳怎麼辦？」

「你什麼意思，我怎樣？」七歲女孩氣憤反駁。

「是啊？妳想吃東西還是想要去尿尿還是想幹嘛？」

七歲女孩看著他，一臉他剛拿啤酒和香菸給她的樣子。

「我快八歲了！我自己會去廁所！」

歐弗連忙揮出雙臂。

「是是是，我他媽不該問的，我道歉。」

「哼哼。」七歲女孩從鼻子哼氣。

「你罵髒話！」三歲女孩大喊，她突然又冒了出來，在歐弗兩隻褲管之間跑來跑去。

他滿臉狐疑地打量這位有文法障礙的天然小災難。她頭一抬，就對他露出滿臉的微笑。

「念給我聽！」她興奮難耐地命令他，兩隻手臂把一本書舉得老高，差一點站不穩。

歐弗看著那本書的表情，就像是書本寄給他連鎖信件，堅稱自己事實上是奈及利亞的王子，有個「非常優渥的投資機會」想提供給歐弗，現在歐弗只需要提供他的帳號來「解決一些問題」。

「念給我聽！」三歲女孩邊說邊爬上等候室的長椅上。

歐弗不情不願坐了下來，和小女孩隔了一公尺的距離。女孩不耐煩地嘆了口氣，然後一眨眼消失不見；幾秒鐘後，她的頭從歐弗的手臂下方冒了出來，兩手撐著他的膝蓋往上鑽，她的鼻子則頂著那本圖畫鮮豔的故事書。

「很久很久以前有一輛小火車。」歐弗念道，他的熱情程度就跟一個在朗誦稅籍證明的人一樣。

然後他翻到下一頁。三歲女孩阻止他，又翻回前面。七歲女生疲倦地搖搖頭。

「你這一頁也要說，說發生什麼事了。還有裝聲音喔。」她說。

歐弗瞪著她。

「他媽啥……」

他說一半就清清喉嚨。

「什麼聲音？」他更正。

「童話故事的聲音。」七歲女生回答。

「你罵髒話唷。」三歲女孩幸災樂禍地說。

「我沒有。」

「你有。」三歲女孩說。

「我才不要裝啥他媽——我才不要裝什麼聲音咧！」歐弗說。

「也許是你不擅長念故事吧。」七歲女孩指出。

「也許是妳不擅長聽故事！」歐弗反駁。

「也許是你不擅長說故事！」七歲女孩齜牙咧嘴的說。

歐弗看著故事書，非常不以為然。

「這究竟是什麼狗ㄆ——莫名其妙的故事書？會說話的火車？沒有跟汽車有關的書嗎？」

「搞不好有跟瘋老頭有關的書咧。」七歲女孩在旁嘀咕。

「我不是『老頭』。」歐弗嘶聲回道。

「是小ㄨ——丑！」三歲女孩興高采烈大叫。

「我也不是小丑！」歐弗馬上吼回去。

七歲女孩對歐弗翻白眼，跟她母親常常對歐弗翻白眼的神情如出一轍。

「她又不是在說你，她說小丑來了。」

歐弗抬起頭來，看見一個成年人站在等候室門口，他認真把自己打扮成一個小丑。臉上還掛著大大的蠢笑。

「小Ｘ——丑。」三歲女孩不斷在長椅上又叫又跳的，最後歐弗判定，這小鬼一定是嗑了藥。

他聽過這種事。患有注意力不足過動症的孩子會服用安非他命作為治療。

小丑如一隻喝醉的馴鹿，左搖右晃朝他們而來，兩腳發出啪嘰啪嘰的聲音。他腳上是一雙又紅又大的鞋子，歐弗相信只有毫無人生意義的人才會寧願穿上這種鞋子，也不願找份正當的工作。「喲，這個小女孩是誰呀？想不想看小丑葛格變魔術啊，呵呵？」他吊著嗓子尖叫道，藉此吸引小朋友注意。

小丑笑咪咪看著歐弗。

「伯伯有沒有五克朗硬幣啊，呵呵？」

「沒有，伯伯沒有，呵呵。」歐弗回答。

小丑一臉驚訝。那完全不是小丑該有的表情。

「可是……你看，我要變魔術唷。你身上總該有零錢，是吧？」小丑吞吞吐吐說道，回到正常的聲音，和他扮演的角色格格不入，同時揭露了在這個白痴小丑的背後，是一個正常的、約莫二十五歲的白痴。

「可是……吼唷拜託，我是醫院小丑，這是表演給小朋友看的。錢我會還你啦。」

「給他五元硬幣就對了。」七歲女孩說。

「小ㄨ——丑！」三歲女孩尖叫。

歐弗一臉惱怒看著這個有說話障礙的小不點，鼻頭一皺。

「好啦。」他說完，從口袋拿出一枚五元硬幣。

然後他指著小丑。

「變完就還回來。馬上還回來。我還要拿那它來付停車費。」

小丑拚命點頭，一把從他手中把硬幣拿走。

幾分鐘後，帕瓦娜從長廊盡頭走回等候室。她停下來，一臉疑惑，目光由右至左掃過整個房間。

「妳在找妳女兒嗎？」一位護士在她身後厲聲問道。

「對？」帕瓦娜回道，一頭霧水。

「那邊。」護士口氣不太高興的說，指著通往停車場的玻璃大門旁的長椅。

歐弗坐在那兒，雙臂交叉，看起來非常生氣。

他一邊坐著大女兒，無聊透頂地盯著天花板，另一邊坐著小女兒，看起來好像她剛得知她這整個月每天都可以吃冰淇淋當早餐。長椅兩端站著兩位身形高大的醫院警衛，兩人都一臉正經嚴肅的樣子。

「她們是妳的小孩嗎？」其中一人問道。他看起來完全不像他可以吃冰淇淋早餐的樣子。

「是，她們怎麼樣了嗎？」帕瓦娜問道，幾近驚嚇。

「她們沒怎麼樣。」另一個警衛回答，朝歐弗惡狠狠瞪了一眼。

「我也沒有。」滿腹悶氣的歐弗咕噥道。

「歐弗和小ㄨ——丑打架！」小女兒興奮尖叫。

「抓耙仔。」歐弗說。

帕瓦娜瞪著他，嘴巴張得老大，根本無言以對。

「反正他也不太會變魔術。」大女兒嘆道。「我們可以回來了嗎？」她邊問邊站起來。

「為什麼……等一下……什麼小丑？」

「小ㄨ——丑嗶啵。」小女兒邊說邊點頭。

「他本來要變魔術。」她姊姊說。

「爛魔術。」歐弗說。

「就是，他本來要把歐弗的五元硬幣變不見——」大女兒繼續。

「結果他就拿了另一個五元硬幣給我，就是這樣！」歐弗打斷她，一臉被冒犯的表情瞪著旁邊的警衛，彷彿這個理由就已經足夠了。

「歐弗揍了小ㄨ——丑一拳耶，馬麻。」小女兒咯咯笑著，彷彿這是她一生中發生過最棒的事情了。

好一段時間，帕瓦娜只是看著歐弗、小女兒、大女兒、兩個警衛。

「我們是來這邊探望我老公的。他發生意外。我現在要帶孩子去跟他打聲招呼。」她向警衛解釋。

「把拔捧捧！」小女兒說。

「請便。」其中一個警衛點頭。

「但這個人要待在這邊。」另一個警衛指著歐弗說道。

「我這才不叫打他，我只是輕輕戳他一下。」歐弗咕噥，又加一句「他媽的假警察」以求心安。

「說真的，他根本不太會變魔術。」她們去看爸爸的路上，大女兒氣沖沖地幫歐弗說話。

一小時後，他們回到歐弗的車庫。帕瓦娜告訴歐弗，長腿男有一隻手一隻腳打上石膏，必須在醫院待一個禮拜。歐弗一面聽著，一面得用力咬住嘴唇，才能阻止自己大笑出聲。其實他有種感覺，搞不好帕瓦娜也跟他一樣緊咬嘴唇。他把座椅上的報紙收好，紳寶仍然充滿廢氣味。

「拜託，歐弗，你確定停車罰款不讓我付嗎？」帕瓦娜說。

「這是妳的車嗎，嗯？」歐弗發出嘖嘖聲。

「不是。」

「那就這樣。」他回道。

「可是這感覺好像是我的錯啊。」她說道，一臉擔憂。

「罰單不是妳開的，是市議會開的。所以這是他媽市議會的錯。」歐弗說，關上車門，再補一句：「也是醫院那些假警察的錯。」那些警衛逼他在長椅上不准亂動，坐到帕瓦娜回來接他離開為止，顯然他到現在還沒消氣。說得好像他不值得信任一樣，連在其他醫院訪客之中隨便逛逛也不行。

帕瓦娜一臉沉思看著他，久久不發一語。大女兒等得不耐煩，便穿過停車區往家的方向前去。小女兒看著歐弗，臉上掛著燦爛的笑容。

「你好好笑喔！」她微笑道。

歐弗看著她，雙手插進褲子口袋裡。

「嗯哼嗯哼，妳也沒差到哪裡去。」

三歲女孩興奮地狂點頭。帕瓦娜看著歐弗，視線移向車庫地板上的塑膠管，再移到歐弗身上，略顯擔心之情。

「我可以稍微幫忙把梯子扛回來……」她話沒說完，彷彿腦袋還在思考其他事情。

歐弗恍惚踢著柏油路。

「而且我記得我們有一組暖氣機好像也壞了。」她剛想到，就補充說道。「如果你能來看一下就太好了。派崔克不會做這些事，你知道吧。」她邊說，邊牽起小女兒的手。

「不知道。但想也知道。」

帕瓦娜點頭。突然，她露出一個滿意的笑容：「我想你也不願意讓這兩個小女生今晚凍死吧，歐弗？她們今天光看你攻擊小丑就已經受夠了，你說是不是？」

歐弗狠狠瞪她一眼，心裡則默默和自己談判，最後決定讓步，但他之所以無法讓孩子們今晚凍死，只是因為她們沒用的老爸連開個窗子也會摔下梯子，要是他帶著謀殺孩童的罪名上天堂，肯定要受他老婆碎念不停的地獄酷刑。

然後他撿起地上的塑膠管，掛在牆上的掛鉤上，拿鑰匙把紳寶鎖上，關上車庫，拽三下把手確認有鎖好後，便走到工具間拿工具去。

明天一樣是適合自殺的日子。

14　火車上的女子

她胸前別了一只金色胸針，反射著從火車窗外透進來，令人昏昏欲睡的陽光。那時是早上六點半。歐弗剛打卡下班，照理說應該搭火車回家的。但他在月台看見了她，紅褐色頭髮，搭著她藍色的眼睛，搭著她熱情洋溢的笑聲。然後他就回到火車上。想當然耳，他也不知道自己在幹嘛。他向來不是會突發奇想的人。但當他看見她，就好像內心有某個部分故障了。

他說服其中一位列車長借他多的襯衫和長褲，這才不用一副清潔工樣，然後，他坐到桑雅旁邊。那是他這一生中做過最棒的決定。

他不知道要如何開口。他才剛坐下，身子都還沒陷進座椅裡，她就愉悅地轉過來，帶著溫暖的笑容說「哈囉」。他發現自己還有辦法回一聲「哈囉」，沒有什麼怪異的舉動。她發覺他正在盯著她腿上的一疊書，便急切地把書抬起來，讓他看看書名。歐弗只看得懂一半的字。

「你喜歡看書嗎？」她興奮問道。

歐弗不大肯定地搖搖頭，但她似乎不太在意這個問題。她只是微笑，並說自己最愛書了。然後她開始一一介紹腿上這疊書在說什麼。歐弗從此知道，他這一生都願意聽著她談論她鍾愛的事物。

他從來沒聽過如此美妙的聲音。她說話好像隨時都會咯咯笑出來似的。而她咯咯的笑聲讓歐弗幻想，如果香檳泡泡也會笑的話，發出的就是那樣的聲音。他不太曉得該說些什麼才不會讓自己顯得很笨、沒有念過書的樣子，結果這根本不是需要煩惱的問題。她喜歡說話，歐弗喜歡保持安靜。現在回想起來，歐弗猜這就是大家所謂的「互補」吧。

多年以後她跟他說，當時他走進包廂坐到她身邊時，她覺得他讓人完全摸不著頭緒。他的存在是如此唐突、莽撞。但他的肩膀寬厚、手臂壯實，身上的襯衫繃得緊緊的。還有一雙和善的雙眼。他專心諦聽她說話，她喜歡逗他發笑。反正，這段到校的路途本來就平凡無趣，能有個伴打破這番寂靜也是好事一件。

她念的是師範學校，每天都搭這班火車，十至二十公里後換一班火車，然後再轉公車。總而言之，這表示歐弗要搭一個半小時反方向的車。他們第一次肩並肩穿過月台，佇立在她的公車站牌下等車時，她問歐弗是在這裡做什麼的；她只問過這麼一次。歐弗發現軍營約莫就在五公里外（假如他沒有心臟問題，現在就可能在這從軍了），於是話語未經思索便脫口而出：

「我在那邊當兵。」他說，手隨便往某個方向揮。

「所以我們回程時還有可能見面囉。我五點鐘放學……」

歐弗腦袋一片空白。他心知肚明，沒有軍人會五點回家的，但顯然她不清楚。所以他只是聳聳肩。然後她坐上公車，離開。

歐弗從很多面向把事情思考過一遍，結論是他無疑是不切實際到了極點。他意外跑到這個狹小的學生城，與他家距離至少兩小時的路程。但現在能做的事也不多。於是他轉過身，找到一個往城中心的路標，然後開始前進。四十五分鐘後，他向別人問路，找到該地唯一一家裁縫店。他拖著沉重的腳步走進店裡，詢問這裡能不能幫忙把衣服褲子燙平，如果能的話，需要多久。「你願意等的話，只要十分鐘。」裡面的人回答。

「那我四點再過來。」歐弗說完便離開。他晃回車站，躺在等候廳的長椅上。三點四十五分，他起身走回裁縫店，把襯衫褲子拿去燙，他則穿著內衣褲坐在員工廁所內等候。之後，他走回車站，和她一起搭一個半小時的火車回到她的站，然後再搭半個小時的火車到達自己的站。隔天，他重複同樣的事。再隔一天還是如此。再隔一天，車站售票員看不下去，便跟歐弗說明白，他不能像個遊民一樣睡在這裡，不知他能否理解？歐弗知道他的意思，但這和一個女孩子有關。售票員一聽，便對歐弗小小點個頭，從此讓他睡在行李寄放處。每位火車售票員想必都曾為愛昏頭過。

歐弗同樣的行動持續了三個月。最後，她受夠了他都不邀她一起吃晚餐，於是她決定自己邀請。

某個星期五晚上，她走下火車，簡單明快地說道：「我明天晚上八點會在這裡等你。我要你穿套西裝，還有，你要邀請我出去吃晚餐。」

他們就這麼約定。

從來沒有人問過歐弗，他遇見她之前是怎麼生活的。但如果有人問他，他會回答，那時的他沒有活過。

星期六晚上，他穿上父親老舊的褐色西裝，肩膀的地方比較緊。然後他在房間裡的迷你廚房煮了兩條香腸和七顆馬鈴薯，把它們吞下肚後，便在房子裡到處巡巡，鎖幾顆螺絲。這是房東老婆婆吩咐他做的。

「要跟什麼人見面嗎？」她問，很高興看到他下樓。她從沒見過他穿西裝。歐弗生硬地點點頭。

「呃。」他發出一個不知該歸類為文字還是單純吸氣的聲音。老婆婆點頭，可能還努力想藏住上揚的嘴角。

「看你盛裝打扮成這樣，那個人想必非常特別吧。」她說。

歐弗再次吸氣，快速點個頭。他走到門口，她從廚房喚道：「歐弗，花！」

滿頭霧水的歐弗從隔牆後方探出頭來，盯著她看。

「她可能會喜歡鮮花。」老婆婆特地加強語氣說道。

歐弗清清喉嚨，關上大門。

歐弗穿著過緊的西裝與擦得晶亮的皮鞋杵在車站，等了十五分鐘以上。他不太信任遲到的人。「如果一個人連準時都做不到，就不能相信他會把更重要的事情做好。」他以前都會這麼咕噥道。他的同事常常嘴上流著口水，遲了四五分鐘才帶著考勤卡姍姍而來，還一副不要緊的樣子，一副鐵路一大早也沒其他事可做，只會躺在那邊等他們來的樣子。

因此，在那十五分鐘的等待之際，歐弗其實有些醞怒；然後慍怒轉為某種焦慮感。然後歐弗暗忖，桑妮雅提議他們見面只是在耍他而已。他這一生不曾感到這麼蠢過。想來也對，她怎麼會想和他見面，他腦袋裡怎麼會有這種妄想？這番體悟在他腦中生根，恥辱感如岩漿般不斷上漲滿溢，他衝動得想把鮮花扔進最近的垃圾桶，頭也不回地大步離去。

如今回想，歐弗也解釋不上來，為何他當時仍留下來了。也許是因為，不管怎樣，約定就是約定。也許還有其他原因，更一針見血的原因。當然他那時還不明白，但他此生註定要浪費好多個十五分鐘等她，要是他父親知道了，肯定會氣到鬥雞眼。但十五分鐘過後，她總算現身，穿著一件碎花長裙，上身套了件大紅針織衫，這身裝束讓歐弗不禁將重心從右腳移到左腳。此時他心想，她無法準時的缺點並不是最重要的事。

花店老闆娘問他：「你想要什麼花？」他冷冷地跟她說，她問這他媽什麼鬼問題。畢竟賣這些花花草草的是她，他是來買花的客人，不是反過來的狀況。店員一臉有點困擾的樣子，但她接著問道，不曉得送花的對象有沒有喜歡的顏色？「粉紅色。」歐弗萬分篤定地說，但他事實上不知道。

如今她佇立在車站外，高興的將歐弗送的花緊緊貼在胸膛，貼在她大紅的針織衫上，周遭的世界彷彿都黯然失色。

「這些花好漂亮。」她真誠的微笑讓歐弗不禁低頭瞪著地面，用腳直蹭著柏油路。

歐弗對餐廳沒什麼好感。他一直不懂，明明可以在家自己煮，為什麼會有人想花大錢到外面吃。他也不是很崇尚那些浮誇的家具、精緻的料理，再說，他也很清楚自己不擅長跟別人聊天。無論如何，他到底先吃了些東西，以讓她盡情挑選菜單上的餐點，又不至於負擔不起，他自己隨便點個最便宜的菜就好。另一個好處就是，至少她問他問題時，他不會滿嘴都是食物。這計畫對他來說還不錯。

她在點餐的時候，服務生臉上堆滿了巴結的笑容。歐弗太清楚他和其他用餐的客人看見他們倆走進來時心裡在想什麼了。他們想著，這女孩太優秀，歐弗配不上她。而歐弗覺得自己實在蠢斃了。大多是因為他完全同意他們的看法。

她繪聲繪影聊著自己的學業，聊著她看過的書、看過的電影。她一望著歐弗，歐弗便覺得——他第一次覺得——自己是世界上唯一的男人。但歐弗骨子裡並不是個壞人，他知道自己的所作所為是錯的，不能再坐在這邊欺騙下去了。於是他清清喉嚨，鼓起勇氣，告訴她真相。他其實不是在服兵役；他其實是火車清潔工，心臟有毛病，之所以說謊騙她是因為和她一起搭火車非常開心。他猜，這想必是他們倆唯一的一頓晚餐，他也不認為她該和這樣一個騙子吃飯。他說完，便把餐巾放到桌上，拿出錢包付錢，打算離開。

「我很抱歉。」他咕噥道，滿臉羞愧，還踢了踢自己的椅腳，之後他又補了一句，但聲音小得幾乎聽不見：「我只是想知道受妳注視的感覺是怎麼樣。」正當他起身時，她從桌子那端伸過手來，放在他的手上。

「我沒聽過你說這麼多話過。」她微笑。

他又吞吞吐吐說這改變不了事實，他騙了她。她請他坐下來，他聽她的話，陷進椅子裡面。她沒生氣，不像他所想的那樣。她開始笑出聲來。最後她說，其實要猜出他沒在服兵役也沒那麼困難，因為他從來沒穿軍服。

「總之，大家都知道軍人不會五點下班啦。」

她又說道，歐弗也不像俄國間諜那般謹慎行事。所以她自己總結，他這麼做一定有他的理由。而且她喜歡他總是認真聽她說話，讓她發笑。她說，這就已經足夠了。

接著她問他，如果能選擇的話，他這一生真正想做的是什麼。他想都不想就回答，他想要蓋房子。從設計草圖到構築骨架，計算出房子能站得最穩的方法。結果她沒如他所想的開始大笑。她生氣了。

「那你怎麼還沒付諸行動？」她催問他。

歐弗想不出什麼好答案。

星期一，她拿了一疊建築工程的函授課程手冊到他家來。房東老婆婆目瞪口呆看著這位年輕貌美的女子走上樓，步伐中充滿自信。稍後，她拍拍歐弗的背，在他耳邊說，那幾朵花看來是很不錯的投資。歐弗不得不同意這點。

他上樓至房間時，她正坐在他的床沿。歐弗雙手插口袋停在門口，掛著一張臭臉。她看著他笑了。

「我們現在算在一起了嗎？」她問。

「呃，好啊，要在一起也可以。」他回答。

於是他們就在一起了。

她把那些手冊拿給他。那是兩年的課程，而且證明了歐弗過去花在學習建築的時間，原來不像他以往認為的那樣，全都浪費掉了。雖然他沒什麼念書的頭腦，課堂上不擅長發言，但他了解數字，了解房子。那大有幫助。他六個月後報考證照。然後報了另一個。再報另一個。然後他在房屋事務處掙了個職位，一做就是三分之一個世紀。他認真工作，沒請病假，付清房貸，不逃漏稅，盡自己本分。在森林旁新蓋好的連棟建築買了一幢兩層樓房。她想要結婚，歐弗便求婚。她想要孩子，歐弗也覺得好。而他們倆都認為，小孩就該住連棟樓房，可以和其他孩子一起玩耍。

不到四十年，房子周圍就看不到森林了。只有更多的房子。然後有天，她躺在醫院病床上握著他的手，叫他不用擔心，一切都會好轉。她說得容易，歐弗心想，滿腔的憤怒與哀愁隨著胸膛鼓動。但她只低語：「一切都會好轉的，親愛的歐弗。」並將手臂貼上他的手臂，輕輕把食指壓進他的手心。然後閉上雙眼，離開人間。

歐弗握著她的手，好幾個小時沒有移動。直到醫院人員小心翼翼走進來，溫柔說明他們必須把她的遺體帶走。歐弗自椅子起身，點頭，然後到殯葬業者那處理一些文件。星期日，她入土下葬。星期一，他回去工作。

如果有人問他，他會告訴他們，他遇見她以前從來沒有活過。在那之後也沒有。

15 誤點的火車

在壓克力窗另一側的男人有些圓潤，梳了一頭油頭，兩隻手臂繪滿刺青。彷彿他覺得那頭像是把奶油抹在頭上的髮型還不夠顯眼，一定得要在全身添上一大堆塗鴉才行。而且歐弗怎麼看也看不出那些刺青有什麼深層意涵，只是一堆圖樣而已。一個心智健康的成年人會同意把自己的身體變成這樣嗎？揮著一雙看似睡衣袖的手臂到處走？

「你的讀卡機壞了。」歐弗告知他。

「沒有吧？」壓克力窗後的男人說道。

「『沒有吧』是什麼意思？」

「意思是……我在提出疑問……讀卡機壞掉了嗎？」

「我跟你說啦，壞掉了！」

窗後的男人若有所思。「或許是你的信用卡有問題？磁條上沾到灰塵了？」他暗示道。

歐弗一臉像是那個人剛剛暗示他可能有不舉問題的表情。窗後的男人靜了下來。

「我的卡片磁條沒有沾到灰塵，這點你不用擔心。」歐弗指著他說。

窗口男先是點頭，突然又改變主意搖搖頭，努力向歐弗解釋讀卡機「稍早以前還可以用的」。歐弗當然完全不把這句話放在眼裡，因為讀卡機現在明顯是壞的。窗口男詢問歐弗能否付現。歐弗回道，這他媽根本不關他的事。緊張的情勢落於兩人之間，誰也沒說話。

最後，窗口男問他可不可以「看一下信用卡」。歐弗看著他，一臉像是他們在暗巷碰面，然後他問能不能「看一下」歐弗的下體。

「別給我亂搞。」歐弗警告他，萬般不願的把卡片推到窗口底下。

窗口男抓起卡片，往自己腿上奮力擦拭，以為歐弗沒在報紙上看到一種叫做「滑卡竊資」的詐騙方式。以為歐弗是白痴。

「你在幹什麼？」歐弗大叫一聲，一掌直接打上壓克力窗。

那人把卡片從窗口下推回來。

「現在試試看。」他說。

歐弗一臉窗口男應該停止浪費他時間的表情。任何蠢老頭都能想見，要是卡片一分半鐘前不能用，現在他媽的也不能用啦。歐弗把這句話說給窗口男聽。

「拜託試試看好嗎？」窗口男說。

歐弗在他面前大大嘆氣，再度拿出信用卡，兩眼緊盯著壓克力窗。卡片能用了。

「看吧！」窗口男語帶嘲弄。

歐弗兩眼怒瞪著卡片，一副卡片背叛他的樣子，再把卡片塞回皮夾。

「祝您今天愉快。」窗口男在他身後喊道。

「我們走著瞧。」歐弗咕噥道。

過去二十年來，每個碰到歐弗的人都不斷說著刷卡好方便。但歐弗一向覺得現金就夠好用了；再說，現金已經盡忠職守服務人類好幾千年了。歐弗反倒不信任銀行和它們的電子儀器。

但不管歐弗怎麼警告，他老婆無論如何都堅持要有一張。她去世後，銀行寄給歐弗一張登記在他名下的新卡片，和他老婆的戶頭連結。這六個月來他都用信用卡買花祭拜老婆，現在戶頭裡還剩下一百三十六克朗五十四歐爾。歐弗非常清楚，要是在他死前沒把錢花完，這些錢只會消失到某位銀行董事的口袋裡而已。

但等待歐弗有求於這張該死的信用卡時，它就一定會出問題。不然就是店家要求額外支付有的沒有的手續費。以上種種更加證實歐弗一直是對的。等他見到他老婆時他就要這樣跟她說，她最好要把這件事搞清楚。

他今天一大早就出門了，連朝陽都還沒甦醒爬上地平線，更別說是他的街坊鄰居。他在走廊把火車時刻表仔細研究一遍，然後把家裡的燈、暖氣機全關上，在鎖上家門前，把鉅細靡遺的遺書放在走廊的腳踏墊下。別人來買房子的時候就會發現吧，他猜。

他拿雪鏟把家前的積雪清掉，把雪鏟放回工具間，鎖門，往停車區走去。假如歐弗多留意點周遭環境，他可能會注意到，工具間外那個大雪堆中，有個貓咪形狀的大凹洞。但他腦中有更要緊的事，所以並沒發現。

他沒開紳寶（因為最近幾次經驗的教訓），選擇徒步走到車站去，因為這次無論是外國懷孕女、金髮嬌嬌女、盧恩他老婆，還是黑心繩索都沒有機會毀掉歐弗今早的計畫了。他已經幫他們把暖氣機抽氣、借他們工具、載他們去醫院。能做的都做了，這樣總該夠了吧。現在，歐弗終於踏上他的死亡之旅。

他再看一次火車時刻表。他討厭遲到。遲到會破壞預定的計畫、擾亂事情的步調。說到照計畫走，他老婆完全一無是處。但女人都是如此。就算你把計畫貼在她們眼前，她們還是無法按計畫走，歐弗早有體會。每次他要開車到哪兒去，他一定會擬訂行程和計畫，決定何時要加油、何時要停下來喝杯咖啡，如此才能盡可能善用旅程中的每分每秒。他會研究地圖，精確計算每一段路程要花多少時間、如何避開尖峰時刻，並找出別人用衛星導航系統搜尋不到的捷徑。歐弗總是有明確的旅遊策略。相反的，他老婆則總是突發奇想，想要「跟著感覺走」、「放慢步調」。以為一個成年人想去任何地方時，可以靠這種方法順利到達。她總記得要打通電話，卻總是忘了帶圍巾什麼的。或在出發前一刻，沒辦法決定要帶哪件外套出門。或是拉裡拉雜的東西。她老是把咖啡保溫杯忘在瀝水板上，這才是唯一不可或缺的東西吧。旅行袋裡塞了四件外套卻他媽沒有咖啡。

以為只要每個鐘頭轉進一間加油站，買他們又焦又臭的狐狸尿將就一下就可以了。太棒了，繼續耽誤行程。每次歐弗一不高興，她就會質疑開車出遊需要規劃時間的重要性。「反正我們又不趕時間。」她會這麼說。說得好像他在乎的只是趕時間而已。

此刻，他站在月台上，雙手緊緊插入口袋。他沒穿西裝外套，那件外套已經髒透了，全是強烈的廢氣味，他要是穿那件外套去見她，她可能又會在那邊碎碎念了。他現在身上這件襯衫和毛衣她不喜歡，但至少很乾淨，可以見人。現在將近零下十五度，他還沒把藍色秋季外套換成藍色冬季外套，冷風直接穿衣而入。他承認因為太怕遲到所以分神了。他沒有仔細思考上天堂應該要穿怎樣的衣服。一開始他以為應該要打扮得正式體面些。但現在他越想越覺得，死後世界應該會有制服吧，這樣才不會搞混。那裡一定有各式各樣的人——外國人啊什麼的，穿著想必一個比一個奇怪。所以說你一到天堂，應該會分配一套衣服給你。那裡搞不好有服裝部門呢！

月台幾乎是空的。鐵道另一側，有幾個昏昏欲睡的年輕人，背著過大的背包，歐弗敢說裡頭塞滿了毒品。在他們身旁有個四十來歲的男人，穿著灰色西裝及黑色長版大衣，正在讀報紙。稍遠一點，是幾位閒話家常的女子，她們風華正茂，胸前印著縣議會縣徽，一綹一綹紫色的鬈髮飄逸。她們一根接著一根抽著長長的涼菸。

歐弗這端月台無其他乘客，只有三名體型臃腫的員工，年紀約莫三十過半，身穿工作服、頭戴工程盔，站成一圈低頭看著一個洞。他們周圍是倉促圍出來的封鎖線。其中一人拿著一杯7-11咖啡，另一人吃著香蕉，第三人嘗試用戴著手套的手按手機。不怎麼順利。那個洞就大剌剌地留在原地。我們居然還會驚訝全世界陷入了財務危機，歐弗心想。你看這些人，整天只會吃香蕉，盯著地上的洞口看而已。

他看看手錶。剩一分鐘。他站在月台邊緣，用鞋底保持平衡。他估計，跳下去不過一點五公尺。大概一點六吧。用火車來結束他的生命其實有某種象徵意義，而他不太喜歡。他覺得火車司機不該看到慘不忍睹的畫面。為此他決定當火車靠得很近時再往下跳，這樣把他撞到鐵軌上的會是第一節車廂側邊，而不是車頭大片的擋風玻璃。他望著火車進站的方向，開始慢慢倒數。他認為算準時機至關重要。太陽要升起來了，陽光直直射進他的雙眼，像是拿到手電筒的孩子會做的事一樣。

就在這個時候，他聽到了第一聲尖叫。

歐弗抬頭，剛好看見穿著黑色長版大衣的西裝男開始前後晃來晃去，像是被注射過多鎮定劑的貓熊。西裝男搖了一秒鐘左右，突然兩眼翻白，仰頭向上，渾身像是被電擊般的不斷抽搐。他的雙臂無法控制地甩動。接下來的情景像是一連串的靜照連續播放，報紙從他手中掉落，他暈眩過去，從月台邊緣掉落，宛若一箱堅硬的混凝土般砰的一聲撞到鐵軌上。

那些胸口有縣徽的涼菸女開始驚慌尖叫。嗑藥的年輕人瞪著鐵軌，雙手牢牢抓住背包肩帶，彷彿害怕他們也可能摔下去。歐弗站在另一端月台邊緣，來回看著月台兩端，面露躁怒。

許久以後，歐弗吭了一句「有沒有搞錯」，然後跳到鐵軌上。「幫忙抓住他好嗎！」他向月台那端頭髮最長的背包客喊道。滿臉震懾的年輕人緩緩移到邊緣。歐弗一手舉起西裝男，這是從未踏進健身房過、但終其一生都一手一塊搬運水泥底座的男人所做得到的事。他把男人抬到背包客的兩臂中，這是穿著螢光慢跑褲、開奧迪車的男人多半做不到的事。

「不能把他丟在軌道上，你懂我的意思吧？嗄!?」

背包客一臉困惑地點頭。最後，他們兩人同心協力，終於把西裝男拖到月台上。縣議會姊妹花還在尖叫個不停，彷彿她們真心相信，尖叫在這種情況下是極具建設性的作為。他們把西裝男翻過來正面朝上，他的胸膛上下起伏。歐弗留在鐵道上。他聽到火車漸進的聲音。這件事和他的計畫有所出入，但也只能照常執行。

他冷靜走到鐵道中央，雙手插進口袋，兩眼盯著車頭燈。警告的哨聲像防空警報一樣尖聲大作。他感覺到腳下的鐵軌劇烈震動，如一隻注射睪固酮的公牛正在朝他猛衝而來。他深深吐氣，在震盪與吶喊的惡火之中，在火車永無止盡的刺耳煞車聲之中，他感到一股深沉的解脫。

終於。

對歐弗來說，接下來的片刻被拉長了，彷彿時間也踩了煞車，讓周遭所有事物以慢動作運行。爆炸的聲響被消音，變成低沉的嘶聲鑽進他雙耳，行進的火車緩慢遲鈍，彷彿是由兩頭老牛拉的車。車頭燈向他閃爍著絕望的光芒；而在燈閃之際的空檔，當他沒被燈閃瞎時，他發現自己和火車司機的雙眼相交。那人根本不到二十歲。還是個會被之前的前輩叫做「阿弟仔」的年紀。

歐弗盯著阿弟仔的臉孔，口袋裡的拳頭握得老緊，彷彿為了自己做的決定咒罵自己。但這又無可奈何，他想。事情有對的做法。也有錯的做法。

於是，在火車距離差不多十五到二十公尺時，歐弗不爽地狂飆髒話，然後一臉冷靜，彷彿只是去幫自己拿杯咖啡似的，走出軌道，跳上月台。

當快跑的火車終於完全煞住，它和歐弗幾近平行。阿弟仔臉上的血色全被恐懼抽光，顯然正忍著不讓眼淚掉下來。他們兩個透過火車窗看著對方，彷彿兩人剛從末日的沙漠中脫逃，如今意識到他們不是地球僅存的人類。一人因此鬆了一口氣，另一人失望透頂。

火車內的男孩謹慎點點頭。歐弗也無奈地點頭回應。

沒錯，歐弗不想活了。但要他在撞上擋風玻璃變成肉醬的幾秒前，和窗內的人對望，從此毀了那人的一生；靠，歐弗不是這種人啊。要是他這麼做，他爸和桑雅也一定不會原諒他的。

「你還好嗎？」其中一個戴工程盔的在歐弗身後喊道。

「你在最後關頭才跳上來耶！」另一個驚呼。

他們站在那瞪著他，就跟他們方才站在洞旁瞪著洞口的表情並無二致。這麼說，那似乎是他們的擅長領域：瞪東西。歐弗瞪了回去。

「可能會傷得很慘啊，剛剛。」工程盔一號竊笑。

「慘兮兮。」二號附和。

「甚至搞不好會翹掉。」三號進一步說明。

「但你是真英雄！」一號大喊。

「拯救他們的生命！」二號熱切點頭。

「他的。拯救『他的』生命。」歐弗糾正他，彷彿聽見桑雅的聲音從自己口中冒出來。

「很可能會死啊。」三號又重複一次，在香蕉上咬下第四口。

軌道上，火車的紅色警示燈亮了起來，吐著白霧蒸氣，發出刺耳噪音，就像一個超級胖的人撞上一堵牆一樣。許許多多在歐弗眼中看似ＩＴ顧問與惡名之士的人湧了出來，站上月台時還有些暈眩。歐弗把雙手插入褲子口袋。

「看來你們現在準備面對一堆誤點的火車囉。」他說，一臉愉悅莫名地看著月台上混亂不安的人群。

「對啊。」工程盔一號說。

「我想也是。」二號說。

「多到數不清。」三號同意道。

歐弗發出像是一張沉重書桌的生鏽鉸鏈的聲響。他一句話也沒說，就從他們三個旁邊走開。

「你要到哪？你是英雄耶！」工程盔一號對他大喊，感到訝異。

「對啊，」二號跟著大喊。

「英雄！」三號跟著大喊。

歐弗沒有回答。他經過窗口男，走出車站，進入白雪覆蓋的街道，往家的方向前去。

小鎮在他周圍慢慢甦醒，這個充斥著外國車、統計數字、卡債和其他屁物的小鎮。結果今天也搞砸了，他苦悶地承認。

當他沿路走到停車區旁的單車房時，他看見白色斯科達從對面開過來。從阿妮塔和盧恩家的方向開過來。一個表情堅毅的眼鏡女坐在副駕駛座，懷中抱著一堆檔案夾和文件。開車的是穿白襯衫的男人。車子高速轉過彎時，歐弗必須往旁邊一跳才不會被它直接輾過去。

男人透過擋風玻璃對歐弗舉起一根燒盡的香菸，輕蔑地歪嘴一笑。一副歐弗擋路是他的錯，但大爺今天心情好，姑且不跟他計較的表情。

「白痴！」歐弗對著斯科達車尾大喊，但白襯衫男似乎毫無反應。

歐弗在車子消失在轉角前記下車牌號碼。

「很快就輪到你了，死老頭。」一個惡劣的聲音在他身後嘶聲說道。

歐弗轉身，順勢舉了拳頭，才發現他盯著的是倒映在金髮嬌嬌女墨鏡上的自己。她雙手抱著雪靴，雪靴對著他低吼。

「他們是社服機關的。」嬌嬌女對著馬路點頭，幸災樂禍地說。

歐弗在停車區看見假掰男安得斯正在把奧迪倒出車庫。那輛車裝有最新的波浪型車頭燈，歐弗注意到了。這樣的設計，想必是要讓晚上在外的鄰居一看到，就能認出這輛車的駕駛是一個天大的廢物。

「又關妳什麼屁事？」歐弗對嬌嬌女說。

她的雙唇往兩旁拉開，形成某種扭曲的表情，對一個在嘴唇上注射環境污染物和神經毒素的女人來說，這已經是她盡力擺出最接近真實笑容的表情了。

「當然關我的事，因為等他們抓完街尾的那個老頭之後，下一個就換抓你去安養院了！」

她對著他旁邊的地面吐口水，走向奧迪。歐弗看著她，胸口在襯衫下起起伏伏。當奧迪轉向時，她從另一邊窗戶對他比中指。歐弗的第一個反應是追在車後面，把那輛德國金屬怪物拆得稀巴爛，包括假掰男、嬌嬌女、雜種狗和波浪狀車頭燈在內。但突然間，他喘不過氣來，彷彿他全速跑過大雪似的。他向前傾，撐住膝蓋，努力大口喘氣，他沒想到會發生這種情況，大為光火。

約莫一分鐘後，他站挺身子。他的右眼有些閃爍而逝的光點。奧迪已經不見了。歐弗轉身，慢慢走回自己的屋子，一手緊緊壓住胸膛。

他到家後，在工具間停了下來，盯著雪堆中的貓型凹洞。

有一隻貓躺在底部。

媽的，怎麼沒想到這點。

16 森林裡的卡車

那天，那個嚴肅中帶點笨拙、有著一身壯碩肌肉，與一雙悲傷藍眼的男孩坐到桑雅旁邊。在那以前，她一生中只有三樣事物能讓她毫無條件地付出她的愛：書、爸爸、貓。

她當然不缺愛慕者，所以這不是原因。追求者高矮胖瘦，什麼樣的人都有。有高黑髮、有矮金髮、有愛玩又遲鈍的、有優雅又愛炫的、有帥氣又貪婪的；且若不是村子裡傳言，桑雅的父親在樹林裡偏僻的木屋中藏有一兩支火槍，讓他們略有退卻的話，他們搞不好會更死纏爛打呢。但是，他們沒一個會像那個火車上坐她旁邊的男孩一樣看著她，把她當作這世界上唯一的女孩。

有時候，特別是頭幾年，她一些姊妹淘對她所做的選擇很不諒解。桑雅是個美人胚子，她周遭的人總是不厭其煩地告訴她。此外，她還很愛笑，不管人生對她投以怎樣的挑戰，她都能保持樂觀。但是歐弗嘛，唉，歐弗就是歐弗。她周遭的人也總是這麼跟桑雅說。

他這個人一進入中學後，就已經是愛擺臭臉的老頭樣了。大家都說，她值得更好的對象。

但對桑雅來說，歐弗不是嚴肅、笨拙、尖銳這些形容詞的總合。對她來說，他是第一次約會時，那略微變形的粉紅色花朵；他是他父親略窄的褐色西裝，在他寬闊的肩膀上繃得很緊。他對事物有強烈的信念：相信正義、公正公平、盡忠職守，以及對錯分明的世界。這些信念不是為了獲得一面獎牌、一張獎狀，或是他人的拍背讚賞，而是因為世事本該如此。像他這樣的男人已經不多了，桑雅明白這點。所以她好好把握住他。他可能不會為她寫詩、唱歌給她聽或是送她昂貴的禮物，但沒有人會像他一樣，每天搭好幾個小時反方向的火車，就因為他喜歡坐在她身邊聽她說話。

當她環住男孩的手臂（跟她的大腿一般粗），搔他癢直到他的臭臉綻開一朵笑容時，那就像石膏迸裂開來，顯露出裡面的閃亮珠寶；每次他一笑，桑雅心中彷彿就開始歌唱。這是專屬於她的，珍貴時光。

他們第一次約會的那晚，歐弗坦承自己說謊後，她並沒有生氣。當然她未來對他發脾氣的次數可是天文數字，但那晚她沒有。

那晚，她只溫柔地對他說道：「人家說，最偉大的男人是從錯誤中誕生的，每一次犯錯，都是他們進步的契機，因此他們往往比從沒犯過錯的人更卓越。」

「誰說的？」歐弗納悶，並看著眼前擺在桌上的三組餐具，猶如眼前是一只開啟的箱子，耳邊有人說道：「選擇你的武器。」

「莎士比亞。」桑雅說。

「好看嗎？」歐弗好奇。

「棒呆了。」桑雅微笑點頭。

「我沒讀拜過他寫的書。」歐弗對著桌布咕噥。

「是拜讀。」桑雅更正，深情地把手疊到他手上。

在他們近四十個年頭的生活中，桑雅教過幾百個有閱讀書寫障礙的學生，但她都有辦法讓他們讀莎士比亞全集。在同段時日裡，她卻沒辦法讓歐弗讀一本莎翁劇作。不過，當他們搬進連棟樓房後，他一連好幾個禮拜，每天晚上都關在工具間內。待他完工，世上最美的書櫃就出現在客廳裡。

「那些書總要有地方放吧。」他吞吞吐吐說道，用螺絲起子戳著大拇指上的割痕。

然後她鑽進他的臂膀之中，說她愛他。

而他點點頭。

她只問過一次他手臂上的燙傷怎麼來的。

她必須把歐弗不情不願吐露出來的破碎片段重新組合，才拼湊出他失去父母住所的來龍去脈。最後才明白他的燙傷是怎麼來的。往後，只要她的姊妹淘問她為什麼愛歐弗，她就會回答，大多數的男人懼大火而遠之，但歐弗這種男人無懼大火而奔之。

歐弗與桑雅的爸爸見面的次數絕不超過十根手指頭。她爸爸住在遙遠的北部，隱居在森林深處。宛如他事先翻過地圖，仔細分析本國人口密度圖後，得出此地是最遠離人群、但尚宜人居的結論。

桑雅的媽媽死於產房。她爸爸沒有再婚。

少數幾次，有人大膽提起這個問題，他就呸的一聲說：「我有女人，只是她現在不在家。」

桑雅進入第六學級學院就讀，準備報考大學的文組科系後，就離家到城裡居住了。她跟爸爸提議一起搬過去的時候，他幾乎怒不可抑地看著她。「我去那邊幹嘛？認識鄉民嗎？」他齜牙咧嘴說道。他總是把「鄉民」這個詞當髒字來使用。所以桑雅就隨他去了。除了她每週末會回家一趟，還有他每個月會開卡車到最近的村莊雜貨店以外，他只有厄尼斯特與他作伴。

厄尼斯特是世上最大隻的農場貓。桑雅小時候還以為牠是一隻迷你馬呢。牠在她爸的房子裡進出自如，但牠並不住這。至於牠住哪，事實上沒人知道。桑雅把牠命名為厄尼斯特，取自作家厄尼斯特．海明威。他父親從來不碰書，然而，當他的五歲女兒開始拿報紙起來讀時，他還不至於笨到不阻止她。「女孩子不能看那種垃圾東西，會污染她的心靈。」他帶她到村裡的圖書館，把她推向櫃台時，這麼說道。年邁的圖書館員不太清楚他是什麼意思，但這女孩無疑是資質出眾。

於是圖書館員和她父親一致認為，每個月的村莊之行除了到雜貨店購物外，圖書館也該納入既定行程，無須討論。到了桑雅十二歲生日，圖書館裡的書她都至少看過兩遍了。她喜歡的作品，如《老人與海》，讀過的次數更是數不清。

總之厄尼斯特從此就叫做厄尼斯特。沒有人是牠的主人。牠不說話，但牠喜歡和她爸爸一起去釣魚。她爸爸也很欣賞牠的技術，一人一貓回家後還會平均分享漁獲。

桑雅第一次帶歐弗到森林老木屋時，歐弗和她爸爸兩人面對面而坐，卻將近整整一個小時都緘默不語，直愣愣盯著眼前的食物，獨留她努力鼓勵雙方進行一些文明的對話。這兩個男人都不明白他們在這幹嘛，只知道他們唯一在乎的女人很重視這次見面。他們都曾抗議過她的安排，一下堅決不從，一下大吵大鬧，但都敵不過她。

桑雅的父親打從一開始就不贊同他們交往。他對這小子的認知僅止於他從城裡來，還有桑雅提過，他不太喜歡貓。對他來說，這兩點就足以把歐弗歸類為不可靠的人。

至於歐弗嘛，他覺得自己好像在面試一樣，而他從來不善於參與面試。所以當桑雅沒說話時（可想而知大多數時間都是她在講），這兩個男人之間——一個不想失去女兒，一個還不太清楚自己是否能把她娶走——便升起了一片死寂。最後桑雅踢了歐弗脛骨一下，要他說些什麼。歐弗從盤子抬頭，留意到她眼角露出憤怒地抽動。他清清喉嚨，絕望地看看四周有沒有什麼東西可以問問這個老先生。這是歐弗學到的訣竅：要讓別人暫時忘了他多討厭你，讓他開始聊聊自己就對了。

過了好長一段時間，歐弗的目光穿過廚房窗戶，落在屋外的卡車上。

「那是L10對不對？」他用叉子指著窗外問道。

「對。」老先生說，依舊看著自己的盤子。

「是紳寶製造的。」歐弗微微點頭表示。

「是斯堪尼亞（Scania）！」老先生爆出怒吼，兩眼燃起怒火瞪著歐弗。

整個房間又再次籠罩在男朋友與父親會面時所產生的寂靜當中。

歐弗一臉陰鬱盯著盤子。桑雅踢了父親的脛骨一下。他看著她，本來還一臉暴躁，直到他看見她眼角不斷抽動。他還不至於笨得學不會教訓，一旦她眼角開始抽動，後果會不堪設想。於是他忿忿地清清喉嚨，小口扒著盤裡的食物。

「就算紳寶某位老闆揮著皮夾買下工廠，也不代表斯堪尼亞就不存在了。」他低聲埋怨，但少了點責怪。然後他連忙把腳骨往後挪，離他女兒的鞋子越遠越好。

桑雅的父親總是開斯堪尼亞廠牌的卡車。他不懂怎麼會有人想要別款車。他這個客戶多年來始終如一，沒想到有天，他們就跟紳寶合併了。他至今仍不原諒他們的背叛。

另一方面，歐弗倒是在兩家公司合併之後，開始對斯堪尼亞產生興趣。他滿臉沉思看著窗外，一面嚼著馬鈴薯。

「這台跑得好嗎？」他問。

「不好。」老先生喃喃說道，繼續看著盤子。他脾氣又火起來。「沒一種車款跑得好。沒一輛製造得對。給技工修還要花上我一半的財產，不如不修。」他又補充說道，一副他說話的對象其實躲在餐桌下面的樣子。

「如果你不介意的話，我可以幫你看一下。」歐弗說，突然間雙眼都散發光彩。事實上，桑雅記得這是她第一次聽到歐弗對其他東西表現出熱情。

兩個男人彼此對看了一會兒。然後桑雅的父親點點頭。歐弗也快速點頭回應。然後兩人都站起身，就事論事，像是兩個人剛決議殺掉第三個人一樣的果決。幾分鐘後，桑雅的父親回到廚房，拄著枴杖，緩緩坐到椅子上，一面發出不適的悶吭聲。他坐在那仔細填塞菸斗，弄了好一陣子，最後才朝燉鍋點點頭，吐出兩個字：

「不錯。」

「謝謝爸爸。」她微笑。

「是妳做的，不是我。」他說。

「我不是謝這個。」她邊回答，邊收拾盤子。她溫柔地在爸爸的額頭上親了一下，看著庭院裡的歐弗整個上半身都埋在卡車的引擎蓋下。

她爸爸什麼也沒說，只是哼的一聲站起來，拿起餐桌上的報紙，往客廳的單人沙發椅移動。然而，才走到一半，他就停了下來。他拄著枴杖站著，似乎有點猶豫不決。

最後他拋出一句：「他釣魚嗎？」沒有看著她。

「我想沒有。」桑雅回答。

她爸爸僵硬地點點頭，依舊站在那兒，好一會兒不說話。

「知道了。那他最好趕快學會。」許久之後他吐出這句話，然後把菸斗放進嘴裡，消失到客廳裡去。

桑雅從來沒聽過他給過任何人這麼高的讚賞。

17 雪堆裡的煩人貓

「牠死了嗎？」帕瓦娜一臉恐懼問道。她方才賣力挺著大肚子衝了過來，看著雪堆裡的凹洞。

「我不是獸醫。」歐弗回答——沒有要嗆人的意思。他只是實話實說。

而且他不了解為啥這個女人總是能從某個地方冒出來。難道連靜靜地站在這裡俯視雪堆裡的貓型凹洞都沒辦法嗎？

「你一定要趕快把牠抱出來！」她一面大喊，一面用手套打他肩膀。

歐弗一臉不爽，雙手往外套口袋裡插得更深了。他呼吸還是有點喘。

「誰說一定要。」他說。

「你是心智有問題還怎樣啦？」

「我和貓處不太來。」歐弗如實以告，兩腳跟穩篤地扎進雪中。

她回頭射過來的眼神不禁讓他倒退，離她的手套遠一點。

「牠可能只是睡著了。」他試著解釋，往洞裡瞄了一眼，又說：「不然雪融了以後牠就會出來了。」

當手套朝他飛過來時，他心想，保持安全距離果然是個好主意。

殊不知下一刻，帕瓦娜就彎身栽進雪堆中，幾秒後站直身子，細瘦的臂膀裡多了那隻被凍僵的小動物。牠看起來就像一團插著四根冰棒棍的破爛圍巾。

「快開門！」她對歐弗大叫，失去先前的鎮靜。

歐弗把鞋底緊緊踩在雪中。一天才開始不久，他全然沒有想讓女人或貓咪進入屋子的念頭。他很想跟她講清楚說明白。但她抱著貓咪，步伐果斷地朝他直直走來。他的反應要快，才能決定接下來她會跟他擦身而過，還是直接穿膛而過。歐弗沒遇過比她更不聽老人言的女人了。他又開始呼吸困難。他拚命忍住揪著胸膛的衝動。

她繼續前進。他讓開。她大步走過。

她懷中那隻嬌小的冰柱毛線團攪起了歐弗腦中的記憶，他還來不及阻止，回憶便執拗湧現：是有關厄尼斯特的回憶，那隻又胖、又笨、又老的厄尼斯特。桑雅對牠無限寵愛，只要看到牠，心臟都會興奮得快跳出來了。

「開門啊！」帕瓦娜大聲咆哮，猛然回身瞪歐弗，那瞬間轉速都可以割傷人了。

歐弗從口袋撈出鑰匙，手臂彷彿是他人操縱似的。他對自己正在做的事煎熬難耐。腦中的自己大喊著「不要」，但其餘身體部分卻像叛逆的少年一樣忙著動作。

「把棉被拿來！」帕瓦娜喝道，鞋也沒脫就跑過門檻。

歐弗好一會兒只是杵在那兒，不斷喘氣，然後才緩緩跟在她身後進屋。

「裡面冷得跟什麼一樣，把暖氣機的溫度調高一點！」帕瓦娜直言不諱，彷彿這是很顯而易見的事。她把貓放在他的沙發上，不耐煩地揮著手，示意歐弗趕快動作。

「在我家不准把暖氣機的溫度調高。」他堅決宣告。他堵在客廳門口暗忖，要是他叫她在貓咪下面墊個幾張報紙，不知道她會不會又要拿手套打他。當她再度轉身面向他，他決定還是別說了。歐弗不記得有看過哪個女人像她一樣怒氣沖天。

「棉被在樓上。」許久之後歐弗才說，突然研究起走廊的檯燈，以避開她的目光。

「去拿啊！」她吩咐。

歐弗又對自己重複說了一次她的話，無聲地表達出做作、鄙視的語氣；不過他仍是把鞋脫了，繞過客廳，謹慎走在她的手套射程範圍之外。

上下樓梯時，他不斷對自己咕噥，為什麼在這條街想要一點安寧會他媽的這麼難呢？他在樓上止步，做幾下深呼吸。胸口已經不疼了。心跳也恢復正常。這種狀況不時就會來一次，他已經不再緊張了。反正總會過的。再說他不久之後就不需要這顆心了，所以怎樣都無所謂。

他聽見客廳有別人的聲音。他簡直不敢相信自己的耳朵。這些鄰居儘管一再阻撓他自殺，但要把一個男人逼到恨不得把自己殺了，他們倒是一點也不手軟。一點也不。

歐弗拎著棉被下樓時，住在隔壁的過胖年輕人就站在他的客廳中央，好奇看著貓咪和帕瓦娜。

「嘿，大哥！」他開心地和歐弗打招呼。

他只穿了一件T恤，儘管外頭是冰天雪地。

「很好。」歐弗說，默默在心中確認了一件可怕的事：原來只要上樓忙一會兒，你家就會在你下樓的瞬間變成了民宿。

他一派輕鬆說道：「我剛剛聽到有人大叫，只是想知道是不是出事了。」他邊說邊聳肩，背上的三層肥肉在T恤上擠出一條條深溝。

帕瓦娜從歐弗手中一把搶過棉被，開始把貓咪包起來。

「妳這樣包不保暖啦。」過胖男和善說道。

「別打擾她。」歐弗說，雖然他不是幫貓咪解凍的專家，但他一點也不喜歡有人隨便闖進他家，還在這邊發表意見。

「歐弗，安靜！」帕瓦娜說，一臉有求於他地看著年輕人。「那我們該怎麼做？牠冰得跟冰塊一樣！」

「不要叫我安靜。」歐弗喃喃說道。

「這樣下去牠會死掉的。」帕瓦娜說。

「死個屁，牠只是有點冷到……」歐弗插嘴，再次試圖拿回控制權。

懷孕女伸出食指壓在他嘴唇上，要他閉嘴。歐弗火冒三丈，彷彿只要怒氣值一滿，他就會以單腳迴旋的芭蕾舞姿突破天際。

帕瓦娜把貓舉起來，牠身體的顏色從瘀紫變成慘白。歐弗察覺到這點，露出不太肯定的表情。他瞥向帕瓦娜，然後不情願地退後，交給他們處理。

過胖男脫掉身上的T恤。

「喂，搞什……這簡直是……你這是在幹啥……」歐弗結結巴巴說道。

他雙眼先看向沙發旁的帕瓦娜（懷裡抱著貓，解凍中的水一滴一滴落到地板），再看向客廳正中央、半身赤裸的年輕人（層層肥肉從胸膛一路抖動至膝蓋，整個人宛若一盒融化過後再拿去冰的冰淇淋）。

「喏，交給我吧。」過胖男向帕瓦娜伸出兩隻樹幹粗的手臂說道，一點也不覺難為情。

她把貓交到他手中，他把貓攏在他碩大的懷抱中，緊貼著他的胸脯，彷彿在製作一條巨大無比的貓春捲似的。

「對了，我叫吉米。」他對帕瓦娜微笑說。

「我是帕瓦娜。」帕瓦娜說。

「好酷的名字。」吉米說。

「謝謝！它的意思是『蝴蝶』。」帕瓦娜微笑道。

「酷喔！」吉米說。

「你快把那隻貓悶死了。」歐弗說。

「嘿，不要這麼ㄍㄧㄥ啦，歐弗。」吉米說。

「我想牠寧願有尊嚴的凍死也不要被勒死。」他朝緊貼吉米懷中的那團滴水毛球點點頭說。

吉米那張好脾氣的臉龐拉出了大大的笑容。

「放輕鬆啦，歐弗。我是胖子耶，了嗎？你可以隨便嘲笑我們胖子一族，但說到散發熱量，我們真的是霹靂強！」

帕瓦娜從他的蝴蝶袖上方憂心看著，輕輕把掌心放到貓咪的鼻子前面。然後她臉色亮了起來。

「牠變暖了。」她驚喜大叫，朝歐弗露出勝利的表情。

歐弗點點頭，本來打算說些話嘲諷她，但他發現自己聽到這消息時其實也鬆了一口氣，真糟糕。他和這樣的情緒掙扎許久，因此當她看向他的時候，他突然忙著檢查電視遙控器。

不是說他也擔心那隻貓。是這樣才能讓桑雅開心。僅僅如此而已。

「我來燒些開水。」帕瓦娜說完，登時一個輕挪蓮步，就繞過歐弗踏入廚房，拉開他的廚房櫃。

「搞什麼鬼……」歐弗咬牙說道，放下遙控器連忙追了過去。

他到廚房時，她動也不動站在中間，一手拿著他的電熱水壺，有些困惑。她臉上帶著一絲震懾難言的表情，彷彿此刻才明白發生了什麼事。

歐弗第一次看到這個女人無話可說。整個廚房雖然整齊有致，卻蒙上了一層灰。廚房飄著咖啡香，牆上的縫隙積滿灰塵，到處都是歐弗的老婆的遺物。窗上有她小小的裝飾品，餐桌上有她留下的髮夾，冰箱上的便利貼還留有她的字跡。地板上盡是淺淺的輪胎紋路。彷彿有人在這騎腳踏車來來去去，千遍萬遍。爐具和流理台明顯都比一般人家還低一些。

宛如是特別打造給小孩使用的。帕瓦娜盯著眼前的一切，表情就跟所有第一次見到這個廚房的人一樣。歐弗已經習慣了。他在事故之後自己重新打造的。市議會根本不願補助，想也知道。

帕瓦娜似乎不敢輕舉妄動。

歐弗直接把電熱水壺從她伸得老長的手中拿走，沒有看著她的眼睛。他慢慢把水裝滿，插上插頭。

「我不曉得是這個樣子，歐弗。」她聲細如蚊，懊悔不已。

歐弗彎身倚著水槽，背對著她。她向前，輕輕將手放在歐弗肩上。

「對不起，歐弗，真的。我不該沒問你就直接衝進廚房的。」

歐弗清清喉嚨，點頭，沒有回身。他不知道他們倆在那站了多久。她無精打采的手就這麼擱在他肩上。他決定不推開。

吉米的聲音劃破寂靜。

「你有什麼東西吃嗎？」他在客廳大喊。

歐弗的肩膀從帕瓦娜手中溜走。他搖搖頭，用手背抹抹臉，走到冰箱前面。還是沒有看著她。

吉米滿嘴嘖嘖聲，感激歐弗從廚房帶了一份吐司夾香腸給他。歐弗站在幾公尺遠的地方，面色有些陰鬱。

「所以牠現在狀況怎樣？」他問，頭朝吉米懷中的貓點了一下。

融水仍恣意滴落，在地板上橫流，但貓咪顯然已漸漸回復牠的形狀與色澤。

「看起來好多了對不對，大叔？」吉米露齒而笑，然後一口吞下整塊吐司。

歐弗一臉疑心看著他。吉米就像一塊擱在桑拿室的豬肉一樣汗流浹背。他回望歐弗，歐弗感覺他眼神中帶有哀痛。

「那個……就是……沒想到你老婆就這樣走了，歐弗叔。我一直都很喜歡她。她是，呃，鎮上做菜最好吃的人。」

歐弗看著他，整個早上以來，這是他第一次臉上一點生氣的表情也沒有。

「是啊，她……很會做菜。」他同意。

他背對著房間走到窗前，拉拉窗戶手把，戳戳窗戶膠邊，彷彿在檢查似的。

帕瓦娜則站在廚房門邊，兩手環抱著肚子。

「牠可以在這裡待到全身的冰雪融化為止，之後妳就得把牠帶走。」歐弗說，朝貓咪的方向聳肩。

他可以從眼角瞄見她正凝視著他，彷彿想搞清楚在賭桌對面的他拿了一手什麼牌。那目光令他侷促不安。

「恐怕不行。」她看完之後說。「我女兒她們……對貓過敏。」她加一句。

歐弗聽出她在說「對貓過敏」之前小小停頓一下。起疑的他透過窗戶反射細細端詳她，但他沒有答話。反之，他轉向吉米。

「那照顧牠的人就是你了。」他對過胖男說。

吉米現在不只汗如雨下，還滿臉通紅。他心善地低頭看著貓咪，牠殘存的尾巴已經開始緩緩擺動，滴著水的鼻子也往吉米的手臂裡鑽，享受他慷慨貢獻的層層脂肪。

「讓我照顧小貓不是啥好主意，抱歉啦大叔。」吉米說，他聳肩的動作做得太猛，以致貓咪滾了一圈，最後頭尾顛倒過來。

他舉起手臂，上頭的皮膚全紅得像是著火似的。

「其實我也有點過敏體質……」

帕瓦娜細細叫了一聲，馬上跑向他，把貓抱走，再次把牠包在棉被中。

「我們必須到醫院去！」她大叫。

「我和醫院斷絕往來了。」歐弗想都不想就回應。

他往她的方向看去，她一副準備拿貓丟他的樣子，他於是再次低頭，一臉哀怨地低聲哀號。他暗想：「我只是想死而已。」然後把腳趾戳進一片木頭地板底下。

那片地板微微翹起。歐弗抬頭看看吉米，再看看貓咪。

他環顧濕答答的地板，對帕瓦娜搖搖頭。

「我們只好搭我的車去了。」他咕噥道。

他從掛鉤上取下外套，開門出去。幾秒後他頭探進走廊，怒目瞪著帕瓦娜。

「但我不會把貓咪帶回來，因為牠不准——」

她用法爾西語說了幾個字打斷他。歐弗雖然聽不懂，但他一樣覺得她沒有必要那麼情緒化。她用棉被把貓咪包得更緊，抄到他面前走進雪地。

「規定就是規定，懂嗎？」他悻悻然對她說道，她一逕往停車區走去，沒有答腔。

歐弗轉身指著吉米。

「還有你，把毛衣穿上。不然你別想坐到我的紳寶裡面，你最好給我聽清楚。」

這次帕瓦娜付了醫院的停車費。歐弗沒多說什麼。

18 貓咪厄尼斯特

歐弗不是特別不喜歡這隻貓。他只是不太喜歡貓這種生物，總覺得牠們不值得信任。尤其是——以厄尼斯特為例——當牠們體型跟電動腳踏車一樣大的時候。事實上歐弗很難判定，牠到底是一隻異常龐大的貓，還是一隻小得出奇的獅子。如果你覺得某傢伙可能會在你睡覺時，興起把你吃掉的念頭的話，就永遠別跟這種人當朋友。

但桑雅毫無條件地深愛厄尼斯特，所以上述那些理性推論，歐弗當然要想辦法藏在心底。她所愛的東西，他打死也不會說它壞話；畢竟他也很清楚，當外人都不覺得他值得的時候，還能為她所愛的感覺是怎麼樣。因此每當他們到森林小屋作客，他和厄尼斯特就學會共處，而且處得還不賴；除了有一次歐弗不小心坐到厄尼斯特擱在廚房椅子上的尾巴，於是被牠咬一下之外。或者說，他們至少學會保持距離，就像歐弗和桑雅的爸爸一樣。

儘管就歐弗的觀點來看，煩人貓根本沒資格坐在一張椅子上，還把尾巴伸到另外一張椅子放著，但他也決定不計較了。全看在桑雅的分上。

歐弗學會了釣魚。他們初次來訪之後的兩個秋天，房子的屋頂終於不再漏水，卡車每次發動也不像以前一樣會轟隆轟隆怪叫了。當然桑雅的爸爸是不會公開表示感激的。但他也不再說起對於歐弗是「城裡人」這點疑慮。桑雅的父親能如此，就已是讚賞有加的證明了。

兩個春天過去，兩個夏天到來。到了第三年，一個涼爽的六月夜，桑雅的父親過世了。歐弗沒看過有人哭得像當時的桑雅一樣痛徹心腑。頭幾天她幾乎不下床。歐弗一生中也面臨了不少死亡，卻不太談他對死亡的感受，此時站在森林小屋廚房的他，把這種感覺全拋諸腦後。村裡的教堂牧師過來一趟，和他大略討論下葬的細節。

「好人一個。」牧師短短說了這句話，指著客廳牆上一張桑雅和她父親的合照。歐弗點頭，不曉得牧師期望他作何回應。之後他走到外頭，看看卡車還有什麼需要弄的。

第四天，桑雅下床，並開始打掃小屋，她爆發出來的旺盛精力讓歐弗不敢靠近，就像有遠見的鄉民懂得避開來襲的龍捲風一樣。他在農場閒步亂晃，尋找可以做的事。他把某年冬天暴風雨吹垮的木柴房重新搭起。接下來幾天，他存了新劈的木柴、除了草、把鄰近森林低垂的樹枝修掉。第六天晚上，雜貨店打電話過來。

每個人都說那是場意外，這是人之常情。但每個認識厄尼斯特的人，沒有一個會相信牠是不小心跑到車子前面。生物都很容易受悲傷的情緒影響，做出傻事。歐弗從來沒像那晚一樣疾速驅車。桑雅一路上用雙手托著厄尼斯特的大頭。他們趕到獸醫院時，牠還有氣息，但牠受傷過重，失血過多。

桑雅蹲踞在牠身旁，在手術房陪伴牠，兩個小時過後，她親吻貓咪粗粗的眉毛，輕輕說了聲：「永別了，親愛的厄尼斯特。」接著，幾個字像包覆在朵朵雲霧中，從她口中飄出：「永別了，我親愛的爸爸。」

然後貓咪闔上雙眼，離開人世。

桑雅走出等候室，將她的額頭沉沉靠在歐弗寬闊的胸膛上。

「歐弗，我覺得好失落。失落得好像我的心已經不在身體裡面了。」

他們靜默了很長一段時間，只用雙手彼此環抱。良久，她抬頭向他，非常嚴肅的看進他的雙眼。

「從現在開始，你必須加倍愛我。」她說。

然後歐弗騙了她——這是他第二次，也是最後一次說謊——他說他一定會。然而他心裡頭清楚，他早已付出他所有的愛，沒辦法再付出更多。

他們把厄尼斯特葬在湖邊，也就是他和桑雅父親的釣魚地點。牧師在那為他祝禱。結束以後，歐弗把東西搬回紳寶，開上小徑準備回家，桑雅則把頭靠著他的肩膀。途中，他在路經的第一個小鎮停了下來。桑雅事前安排要在那裡跟某個人會面。歐弗不知道是誰。桑雅多年後仍不斷提起，他這點個性，是桑雅最最欣賞之處。她知道沒人會像他一樣，在車裡枯等一個小時，還不求知道他在等什麼，知道他要等多久。這不是說歐弗不會埋怨，因為埋怨可是他的強項。尤其是當他必須付費停車的時候。但他從來沒問過她在做什麼。而且他永遠都會為了她等候下去。

終於，桑雅走出來回到車上，關上車門，不忘要輕輕壓一下（一定要這麼做，不然歐弗就會一臉受傷的表情瞄向她，彷彿她剛踢了動物一腳）。然後她溫柔握著他的手。

「我覺得我們該買一棟屬於自己的房子了。」她輕柔說道。

「這是為什麼？」歐弗疑惑。

「我覺得我們的孩子必須在一棟自己的房子裡長大。」她說著，小心將他的手移向她的腹部。

歐弗沉默了好久好久；以歐弗的標準來說，也夠久了。他若有所思盯著她的肚子看，彷彿期待它升起什麼旗幟似的。然後他坐直身子，把收音機旋鈕往前轉半圈再往後轉半圈，調整車側的後照鏡，然後明理地點點頭。

「那我們就得換輛紳寶旅行車了。」

19 東缺一塊西缺一塊的貓

歐弗昨天大部分時間都在對帕瓦娜大吼大叫，說道，除非他死了，不然這隻該死的貓不准住在他家。

結果就是，他杵在這，和貓咪大眼瞪小眼。

而且顯而易見，歐弗還活得好好的。

簡直令人煩躁到了一個極致。

那晚睡覺時，歐弗醒來五六次，發現貓咪大不敬，直接爬上他的床，在他身旁大方伸展軀體。貓咪約莫也醒來五六次，發現歐弗超失禮，一語不發直接把牠踢到床下去。

現在是五點四十五分，歐弗已經起床，貓咪坐在廚房地板中央，滿臉歐弗欠牠錢的表情。歐弗瞪回去，露出懷疑的表情。那表情就像是有人前來按門鈴，歐弗應門後才發現是用肉球持著一本聖經的「耶和華見證貓」。

「我猜你在等東西吃是吧。」最後歐弗嘀咕道。

貓咪沒回答。牠只是一口一口咬著身上斑駁的毛，滿不在乎的舔著肉球。

「但是在這個家裡，你不能像那些無所事事的顧問一樣懶懶躺在那，以為炸麻雀會自動飛到你嘴裡。」

歐弗走到水槽，打開咖啡機，查看手錶，然後望著貓咪。他們離開獸醫院後，帕瓦娜臨時聯絡了一個也在當獸醫的朋友。他過來幫貓咪檢查，檢查結果是「嚴重凍傷與嚴重營養不良」。之後他給了歐弗一長條清單，教他如何餵食與照料貓咪。

「我家又不是貓咪維修廠。」歐弗對貓咪說明白。

「你會在這邊，只是因為我沒辦法跟那個大肚婆講理。」歐弗邊說，邊朝客廳另一頭正對帕瓦娜家的窗戶點頭。

貓咪兀自忙碌，努力往自己的眼睛舔過去。

歐弗拿著四隻小襪子到牠面前。是獸醫給的。顯然運動是煩人貓最需要做的事，歐弗覺得他大概能提供一些協助。只要能讓貓爪離他的壁紙越遠越好。歐弗如此推論。

「快跳進這些襪子，我們好出發。我要遲到了！」

貓咪華麗起身，踏著修長的步伐走向門口，非常留心每一個舉手投足。以為自己在走紅地毯。牠起先對襪子露出懷疑的眼神，但當歐弗粗魯幫牠穿上時，牠並沒怎麼胡鬧。歐弗穿好後，站起來上下打量貓咪。搖搖頭。

「貓咪穿襪子，完全不自然。」

至於貓咪嘛，此刻牠打量著自己身上的新衣服，突然間露出無與倫比的滿足感。

歐弗繞到街道尾端巡了一圈。他在阿妮塔和盧恩的屋外撿到一截菸屁股，並用手指揉成一團。那個議會派來的斯科達男簡直把這裡當他家，隨便開車亂跑。歐弗咒罵一聲，把菸屁股放進口袋。

他們回到家後，歐弗不情不願地餵了那隻可憐的動物，牠吃飽後，歐弗又跟牠說他們還有事要忙。他或許被迫暫時和這個小生物同居，但他絕不會把野生動物獨自留在他的屋子裡。所以貓咪必須跟著他行動。他們很快就產生第一次歧見：到底貓咪坐在紳寶副駕駛座時，底下應不應該鋪報紙。一開始歐弗把貓咪壓在兩張娛樂新聞副刊上，貓咪深受污辱，用後腳把報紙踢到地板上。牠在軟軟的皮座椅上窩成舒服的姿勢。歐弗見狀，不由分說從後頸一手把牠揪起。貓咪對他嘶嘶叫，毫不隱藏牠的抗議，同時歐弗隨手塞了三張文化新聞副刊與書評在牠身體底下。貓咪氣沖沖瞪著他。歐弗把牠放下來，不過說也奇怪，牠居然乖乖坐在報紙上，只是流露出受傷的神情往窗外看去。歐弗以為自己贏得戰役，滿意地點點頭，打檔，開上大路。就在這時，貓咪緩緩的、張揚的亮出三隻貓爪，在報紙上抓出一條長長的裂縫，然後把兩隻前掌穿過破洞，擺了進去，同時對歐弗露出極度挑釁的眼神，彷彿在問：「我諒你也不敢拿我怎麼辦，哼？」

歐弗重重踩下煞車，貓咪一驚，往前飛了出去，鼻子直接撞上儀表板。歐弗帶著勝利的表情看著貓，彷彿在說：「我就**這麼辦**！」之後整條路上，貓咪拒絕再看歐弗一眼，只是縮在座椅一角，用一隻貓掌揉揉鼻子，一副活受罪的樣子。然而，當歐弗在花店裡買花時，牠在方向盤上、安全帶上，以及車門內側舔出一條又一條濕濕的水痕。
歐弗拿著花回來，發現整輛車都是貓口水時，他搖著食指威脅牠，一副食指是尖銳的匕首似的。然後貓咪就咬了匕首一口。之後整條路上，歐弗拒絕再跟貓咪說一句話。
他們抵達墓園後，歐弗謹慎行事，先把破爛的報紙揉成一團，再用那團報紙把貓咪粗魯地推出車外。然後他從行李箱拿出花束，用車鑰匙鎖上車，繞一圈檢查每個車門。
他們倆爬上結冰的礫石坡，坡頂就是教堂的所在地。他們轉一個彎拐進墓園，奮力穿過雪地，停在桑雅面前。歐弗用手背撥掉墓碑上的雪，甩甩手中的花。
「我帶了幾朵花來。」他咕噥道。「粉紅色。妳喜歡的顏色。店員說這種花在零度下很快就死了，但他們這樣說只是要騙人買更貴的花而已。」
貓咪一屁股坐到雪地上。歐弗給牠一張臭臉，然後再面向墓碑。
「好啦好啦……這是煩人貓。牠現在跟我們一起住。牠之前差點在我們家外面凍死。」
貓咪一副被冒犯的表情看著歐弗。歐弗這時清清喉嚨。
「牠來的時候就長那樣了喔。」他澄清，一副在為自己辯護的語氣。他朝著貓咪和墓碑點頭。
「所以不是我把牠弄傷的喔，是牠本來就這樣東缺一塊西缺一塊。」他跟桑雅說。
他身旁的墓碑和貓咪都悶不作聲。歐弗盯著他的鞋子半晌。接著他咳了幾聲，跪到雪地裡，把墓碑上的雪又撥掉了些，輕輕把手放上去。

「我好想妳。」他輕聲說。

有個東西瞬間閃過歐弗的眼角。他感覺到柔軟的東西擦過手臂，幾秒鐘後才明白，貓咪溫柔的把頭貼到了他的掌心。

20 入侵者

歐弗在駕駛座坐了將近二十分鐘，愣愣看著敞開的車庫門。前五分鐘，坐在副座的貓咪不耐煩的瞪著他。下五分鐘，牠開始滿臉憂心。再之後牠開始試著自己打開門。開門失敗後，牠立刻趴在座椅上，進入夢鄉。

歐弗朝牠瞄了一眼，看牠翻到側面，開始打呼起來。歐弗不得不佩服煩人貓，牠解決問題的方式十分直截了當。

他再次望向停車區，看著對面的車庫。他跟盧恩在那個車庫前站了大概不下百次。他們一度是朋友。歐弗一生中沒有多少可以稱為朋友的人。當年，連棟樓房剛完工不久，周遭仍環繞著蓊鬱的森林時，歐弗和他老婆是第一對搬到這條街上的人。前腳甫踏進，盧恩和盧恩的老婆的後腳也在稍後跟上。阿妮塔也懷有身孕，可想而知，她和歐弗的老婆馬上成為好朋友（這點是怎麼做到的，只有女人知曉）。而就跟所有成為好朋友的女人一樣，她們倆也不斷盤算著，要讓盧恩和歐弗成為好朋友。因為這兩個男人有好多「共通的興趣」。歐弗不太了解她們那句話是什麼意思。畢竟嚴格說來，盧恩可是開富豪的人欸。

不過除此之外，盧恩也沒什麼好挑剔的。他有正當的工作，沒必要不會多話。沒錯，他是開富豪，但歐弗的老婆一再強調，這不一定代表他就是無恥之徒。所以歐弗容忍他。一段時日後他甚至還把工具借他一用。然後有天下午，他們倆站在停車區，拇指皆扣在皮帶上，突然聊起割草機的售價問題。他們臨別時握了手，猶如把「結為朋友」當作是兩造正式簽下的生意合約。

當他們倆發現，越來越多形形色色的人搬進這個社區、以及這條街上的另外四棟房屋時，他們便坐在歐弗與桑雅家的廚房，從長計議。待他們走出廚房，一個共有架構便已然形成，訂下了規定、告示，以及新成立的居委會決策小組，由歐弗擔任主席，盧恩擔任副主席。

接下來幾個月他們並肩同行，一起巡查垃圾場；埋怨不把車停好的人；在五金行幫油漆和排水管殺價；電信公司人員裝設電話和插孔時，便一人站一邊，粗魯指示他哪裡應該怎麼弄。他們沒一個知道電話線確切該怎麼裝，但他們都很懂得如何監督這些狂妄自大的小伙子，防止他們隨便亂搞鬼。日子就這樣過下去。

偶爾，這兩對夫婦會一起吃晚飯。假如歐弗和盧恩大半時間都站在停車區，踢踢車輪胎、比較容量大小、迴轉半徑和其他重要性能，也算是一場飯局的話。日子就這樣過下去。

桑雅和阿妮塔的肚子一天一天大了起來。用盧恩的話來說，大肚子讓阿妮塔「腦袋都秀逗了」。她懷孕三個月後，他每天都得到冰箱才找得到咖啡壺。桑雅也不甘示弱，培養出陰晴不定的壞脾氣，翻臉簡直跟翻書一樣快，讓歐弗連嘴巴都懶得開。這脾氣當然為歐弗帶來了更多麻煩。她要不是全身飆汗熱得大叫，就是冷得無法動彈。歐弗和她吵膩了，答應她把暖氣機的溫度調高半格，結果她馬上冒汗，他又得跑去把每一組暖氣機的溫度調回來。此外，她還很愛吃香蕉，歐弗不知到超市補貨了多少次，那裡的人都要以為歐弗開了一家動物園呢。

「那些賀爾蒙在跟我們作對。」有天晚上，盧恩一副看透真相似的點頭說道。他和歐弗每夜都會坐在他家外頭，那兩個女人則待在桑雅和歐弗的廚房，聊些女人家愛聊的話題。

盧恩告訴他，前一天他發現阿妮塔聽廣播聽到哭得唏哩嘩啦的，只是因為剛剛播了一首「很好聽的歌」。

「很……好聽的歌？」歐弗滿臉疑惑道。

「很好聽的歌。」盧恩回答。

兩個男人一致搖搖頭，望向黑暗，坐對沉默。

「草該割了。」最後盧恩開口。

「我幫割草機買了新的刀片。」歐弗點頭。

「你花了多少錢？」盧恩好奇問道。

他們的友誼就這樣維繫下去。

每日晚上，桑雅都會放音樂給肚子聽，因為她說寶寶聽到音樂就會動。大多時間，歐弗只是坐在房間另一端的單人沙發上，假裝看電視，實則觀察她的一舉一動。在他心底深處，他很擔心孩子決定出生後，會是什麼情形。要是，譬如啦，要是小孩因為歐弗不太喜歡音樂而討厭他怎麼辦？

歐弗並不是害怕。他只是不曉得要怎麼學會當爸爸。他曾問過桑雅有沒有相關的說明手冊，但桑雅只是一笑置之。歐弗不懂她笑什麼；這世上什麼東西都有說明手冊啊。

他懷疑自己能否當一個好爸爸。他不喜歡小孩子，非常不喜歡。他自己連當小孩子都當不好。桑雅認為他應該和盧恩聊聊這件事，因為他們「處境相同」。歐弗不太了解她那句話是什麼意思。盧恩又不是要當歐弗小孩的父親，他要當的是另一個小孩的父親。不過至少盧恩同意歐弗的看法，認為兩人間不需要聊什麼，好家在。總之，當阿妮塔每晚坐在廚房和桑雅聊著哪裡痛啊哪裡疼啊之類的事，歐弗和盧恩就藉口有「要事」要談就走出屋外，但他們只是站在工具間裡，默默把玩著工作台上的各種零件。

連續三晚，他們關在門內並肩而立，不知道該做什麼。最後兩人同意，他們必須找點事做，不然，用盧恩的話來說：「新來的鄰居要開始懷疑他們在裡面不知道在搞什麼勾當了。」

歐弗也認為最好照他說的做。於是他們開始著手。過程中他們不怎麼說話，但他們會幫對方畫草圖、量角度、確保每個角都是完美的直角。到了阿妮塔和桑雅懷胎第四個月的某天傍晚，一組淺藍色的嬰兒床便出現在他們兩家的育兒房裡。

「如果是女的，我們可以把漆刮掉，換刷粉紅色的。」歐弗給桑雅看嬰兒床，吞吞吐吐的說。桑雅環抱著他，他感覺脖子被她的眼淚沾濕。賀爾蒙有夠不理性的。

「我想要你向我求婚。」她輕聲說道。

於是他照做。他們在市政廳結婚，舉行簡單的小婚禮。他們兩人都沒有家人，所以到場的只有盧恩和阿妮塔。桑雅和歐弗為彼此戴上婚戒後，他們四人一同前往餐廳用餐。歐弗負責埋單，不過盧恩幫忙檢查帳單，確認「價錢沒有算錯」。想當然耳，價錢算錯了。他們和服務生商討了近一個小時後，兩人總算說服服務生把價錢打個對折，不然他們就要「提報」。究竟誰會向誰提報什麼事情，在當時顯然還有點難以定論，但最終，服務生還是投降——外加幾句髒話與大力揮舞的雙臂——並走進廚房，重新寫了張帳單。同一時間，盧恩和歐弗以嚴肅的表情向彼此點頭，絲毫沒注意到他們的老婆，一如以往，早在二十分鐘前搭計程車回家了。

歐弗坐在紳寶內，一面看著盧恩的車庫門，一面點著頭。不記得上一次看到那扇門打開是什麼時候的事了。他關掉車頭燈，戳戳貓把牠叫醒，然後下車。

「歐弗？」一個陌生的聲音喚道。

下一秒，一個素未謀面的女人（顯然是那個陌生聲音的主人）就把頭探進車庫來。她約莫四十五歲，穿著抓破牛仔褲與看起來太大件的綠色防風外套，臉上不施脂粉，頭髮束成馬尾。她跌跌撞撞闖進車庫，滿臉好奇的四處探看。貓咪往前踏，對她發出嘶嘶要脅聲。她停了下來。歐弗將手插進口袋。

「是歐弗先生嗎？」她再次突然一喊，那極其誇張的親切口吻，就像是別人想要賣你蛋糕但又要裝作他們沒有想要賣你蛋糕的樣子。

「我什麼都不需要。」歐弗說，對著車庫門點頭——顯然在示意她不用費心找另一個出口，她大可沿著原路走出去。

她絲毫不為所動。

「您好，我叫做蕾娜。我是本地報社的記者，然後，那個……」她開口，然後伸出手。

歐弗看著她的手，然後看著她。

「我什麼都不需要。」他又說了一次。

「什麼？」她問。

「妳看起來是推銷訂報的，但我不需要。」

她一臉迷惑。

「噢……那個，其實啊……我不是賣報紙的。我是寫報導的。我是記者。」她慢慢說道，彷彿他耳朵有問題似的。

「我一樣什麼都不要。」歐弗回答，並開始把她趕出車庫門。

「但我想要跟您談談呀，歐弗先生！」她出聲抗議，想要再次擠回車庫裡。

歐弗的雙手對她揮舞，彷彿在甩動一張隱形的毯子，想把她嚇跑似的。

「昨天您在火車站救了一個人！我想要採訪事情經過。」她興奮呼喊。

她顯然還想再說些什麼，但她發現歐弗的注意力已經不在她身上。他的目光落在她身後的某個東西上。雙眼瞇成兩條細縫。

「有沒有搞錯。」他嘀咕道。

「對……我想要請問ㄋ——」她開口，但歐弗已經從她身旁擠了過去，跑向剛剛往停車區轉過來、準備朝兩排樓房開去的白色斯科達。

歐弗向前衝去，往窗戶拍打時，把那個戴眼鏡的女人嚇著了，手中一疊文件直接飛到臉上。另一邊，穿著白色襯衫的男人則一副老神在在的樣子。他搖下窗子。

「有事嗎？」他問。

「交通工具禁止進入住宅區。」歐弗嘶聲說道，指著每一棟房子，指著斯科達，指著白襯衫男，再指著停車區。

「就居民委員會規定，車輛要停在停車區！」

白襯衫男看向房子，看向停車區，然後看向歐弗。

「議會准許我直接開車進入住宅區。所以我必須請你讓路。」

歐弗被他的回答激怒到不行，居然連想出幾個髒字回敬他都花了好幾秒鐘。同時間，白襯衫男已從儀表板拿起一包香菸盒，在褲管上敲了敲。

「能否行行好，讓路好嗎？」他問歐弗。

「你來幹嘛？」歐弗脫口而出。

「我來幹嘛不勞你操煩。」白襯衫男語調平板地說，彷彿他是電腦合成語音，告知歐弗目前電話忙線中請稍後再撥謝謝。

他把剛抖出的香菸放進嘴巴，點燃。歐弗呼吸相當沉重，外套下的胸膛明顯起起伏伏。副座的眼鏡女把文件和資料夾整理好，推推眼鏡。白襯衫男嘆了口氣，彷彿歐弗是個賴皮的孩子，拒絕停止在人行道上溜滑板。

「你知道我來幹嘛。我們要把住在街尾的盧恩帶去安養院。」

他一隻手擱在窗口，手中的香菸在斯科達車側的後照鏡上敲了敲，把菸灰彈掉。

「帶到安養院？」歐弗重複。

「對。」白襯衫男說，毫不在乎地點頭。

「那如果阿妮塔不想要咧？」歐弗嘶聲說道，一手食指在車頂敲著。

白襯衫男往副座的女人看了一眼，無奈地微笑。接著他又轉向歐弗，一個字一個字慢慢的說，彷彿不這麼做歐弗就聽不懂似的。

「這由不得阿妮塔做主，是由調查小組決定的。」

歐弗呼吸越來越急促。他可以感覺到喉嚨的陣陣脈搏。

「你不准把車開進來。」他咬緊牙關說道。

他雙拳緊握，口氣尖銳且語帶威脅。但白襯衫男一臉冷靜。他把菸壓在車門烤漆上擰熄，丟到地上。

彷彿歐弗剛才所說的話不過是一個糊塗老頭含糊不清的胡言亂語。

好久好久以後，那人才開口：「那麼你想怎麼阻止我呢，歐弗？」

聽見名字從他嘴裡射出，歐弗感覺像是有人拿著球棒往他肚子一擊。他瞪著白襯衫男，嘴巴微張，雙眼前後掃視斯科達。

「你怎麼知道我的名字？」

「你的事我知道的可多了。」那人說。

說完就踩下斯科達的油門，歐弗千鈞一髮之際把腳抽開，才沒被車子輾過去。他佇立在那，滿臉震驚，看著車尾往樓房開去。

「那個人是誰？」風衣女在他身後問道。

歐弗回身。

「妳怎麼知道我的名字？」他催問。

她往後退一步，揮掉臉上幾絲頭髮，眼睛不忘盯著歐弗緊攥的雙拳。

「我在本地報社工作……我們採訪了幾位在月台上的人，談談你是怎麼拯救那個人的……」

「妳怎麼知道我的名字？」歐弗又問了一次，聲音中充滿憤怒。

「你當時用信用卡刷卡買車票，所以我就到收銀台翻了一下明細。」她說著，又往後退了幾步。

「他咧!!!他怎麼知道我的名字？」歐弗大聲咆哮，朝著斯科達離去的方向揮舞著，額上的青筋扭動。

「我……我不知道。」她說。

歐弗從鼻孔用力呼吸，兩眼像釘子般釘在她身上，似乎想辨識她是否在說謊。

「我不曉得，我從來沒見過那個人。」她發誓。

歐弗把眼睛加倍用力釘在她身上。最後他一臉嚴肅，對自己點點頭，然後轉身走回自己的房屋。她對他大喊，但他沒反應。貓咪跟著他進入走廊。歐弗關上門。在街底，白襯衫男與眼鏡女按下阿妮塔和盧恩家的電鈴。

歐弗往下一沉，癱坐在走廊的凳子上，備感羞辱地渾身發抖。

他幾乎忘卻了這種感覺。羞辱。無力感。獨自一人無法對抗白襯衫男的沉痛領悟。

而今他們又回來了。他們已經久未造訪，自從他和桑雅從西班牙回來以後。自從那場事故以後。

21 播放異國音樂的餐館

想當然耳，巴士旅遊是她的主意。歐弗看不出有何用意。如果他們要去哪，幹嘛不開紳寶就好？但桑雅堅持，搭觀光巴士很「浪漫」，而浪漫是最最重要的事物了，歐弗早已知悉。所以最後就這樣成行了。哪知道在西班牙，人人只會不停打呵欠、在餐廳播放異國音樂、在大白天睡覺，還覺得自己高人一等。

歐弗對西班牙的任何事物都用盡全力的嫌棄。但桑雅對周遭一切都興奮莫名，到頭來，這股情緒還是感染到他。她笑得如此嘹亮，當他牽著她的手時，他整個身子都感受到那豐沛的能量。就連歐弗也無法不喜歡上了。

他們住的小旅館有個小泳池，還有一家小餐館，老闆的名字，就歐弗的理解來說，叫做尤賽。名字原本的寫法是「酋賽」[1]啦，但西班牙人似乎不太注重正確發音的樣子。尤賽不會說瑞典話，但他非常有興趣，平常老愛說幾句。桑雅帶了一本小字典，隨時拿來查單字，所以她會說西班牙文的「日落」和「火腿」。歐弗認為，就算你用不同語言說，豬屁股一樣還是豬屁股，但他沒有說出口。

相反的，他不斷想跟她說不該給路邊的乞丐錢，因為他們只會拿錢買烈酒而已。但她不聽勸告。

「他們想怎麼用錢就隨他們。」她說。

當歐弗出聲抗議，她只是微笑，拿起他兩隻大手親一下。

「歐弗啊，當我們施捨對方一些銀子，會獲得祝福的不只是對方，也是我們啊。施與受，皆有福。」

第三天，中午方過她就上床睡覺了。她說，因為西班牙人都會「午睡」，所以她要「入境隨俗」。歐弗懷疑這跟在地習俗沒什麼關聯，跟她的作息偏好才有關聯，只是方便用來當她的藉口罷了。自從懷孕以後，她一天二十四小時已經有十六小時在睡覺了。

歐弗只好在她睡覺時出來遛達透透氣。他走上旅館前的那條路，一路通到村莊。那兒的房子都是石頭做的。放眼望去，窗戶上不見精細的邊框膠條。許多扇家門甚至沒有門檻。歐弗覺得這樣的建築有點落後。媽的，房子不能這樣亂蓋。

在回到旅館的路上，他看見尤賽傾身靠在路邊一輛不斷冒煙的棕色汽車上。車裡坐著兩個孩子和一個頭上包著頭巾、年紀非常大的老婆婆。她似乎感覺不太舒服。

1 英文是尤賽和Jose，在西班文中，j的發音同英文的h，但在英文中j的發音近似sch。而在瑞典文中，j的發音則同英文的y。所以Jose這個名字用西班牙文、英文和瑞典文發音分別近似為：荷賽、喬賽、尤賽。在這邊以台灣人常把「酋」誤念為「尤」作為迻譯。

尤賽發現歐弗，便激動的朝他揮手，眼中幾乎帶著恐慌的神色。「犀牛（Sennjaur）。」他呼喚歐弗。自從他們抵達以後，他都是這樣叫他。歐弗猜測他說的是「歐弗」的西班牙文，但他沒有仔細查閱桑雅的字典。尤賽指著車子，再次對歐弗狂亂地比手畫腳。歐弗把手插進褲子口袋，在安全距離外停了下來，滿臉警覺。

「伊苑！」尤賽再次大叫，指著車裡的老婆婆。她看起來氣色真的不太好，歐弗於心中再三確認。尤賽指著老婆婆，再指著冒煙的引擎蓋，聲嘶力竭的反覆喊著「伊苑！」「伊苑！」歐弗評估眼前這番情景，最後終於得出結論——這輛不斷冒煙的西班牙車想必就叫做「伊苑」。

他彎腰看看引擎。不會很複雜，他心想。

「醫院。」尤賽又說了一次，一連點了好幾次頭，一副很擔心的樣子。

歐弗不知道他該回什麼；顯然汽車廠牌在西班牙是非同小可的大事，歐弗自然能感同身受。

因此他指著自己的胸膛說道：「紳——寶。」

尤賽一頭霧水盯著他看了好一會兒。然後他指著自己。

「尤賽！」

「媽的我不是在問你叫什麼名字，我說的ㄕ——」歐弗才開口就打住，因為引擎蓋對面迎來的目光呆滯得有如平靜無波的內陸湖。

顯然尤賽對瑞典話的理解力比歐弗的西班牙文還差。歐弗嘆氣，略帶憂慮的看著後座的孩子們。他們都握著老婆婆的手，滿臉懼怕。歐弗再次看著引擎。

然後他捲起袖管，示意尤賽閃到一邊去。十分鐘後，車子再度回到路上，歐弗從來沒見過有人像他們那樣，在車子修好後，露出謝天謝地的表情。

不論桑雅翻了多少次小字典，她永遠不會知道，為何他們那個星期在酋賽的餐館用餐都不用付費；為何每次那位餐館老闆一看到歐弗，臉總是像太陽一般亮了起來，並伸出手臂尖聲呼喊：「紳寶先生!!!」但桑雅每每看到這幕，總是要笑到面紅耳赤才肯罷休。

她每日午睡，歐弗就出外散步，這樣的作息成了常態。第二天，歐弗經過一個正在搭籬笆的男人，他停下來跟他說完全搭錯了。男人一個字也聽不懂，所以歐弗決定親自示範給他看比較快。第三天，他在村莊神父的協助下，替一棟教堂建築砌了新的外牆。第四天，他和尤賽到村外的田野，幫助尤賽的朋友把陷進泥濘坑洞的馬匹拉出來。

許多年後，桑雅才驀然想到要問他這些事。當歐弗告訴她時，她不可置信地大力搖頭說：「所以在我睡覺期間，你都偷偷溜出去幫助有困難的人……還幫他們修補籬笆？別人想怎麼說你都可以，歐弗。但你是我聽過最古怪的超級英雄了。」

在回程巴士上，她把歐弗的手放到她肚子上，那是他第一次摸到孩子踢肚皮的感覺。那感覺很微弱，像是你戴上非常厚的隔熱手套後，讓別人戳你的掌心。他們坐在那好幾個小時，感覺小小的碰撞。歐弗一句話也沒說，但他從座位上起身，咕噥說要去「洗手間」時，桑雅看見他舉起手背往眼睛抹去。

那是歐弗一生中最幸福的一個星期。

也註定開啟了悲慘的序幕。

22 車庫的陌生人

紳寶停在醫院大門外的卸貨區。歐弗與貓咪默默坐在車內。

「別一副都是我的錯的樣子。」歐弗對貓說。

貓咪回看他，臉上的表情彷彿不是生氣，而是失望。歐弗瞪出窗外。再次來到這家醫院外頭，說到底並不是什麼計畫。畢竟他討厭醫院，而且從現在往回推，一個星期不到，他居然就來了三次，媽的。既沒道理又不妥當。但他別無選擇。

因為今天打從一開始就走下坡。

先是歐弗與貓咪進行每日巡查時，發現車輛禁入住宅區的告示牌被撞倒了。歐弗怒氣值瞬間爆表，精采多變的髒字一個一個脫口而出，連貓咪都不堪其擾。歐弗跺著腳步離去，一會兒過後，拿著雪鏟現身街上。接著他停下腳步，往阿妮塔和盧恩家看去，緊緊咬住下顎，發出嘎吱嘎吱的聲音。

貓咪一臉責備的表情。

「那個老雜碎老了不中用，並不是我的責任。」他語氣又肯定了一些。

只見貓咪完全不接受他的解釋，歐弗拿雪鏟指著牠。

「你以為這是我第一次和議會槓上嗎？他們說他們決定把盧恩帶走，你以為那真的是他們討論過後的結論嗎？他們從來沒有討論過！所以我們才要提出上訴，等他們把上訴狀從一堆文件中拉出來，再列入他們龜速的官僚程序慢慢跑！你以為一下子就跑完了，不，它要花好幾個月！好幾年！你以為我會為了那個無藥可救的老雜碎，決定再多撐一會嗎？」

貓咪沒有答話。

「你根本不懂！懂嗎？」歐弗嘶聲喝斥，轉過身去。

他大步往屋子走去，同時感覺到背後投來貓咪的目光。

這不是歐弗和貓咪會停在醫院停車場的原因。但這跟歐弗站在街上剷雪有著相當直接的關聯。在他剷雪的時候，穿著略大的綠色外套的女記者出現在他家外面。

「是歐弗先生嗎？」她在他身後問道，彷彿很擔心自從她上次叨擾過後，他就會改變自己的身分似的。

歐弗繼續剷雪，完全忽略她的存在。

「我只想要問你幾個問題……」她鍥而不捨地問道。

「到別的地方問。我不要在這回答。」歐弗回道，把雪堆得周圍都是，很難辨別他究竟是在剷雪還是在挖洞。

「但我只是想——」她開口，但還沒說完，歐弗和貓咪就直接往屋裡走去，把門當她的面甩上。

歐弗和貓咪蹲在走廊上等她離開。但她沒有離開。她開始拍門大喊：「但你是英雄耶!!!」

「她絕對是神經病，那個女的。」歐弗對貓咪說。

貓咪不否認。

女記者持續拍著門，聲音越叫越大聲。歐弗不知該如何是好，於是他把門咻的一聲甩開，手指放在嘴前要她安靜，彷彿他待會準備跟她說，其實這裡是圖書館這樣。

她一見他露臉出來，就咧嘴而笑，手邊揮著某個東西，歐弗直覺那是某種相機。也可能是其他東西。媽的，在現在這個社會裡，相機會長什麼樣子已經越來越難預測了。

然後她往走廊裡踏了一步。她真不該這麼做的。

歐弗大手一揮就把她推出門檻，這完全是反射動作，卻讓她差點一頭栽進雪裡。

「我什麼都不需要。」歐弗說。

她重新恢復平衡，對他揮著相機，同時大叫著什麼。歐弗沒有注意聽。他彷彿看到武器一樣的看著相機，然後決定逃跑。這個人顯然不是個可以講理的人。

貓咪和歐弗踏出門口，把門鎖上，以最快速度奔向停車區。女記者快步追著他們。

準確來說，上述事件跟歐弗現在會坐在醫院外完全沒有任何關聯。但是約莫十五分鐘後，帕瓦娜牽著三歲女兒來到歐弗家門前、敲門、發現沒人開門，並聽見停車區有人聲時，這說來，就跟歐弗坐在醫院外大有關係了。

帕瓦娜牽著女兒，轉過彎來到停車區，看到歐弗站在緊閉的車庫門前，雙手插進口袋中，滿臉不爽。貓咪坐在他腳邊，一臉愧疚。

「你在幹嘛？」帕瓦娜問。

「沒幹嘛。」歐弗語帶防衛地說。

車庫門內傳出「叩叩叩」的敲門聲。

「那是什麼？」帕瓦娜嚇了一跳，盯著門問道。

歐弗突然間對鞋底的柏油路產生莫名的興趣。貓咪一臉像是牠準備吹口哨悄悄溜走的樣子。

又一聲敲門聲從車庫門內傳來。

「哈囉？」帕瓦娜對門大喊。

「哈囉？」車庫門回應。

帕瓦娜雙眼張得跟銅鈴一般大。

「天啊……你把別人關到車庫裡嗎，歐弗!?」

歐弗沒回答。帕瓦娜把他搖得左晃右擺，彷彿要從他身上搖落幾顆椰子似的。

「歐弗！」

「對啦對啦。我又不是故意的，在那邊叫什麼叫。」他一邊咕噥，一邊甩掉她的魔掌。

帕瓦娜搖搖頭。

「不是故意的？」

「對，不是故意的。」歐弗說，好像一句話就能結束話題。

當他發現帕瓦娜顯然期待他把原委一五一十解釋清楚時，他搔搔頭，嘆了氣。

「那女的，呃，就是個記者來著。媽的又不是我把她關進去的。我本來是要把自己和貓咪鎖在裡面，但是她就硬要跟我們進來。然後，就這樣啊。事情自然而然發生了。」

帕瓦娜開始按摩她的太陽穴。

「我沒辦法思考這種事……」

「調皮鬼。」三歲女孩對著歐弗搖手指說。

「哈囉？」車庫門說。

「沒人在啦！」歐弗斷聲斥道。

「但我聽得到你的聲音！」車庫門說。

歐弗深深嘆了一口氣，一臉洩氣貌看著帕瓦娜，彷彿準備高呼：「妳聽到了嗎？這年頭車庫門都用這種態度跟我說話！」

帕瓦娜揮手要他靠邊站，她走到門前，把臉往前靠，試探地敲敲門。車庫門敲回來，一副從現在開始準備用摩斯密碼溝通似的。帕瓦娜清清喉嚨。

「妳為什麼想跟歐弗談話？」她問，用傳統套路起頭。

「他是英雄！」

「是……什麼？」

「噢不好意思。那個，我叫做蕾娜；我在本地報社工作，我想要採ㄈ——」

帕瓦娜一臉震驚看著歐弗。

「她是什麼意思，英雄？」

「她只是在瞎扯淡！」歐弗抗議。

「他拯救了一個人；那個人不小心掉到鐵軌上！」車庫門喊叫。

「妳確定妳要找的是這個歐弗嗎？」帕瓦娜問。

歐弗一臉被羞辱的樣子。

「我瞭了，所以我不可能是英雄就對了這樣？」他自個兒發牢騷。

帕瓦娜凝望著他，滿臉狐疑。三歲女兒興奮叫著「小貓貓！」，想要抓住貓咪僅存的尾巴。「小貓貓」對這番舉動一點好感也沒有，直往歐弗腳後逃去。

「你到底做了什麼事，歐弗？」帕瓦娜退開車庫門兩步，以低沉的音調問道，一副事關機密的樣子。

三歲女孩在他腳邊追著貓跑。歐弗正在思考他一雙手該往哪擺。

「吼，我就把一個穿西裝的拉出鐵軌啊，媽的這有什麼好大驚小怪的。」他咕噥。

帕瓦娜努力壓下臉上的表情。

「也沒什麼好笑的，說實在。」歐弗沒好氣的說。

「抱歉。」帕瓦娜說。

車庫門此時對外面喊出一句話：「哈囉？你們還在嗎？」

「不在！」歐弗咆哮。

「你為什麼要這麼生氣？」車庫門納悶道。

歐弗開始游移不決。他往帕瓦娜一靠。

「我……我不知道要怎麼擺脫她。」他說，要不是帕瓦娜知道他的為人，她可能會以為他眼中透露著懇求的神情。

「我不想放她一個人和紳寶待在一塊！」他悄悄說，語氣嚴肅。

帕瓦娜點頭，明白他的難處。疲倦的歐弗將手擋在三歲女孩和貓之間，以免腳邊的情況失去控制。三歲女孩一副準備把貓咪抱在懷裡的樣子。貓咪則一副牠站在警局的嫌犯指認室裡，準備把三歲女孩供出來。歐弗及時抓住三歲女孩，她爆出一串咯咯笑。

「話說妳怎麼會到這來？」歐弗催問帕瓦娜，一面把笑個不停的小東西遞給她，像是在遞一袋馬鈴薯。

「我們要搭公車到醫院去，接派崔克和吉米回來。」她回答。

當她說出「公車」這兩個字時，她看見歐弗的顴骨上方抽動了一下。

「我們……」帕瓦娜開口，彷彿還在思考要說什麼。

她望向車庫門，再望向歐弗。

「我聽不到你們在說什麼！大聲一點！」車庫門大叫。

歐弗連忙又退了兩步。帕瓦娜立刻對他露出自信滿滿的笑容，彷彿她剛解開了填字遊戲的答案。

「嘿，歐弗！這樣好了：如果你載我們到醫院去，我就幫你擺脫那個記者！怎樣？」

歐弗抬頭。他一點也沒有被說服的樣子。帕瓦娜展開雙臂。

「不然我就要告訴那個記者，我有一兩個關於你的小故事分享給她囉，歐弗。」她邊說邊揚起眉毛。

「故事？什麼故事？」車庫門喊道，開始興奮的拍打著門。

「妳根本是威脅我。」他對帕瓦娜說。

帕瓦娜滿臉愉悅，點點頭。

「歐弗跟小ㄨ——丑打洽！」小女孩對貓咪點著頭。顯然她覺得歐弗對醫院反感的原因，需要進一步解釋給上次不在現場的人聽。

貓咪似乎不解這是什麼意思。但貓咪覺得，假如小丑跟這個三歲女孩一樣令人厭煩的話，那麼歐弗揍了別人一拳也不盡然是不良舉動。

所以這就是歐弗現在會坐在這裡的原因了。貓咪一臉對歐弗大失所望，因為他居然放牠一路上跟三歲女孩同坐在後座。歐弗調整了一下鋪在座椅上的報紙。他覺得他被騙了。帕瓦娜說她會「擺脫掉」記者時，他不是很清楚她實際上會有什麼做法；當然他也不預期她會消失在一陣魔法煙霧中，或是被鐵鍬打昏，或是被埋進沙漠，或什麼的。

但沒想到帕瓦娜只是打開車庫門，遞名片給記者說：「打電話給我，我可以跟妳聊聊歐弗。」那叫做擺脫一個人嗎？確切來說，歐弗覺得那根本不是擺脫人的方法。

但現在說什麼都太遲了。媽的，不到一個禮拜，他已經坐在醫院外面三次了。威脅，他居然被威脅了。

此外，歐弗還得應付貓咪那雙怨恨的怒視。牠眼中的某種東西讓他想起桑雅曾經看著他的樣子。

「他們不會把盧恩帶走的。他們說會這麼做，但他們的作業程序都得要跑上好幾年。」歐弗對貓咪說。

或許他也是在對桑雅說。或許是對自己說。他不知道。

「至少別再自怨自艾了。要不是有我，你早就跟那個小孩住了，你尾巴大概也不會剩這麼多。你好好想一想！」他鼻孔朝貓咪噴氣，企圖轉換話題。

貓咪翻到側面，遠離歐弗，用睡覺表示抗議。歐弗再次望向窗外。他非常清楚，三歲女孩根本沒有過敏。他非常清楚，帕瓦娜對他說謊，這樣她才不用照顧煩人貓。

他才不是什麼他媽的老糊塗。

23 沒有歸期的巴士

「每個人都需要知道他奮鬥的目標是什麼。」這顯然是老生常談。不然至少是桑雅曾經從書中念出來給歐弗聽的話。歐弗不記得是哪本，那女人身邊老是堆滿一堆書。她在西班牙買了一大袋書，儘管她根本不會西班牙文。她說：「我可以邊看邊學。」自以為語言是這樣學的。歐弗跟她說，他比較想要靠自己思考，而不是閱讀那些蠢蛋腦中的想法。桑雅笑了一下，並摩娑他的臉頰。

他幫她把那些塞得鼓鼓的包包搬上巴士，經過司機時聞到了紅酒味，但他以為那只是西班牙慣常的行事作風，便不以為意。他們坐在位子上，桑雅把他的手放到她的肚子上，那是他第一次感受寶寶踢腳的觸感，也是唯一一次。他起身往廁所走去，才走到一半，巴士就猛然歪向一邊，和道路中央的安全島不斷摩擦，然後是一陣寧靜。彷彿時間正在深呼吸似的。然後——窗戶迸裂爆炸，金屬車身壓縮扭曲，吱嘎聲震破耳膜，後方來車不斷追撞，一聲聲猛烈的砰、砰、砰。

還有整車此起彼落的尖叫。他永遠無法忘記那些尖叫聲。

歐弗被甩飛，只記得一肚子摔到地上。他滿臉恐懼，雙眼四處張望，在騷動不安的人群中尋找她的身影，但她不見了。他往前推進，不顧天花板落下的玻璃雨割傷自己，但彷彿有一隻兇猛的野生動物對他百般阻撓，逼迫他趴到地上，對牠俯首稱臣。在他餘生中的每個夜晚，這個感覺都會在夢中糾纏著他：那般完全無能為力的屈辱。

第一個星期，他每分每秒坐在她床邊，直到護士堅持要他洗澡、換衣服。無論到哪，他們都用憐憫的眼神看著他，並表達他們的「哀悼之意」。一名醫生走進來，以冷漠的醫生口吻告訴歐弗，他需要有「她再也不會醒來的心理準備」。歐弗把醫生抓起來，扔出門外——那扇門是緊緊鎖上的。

「她沒死！」歐弗朝走廊大聲咆哮。「別說得好像她已經死了！」從此，醫院沒有人敢再次犯同樣的錯誤。

第十天，雨水不斷拍打窗戶，廣播說著這是幾十年來最可怕的暴風雨。這天，桑雅睜開眼，但只能睜開一條小縫。她看見歐弗的身影，於是把手慢慢移向他的手中，將食指折進他的掌心。

然後她又睡著了，一睡就是一整夜。當她再次醒來後，護士打算告知她這個消息，但一臉嚴肅的歐弗堅持應該由他來說。然後他用鎮定的聲音告訴她噩耗，把她的雙手握在手裡，不斷摩娑，彷彿他們倆都很冷，很冷。他告訴她司機身上的酒味、巴士突然彎向安全島、之後的追撞。燒焦橡膠的氣味。刺耳的碎裂聲。

以及沒有機會出世的孩子。

她傷心慟哭。無數個鐘頭流逝，無止境且無以平復的絕望對他們驚聲厲叫、將他們千刀萬剮、撕裂成一片片。時間與悲傷、憤怒一同漂流在漫漫的黑暗之中。歐弗知道，他永遠不會原諒自己當時沒有在座位旁保護母子倆。他知道這傷痛將會伴他一生。

但桑雅如果讓黑暗獲勝，她就不是桑雅了。於是，某天早上——歐弗不記得是事故過後的第幾天——但那天，她簡短有力地宣告，她要開始進行復健。每次歐弗看著她移動一個腳步，他的脊椎就像受虐的動物不斷尖叫，但桑雅把頭溫柔抵住他的胸膛，輕聲說道：「我們可以用心活在當下，也可以用心沉湎死亡，歐弗。我們必須向前看。」

於是他們放下過去，舉目向前。

之後幾個月內，歐弗和許多穿著白襯衫的男人見面，數也數不盡。不同的市政辦公室，相同的淺木色辦公桌，他們顯然有花不完的時間可以指導歐弗，該填哪份文件、有何用途，卻沒有時間討論有什麼方法可以讓桑雅快快恢復健康。

其中一個市政單位派了個女人到醫院，她一派樂天的解釋說，桑雅可以到「護理之家」進行休養，那裡的病人和她都有相仿的狀況，還說什麼她能夠理解，「日常起居所帶來的壓力」可能對歐弗來說「太難以負荷」。雖然她沒有真的說出口，但顯然她每句話背後所隱含的想法是：她不相信歐弗有辦法陪著他老婆度過難關。「在當前狀況下」，她在病床邊不斷重複這幾個字，一臉謹慎地點著頭。她和歐弗對話的過程中，一直把桑雅當作隱形人，彷彿她根本不在病房裡面。

縱然歐弗這次把門打開了，她一樣落得被扔飛出去的下場。

「我們唯一要去的『家』就是我們的家！我們住的地方！」歐弗朝走廊大聲咆哮，而在完全挫折與憤怒的情緒之下，他忍不住把桑雅的一只鞋丟出房外。

之後，他不得不詢問護士（她們都差點被鞋子丟到）知不知道鞋子掉到哪了。想當然耳，歐弗實在被自己的蠢樣氣得七竅生煙。那是事故過後，他第一次聽到桑雅笑了出來。彷彿笑聲從她體內傾囊而出，一發不可收拾。彷彿她在跟自己的笑聲摔角，然後被摔倒在地面似的。他跟著一直笑，一直笑，一直笑，直到笑聲在四面牆上、地上不斷迴盪翻滾，超脫了時間與空間法則。先前，歐弗覺得他的胸口像是在地震中坍方的房屋，把自己壓得喘不過氣來；如今，他的胸口終於自那些殘骸中飄升，讓心臟再次擁有得以跳動的空間。

他回家，把房子全面改造。他拆掉舊的廚房流理台，新裝上較矮的檯面，甚至還找到了特製的爐具組。他修改門框，在門檻上加了小斜坡。桑雅出院隔天，她馬上就去受教師培訓，下個春天便考上教職。報紙刊了一則徵師廣告，來自全鎮最聲名狼藉的學校，任何一個腦袋正常的合格教師都不會自願挑戰裡面的學生。那些學生在「注意力不足過動症」這個症狀發明前就已經是過動兒了。「男孩女孩都沒救了。」一臉疲倦的校長在訪問中說道。「這裡根本不是教育機構，是儲貨倉庫。」也許桑雅明白那種被貼標籤的感受，這份教職只得到一名申請人的關注，而她在未來讓那些男孩女孩們讀了莎士比亞的作品。

同一時間，歐弗常常被自己的怒火壓垮，桑雅有時候不得不請他出去，他才不會把家具都拆了。他肩頭上承載了那麼多毀滅的念頭，讓她看得很痛心。他亟欲毀了巴士駕駛。旅行社。公路的安全島。製酒商。所有人所有事物。他要一直揍、一直揍，直到每個混帳都被消滅為止。他只想這麼做。他把怒氣宣洩在他的工具間裡。宣洩在車庫裡。他巡查社區時把怒氣宣洩在每一塊走過的土地上。但那還不夠。最後他開始把怒氣宣洩在信件中。他去信給西班牙政府、瑞典首府、警察、法院。但沒人願意負責。沒人在乎。他們的回信不是附上法律條文就是轉介給其他官方機構。捏造藉口。當市議會拒絕改建桑雅的學校樓梯時，歐弗一連投了好幾個月的抱怨信。他去信給報社，想要控告議會。他是個被奪走孩子的父親，他內心無限的仇恨就像大江大海全數宣洩到信件裡頭。

然而他處處碰壁刻刻受阻。那些白襯衫男擺出嚴肅的表情，得意洋洋地把歐弗拒絕在外。沒人能與他們對抗。不僅是他們有政府站台的緣故，他們就是政府的代言人。最終的控訴付諸流水。抗爭結束了，因為白襯衫說了算。歐弗從來沒原諒他們過。

歐弗的所作所為，桑雅都看在眼裡。她明白他的痛苦，所以她讓他生氣，讓他的怒氣用自己的方式，找到自己的宣洩出口。但到了五月初夏，一個捎來夏日和煦氣息的晚上，她坐著輪椅來到他身邊，在實木地板上留下淡淡的輪胎印。他正坐在餐桌旁寫抱怨信，她把他的筆拿走，把手滑進他的手，把食指折進他粗糙的掌心中，額頭輕柔靠著他的胸膛。

「歐弗，已經夠了，別再寫信了。那些信都把你的生活佔滿了。」

然後她抬起頭，溫柔撫摸著他的臉頰，微笑道：

「我親愛的歐弗，這樣就足夠了。」

於是他停筆。

隔天早上，太陽剛出頭，歐弗起了個大早，開車到她學校，徒手將議會拒絕設立的殘障坡道裝設完畢。從此之後，就歐弗記憶所及，她每晚回到家，雙眼都充滿著熱情的火焰，跟他說男女學生的事。有的需要警察隨同進教室，但放學時已能背誦四百年前的詩作；有的讓她落淚、讓她開懷、讓她歌唱，那些晚上，她的聲音在房子裡繞梁不絕。歐弗永遠無法理解那些做什麼錯什麼的小鬼，他勇於承認這點。但光是那些孩子為桑雅所帶來的一切，就足以讓他喜歡他們。

每個人都需要知道他奮鬥的目標是什麼。大家是這麼說的。她奮鬥的目標是世間一切良善。是她未能出世的孩子。而歐弗奮鬥的目標是她。

因為那是他在這個世上唯一擅長的事。

24 臭小孩的彩色圖畫

歐弗開著人滿為患的紳寶離開醫院，不禁一直檢查油表，深怕它會在他面前輕蔑地飆舞。他從後照鏡看到帕瓦娜毫不猶豫地把白紙和彩色蠟筆拿給三歲女兒。

「她一定要在車裡畫畫嗎？」歐弗問道。

「你比較想看她無聊坐不住，靈機一動就把座椅皮拆下來嗎？」帕瓦娜平靜回道。

歐弗沒答腔，只是透過後照鏡看著三歲女孩。她對坐在帕瓦娜腿上的貓咪搖著手中大大的紫色蠟筆，大聲說著：「**嘩啊—嘩啊—！**」一臉提防的貓咪打量著那個孩子，顯然無意自薦成為她的畫布。

派崔克坐在他們之間，上了石膏的小腿整隻插入兩個前座之間，擱在扶手上。他不斷扭動身子，試圖找到舒適的坐姿。

此事不易，因為他擔心會移動到歐弗鋪在他座位上與石膏腿下的報紙。

三歲女孩的蠟筆掉了，往前滾到副駕駛座底下，坐在那兒的吉米見狀，使出渾身解數彎下腰（以他這種體型的人來說，想必是奧運體操選手等級的高難度動作），把落在腳踏墊上的蠟筆撿起來。他盯著蠟筆看了一會，咧嘴一笑，便轉向派崔克抬起的腳，在石膏上畫了一個大大的笑臉。三歲女孩看到，不禁尖叫出聲。

「所以你也要瞎攪和了是不是？」歐弗說。

「很讚吧？」吉米嘻笑，一副想跟歐弗擊掌的樣子。

歐弗翻白眼。

「大叔，歹勢啦，我忍不住。」吉米面有愧色，說完便把蠟筆還給帕瓦娜。

他的口袋傳出「叮咚」一聲。他伸手撈出一支和成年人手掌一般大的手機，埋頭在螢幕上瘋狂敲敲點點。

「這隻貓是誰的？」後座的派崔克問。

「歐弗的小貓貓！」小女兒斬釘截鐵回答。

「才—不—是！」歐弗馬上糾正她。他看見後照鏡中的帕瓦娜露出促狹的笑容。

「就是！」她說。

「才不是！」歐弗說。

她哈哈大笑。派崔克一臉疑惑。她在他膝蓋上拍了拍，說道：

「別管歐弗說什麼，那絕對是他的貓。」

「牠只是一隻該死的乞丐貓，從街上跑來的，就這樣。」歐弗更正。

貓咪抬起頭，想知道這陣騷動是怎麼回事，然後研判這一切不值一顧，於是再度舒服窩在帕瓦娜的大腿上，或者該說是舒服窩在她的大肚子上，如果要嚴格定義的話。

「所以，沒有要把牠送到哪裡去嗎？」派崔克一面打量他老婆腿上的那隻貓，一面納悶道。

貓咪微微抬頭，對他嘶了一聲作為回應。

「什麼叫做『送到哪裡去』？」歐弗打斷他。

「呃……像是貓咪中途之家還是——」派崔克話沒說完，就被歐弗的怒吼蓋過。

「沒有誰會被送到什麼該死之家去！」

這一吼，整個話題便宣告彈盡糧絕。派崔克努力不讓自己面露驚嚇，帕瓦娜努力不讓自己爆笑出聲。兩人都適得其反。

「我們能不能在哪裡停一下，吃點東西？我已經餓到想吐了。」吉米插話，在座位上扭動調整坐姿，導致整台紳寶都在搖晃。

歐弗看了看身旁這群傢伙，彷彿自己被綁架到平行宇宙似的。有一會兒他考慮直接衝向路肩撞過去，直到他意識到，要是不巧所有人都喪命，他們都會跟著他一起上天堂。想著想著，他便慢下速度，加大和前方車子的間距。

「噓噓！」小女兒大聲叫道。

「我們能先停一下嗎，歐弗？納莎寧要上廁所。」帕瓦娜喚道，旁人若聽到她的音量，想必會認為紳寶的後座和駕駛距離有兩百公尺遠。

「好耶！那我們可以一併買個東西吃嗎？」吉米滿臉期待點頭道。

「好耶，就這麼辦吧，我也需要上個廁所。」帕瓦娜說。

「麥當勞就有廁所。」吉米好心提議。

「麥當勞不錯，就在那停一下吧。」帕瓦娜點頭。

「車子才不會停。」歐弗堅定。

帕瓦娜從後照鏡盯著他的眼睛看。歐弗怒瞪回去。十分鐘後，他坐在車內等其他人。居然連貓咪也跟著他們進去麥當勞了。叛徒。帕瓦娜走出來，敲敲歐弗的車窗。

「你確定不要吃些什麼嗎？」她溫柔問道。

歐弗點頭。她看起來有些洩氣。他再次搖上窗子。她繞到另一邊，蹬進副駕駛座。

「謝謝你中途停車。」她微笑道。

「嘿啦嘿啦。」歐弗說。

她吃著薯條。歐弗身子前傾，在她前方的地板鋪上更多報紙。她放聲大笑。他不懂她在笑什麼。

「歐弗，我需要你幫個忙。」她突然說道。

歐弗絲毫沒有義不容辭的熱血感。

「我想你可以協助我考到駕照。」她接著說。

「妳在說啥？」歐弗問，彷彿他聽錯了。

她聳聳肩。「派崔克的石膏還要好幾個月才會拆掉。我必須考到駕照才能接送女兒。所以我想你可以幫我開駕訓課。」

歐弗困惑到甚至忘了要發脾氣。

「也就是說，妳還沒有駕照？」

「沒有。」

「所以妳之前沒有在說笑？」

「沒有。」

「妳被吊銷駕照嗎？」

「沒有。我從來沒考過。」

歐弗的腦袋似乎需要花點時間處理這些資訊，對他來說，以上資訊簡直難以置信。

「妳是做什麼的？」他問。

「這有什麼關聯？」她回道。

「當然有關聯。」

「我是房屋仲介。」

歐弗點頭。「然後沒有駕照？」

「沒有。」

歐弗嚴肅地搖搖頭，彷彿沒駕照是不願為任何事負責的人類所能達到的巔峰成就。

帕瓦娜再次露出想戲弄他的淺笑。她把吃完的薯條紙袋揉成一團，打開車門。

「歐弗，不如這樣想吧：你難道想看別人在住宅區教我開車嗎？」

她下車往垃圾桶走去。歐弗沒有答話，只從鼻孔哼了一聲。

吉米出現在車門外。

「我可以拿到車上吃嗎？」他問，一塊雞肉懸在嘴巴外。

歐弗一開始想說不行，然後又想到，這樣下去他們就別想離開了。於是他改變做法，在副駕駛座和地板鋪上更多層報紙，彷彿他準備幫車子上漆似的。

「還不上車在拖什麼？不然回到家都不知幾年幾月了。」他示意吉米上車，嘴邊不忘牢騷。

吉米歡欣鼓舞地點頭。此時他手機叮咚一響。

「別在那叮咚叮咚的——又不是彈珠台遊戲機。」歐弗邊說邊開車上路。

「抱歉啦，大叔，都是工作上的信啦。」吉米說，一手拿著食物，另一手在口袋裡摸索著手機。

「原來你有工作？」歐弗問。

吉米點頭如搗蒜。

「我是做iPhone app的！」

歐弗沒有接著發問。

接下來的路途上，車裡相對安靜了十分鐘，直到他們滑進歐弗車庫外的停車區。歐弗把車停在單車房旁，打N檔，沒有熄火，然後向乘客們使眼神。

「對，沒關係，歐弗。派崔克可以從這裡撐著枴杖走回家。」帕瓦娜說，諷刺的意味表露無遺。

「車子不准開進住宅區。」

他堅毅不撓地把自己和石膏腳拔出後座，吉米也同時努力從副駕駛座掙脫出來，漢堡油漬在他的T恤上沾得到處都是。

帕瓦娜把三歲女兒從座位抱出來，放到地上。女孩手上揮著某個東西，口中喊著不成句的單字。

帕瓦娜點頭，走回車旁，從前門探過去，遞給歐弗一張紙。

「這啥？」歐弗問，沒有想要接收的意思。

「納莎寧畫的畫。」

「這給我幹嘛？」

「她把你畫進去了。」帕瓦娜回答，把紙塞到他懷裡。

歐弗毫不情願地看了紙張一眼。上頭滿是線條與螺旋。

「那是吉米，然後那是貓咪和派崔克和我。那個是你。」帕瓦娜解說道。

她說到最後一句時，指著圖畫中央的一個人物。紙上所有東西都是用黑筆畫的，只有中間那個人綻放著五顏六色，是恣意奔放的紅橙黃綠藍靛紫。

「你是她見過最有趣的。所以她總是幫你塗了好多顏色。」帕瓦娜說。

然後她關上副駕駛座的門離去。

歐弗過了好幾秒才回過神來喊道：「妳說『總是』是什麼意思？」

但那群人早已往樓房的方向走去了。

歐弗帶著略微被冒犯的表情，調整副駕駛座上的報紙。貓咪從後方爬過來，舒服地躺在上面。歐弗倒車入庫，關上車庫門，打N檔，沒有熄火，感覺烏煙廢氣慢慢充滿整個車庫，兩眼凝視著掛在牆上的塑膠管。幾分鐘過去，只聽得見貓咪的呼吸聲與引擎有節奏的隆隆運轉。其實很簡單，只要坐在那，等待必然的發生。歐弗明瞭，這是唯一合理的做法。他等這一刻到來已經等很久了。句點。他對她的思念太深，有時根本無法忍受自己還活在這個軀體裡面。這是唯一理智的做法，就坐在這等著廢氣將他和貓咪安撫入睡，將一切畫上句點。

但他兩眼往貓咪看過去。然後，他把車子熄火。

隔日清晨五點四十五分，他們起床，喝了咖啡吃了鮪魚。巡完社區後，歐弗把屋外的積雪剷乾淨。剷完雪後，他站在工具間外，倚著雪鏟，瞭望這一排連棟樓房。

然後他穿過街道，開始把其他房子前的積雪剷掉。

25 波浪鐵皮

歐弗屏息以待，等到吃完早餐，貓咪主動外出解決生理需求，此時他才到浴室，從置物架上層取下一只塑膠罐。他掂了掂重量，像是準備投擲出去似的，輕輕把罐子抛上抛下，想看出裡面有多少顆藥丸。

在桑雅的最後關頭，醫生開了好多止痛藥給她。他們的浴室至今仍像是哥倫比亞黑手黨的倉庫。當然，歐弗不喜歡藥品，不信任藥品，老覺得藥品只是吃心安的，所以只對腦幹不夠堅強的人有效。

但他也明白，化學物品不外乎是了結生命的好方法。

家門外傳來聲響——貓咪回來早了，用爪子刨著門板，淒楚的叫聲彷彿被捕獸夾抓到。彷彿牠感應到了歐弗的意志。歐弗明白牠有多失望。他不指望牠能明白他的決定。

他試想服用止痛藥過量會有什麼感覺。他從未注射過麻藥，也從未染上酒癮。他向來不喜歡失去掌控的感覺。這些年來他慢慢了解，一般人不斷追求且熱愛的竟就是這種失控感，但是對歐弗來說，只有徹底的腦包才會覺得失控感是值得追求的目標。他不知道到時會不會覺得噁心想吐；當身體器官全面停擺，他會不會覺得痛苦；又或者，當身體已成空殼時，他是否只會靜靜睡去。

貓咪開始在雪中哀號了。歐弗閉上眼睛，想起桑雅。他並不是那種輕易尋死的人；他不想讓她有這種印象。但他現在所過的生活，是不對的。他們倆互許終身。如今，他的頸肩之際沒有她鼻尖輕輕抵靠，他不知道該如何繼續活下去。僅僅如此。

他旋開蓋子，把藥丸倒在洗手台邊緣。他盯著藥丸，彷彿期待它們一個個變身成致命機器人。當然它們沒有任何變化。歐弗感到無趣。不管吞下多少顆，他都無法理解這些白色小藥丸要怎麼置他於死地。貓咪現在聽起來像是把雪吐得前門到處都是。然後，這個聲音被另一個不太相同的聲音打斷。

狗吠聲。

歐弗抬頭。外面安靜了幾秒鐘，然後他聽到貓咪痛苦的號叫。接著是更多狗吠。接著是金髮嬌嬌女的咆哮。

歐弗抓著洗手台，佇足原地，閉上雙眼，以為眼不見耳根就可清靜。沒有用。最後，他嘆了一口氣，直起身子，旋開塑膠罐的蓋子，把藥丸撥進去。他走下樓，穿越客廳，順手把罐子擱在窗旁。他透過窗子，看見金髮嬌嬌女就站在街上，瞄準目標，朝貓咪衝過來。

歐弗打開門的當下，她正準備用全身的力量往貓咪的頭上踢過去。貓咪旋即躲過她針頭般的鞋跟，往後退到歐弗的工具間去。雪靴歇斯底里地吠吼，口水在頭的周圍亂甩，行為就像是患了狂犬病的野獸。牠嘴裡有幾撮毛。歐弗發現，這是他記憶中第一次看到嬌嬌女沒戴墨鏡的樣子。她綠色的瞳孔中閃爍著惡意。她收回腳，正準備下一波攻勢，直到看見歐弗才停了下來。她下唇因憤怒而顫抖。

「我要把那個東西給槍斃了！」她指著貓咪嘶聲說道。

歐弗緩緩地搖頭，視線沒有從她身上移開。她吞了吞口水。他宛若鐫刻自礦石層的神情，動搖了她肅殺的決心。

「那隻……那隻該死的流浪貓……牠今天死定了！居然敢把王子抓傷！」她結結巴巴說道。

歐弗一句話也沒說，但兩顆眼珠子翻黑，深不見底。最後就連那隻狗都要退避三舍。

「王子，走吧。」嬌嬌女低聲說道，消失在轉角，彷彿是歐弗親手從她身後推了她一把似的。

歐弗杵在原地，大口呼吸。他握緊拳頭，按住胸腔，感受到胸口無法控制的跳動。他哀號了幾聲。然後他看著貓咪。貓咪看著他。牠的側腹多了一條條新的傷口，體毛再次沾上鮮血。

「就算有九條命也沒辦法讓你活太久是吧？」歐弗說。

貓咪舔著貓掌，表情像是在說，牠不是喜歡計算的貓。歐弗點頭，往門旁一靠。

「那就進去吧。」

貓咪拖著腳步跨過門檻。歐弗關上門。

他站在客廳中央。桑雅從四面八方看著他。他現在才驚覺自己在家裡放滿了她的照片，他不論走到哪，她們都尾隨著他。她棲在餐桌上，懸在走廊牆上，佇於樓梯途中。她倚在客廳窗櫺上，此時貓咪跳了上去，坐到她旁邊。牠對歐弗拋了一臉不滿的表情，把藥罐掃到地上，發出匡啷一聲。歐弗把罐子撿起來，貓咪看著他的樣子，彷彿準備大叫：「我控訴！」

歐弗稍稍踢牆腳幾下，轉身走進廚房，把那瓶藥罐放進櫥櫃。接著他煮起咖啡，並倒一碗水給貓咪。

他們倆沉默對飲。

歐弗拿起空碗，和他的咖啡杯一起放入水槽。他雙手抵在屁股上，杵了好一會兒。然後他轉身往走廊走去。

「來吧。」他頭也不回地催著貓：「我們給那隻雜碎狗一點顏色瞧瞧。」

歐弗穿上藍色冬季外套，趿上木底拖鞋，讓貓咪先出門。他看著走廊牆上桑雅照片。她對他綻開笑容。也許自殺沒有重要到不能再緩個一小時，歐弗暗忖，跟著貓咪邁入街道。

他到盧恩家去，好幾分鐘後，門才咿呀開啟。在門鎖有任何動靜之前，門後有一陣長長的拖曳聲，彷彿是一隻拖著鐵鍊的鬼魂在屋內遊蕩似的。然後，門總算徐徐開啟，盧恩佇立在那，一雙空洞的眼睛看著歐弗和貓咪。

「你家裡有波浪鐵皮嗎？」歐弗開門見山詢問，不留任何閒話家常的空檔。

盧恩對他定睛凝視了一兩秒，彷彿他的腦袋陷入苦鬥，費勁搜尋某條記憶。

「波浪鐵皮？」他對自己說，宛如在品嘗這個字眼，就像一個人剛睡醒，便急於回想剛剛睡夢中所發生的情景。

「對，波浪鐵皮。」歐弗邊說邊點頭。

盧恩看著他，更像是穿身而過，看著他後方的某個焦點。他雙眼如剛打蠟的引擎蓋般閃亮，身形卻憔悴佝僂，臉上的灰色鬍鬚已漸漸斑白。以前還是個略受敬重的硬漢，如今單薄的身子卻披掛著破布般的服裝。他老了，老得不像話，歐弗赫然驚覺。這番領悟朝他重重襲來，令他始料未及。盧恩的眼神閃爍了一陣子，然後他嘴巴開始顫動。

「是歐弗嗎？」他驚聲喚道。

「不然咧，這……至少可以確定，我不是教宗。」歐弗回道。

盧恩鬆垮的臉皮綻成一張帶有倦意的微笑。兩個男人四目相望。他們曾有過一段難得的交情；一人不願忘記那段過往，另一人則已經無從憶起。

「你看起來老了。」歐弗說。

盧恩咧嘴而笑。

接著，阿妮塔焦慮的聲音從身後冒出，下一秒，她咚咚咚的小碎步便朝前門奔來。

「有誰在門外嗎，盧恩？你在那做什麼？」她從身後驚惶喚道，然後現身門口。接著她看到歐弗。

「噢……歐弗，你好。」她瞬間止步，向他問好。

歐弗雙手插在口袋站在門口，身旁的貓咪露出一副牠要是有口袋的話，也會擺出這番姿態的表情。或是有手的話。嬌小的阿妮塔一身灰，灰色的長褲、灰色的羊毛衫，灰色的頭髮、灰色的皮膚。但歐弗注意到她微紅的雙眼與微腫的雙頰。她連忙擦拭雙眼，眨眨眼掩飾痛苦的神情。那個世代的女人都是如此，彷彿每天早上都要站在門口，堅毅地拿掃帚把悲傷掃出門外。她溫柔攙著盧恩的肩膀，帶他走到客廳窗旁的輪椅那。

「你好呀，歐弗。」她回到門口，再次問好，和善的聲音難掩其中的驚訝。「有什麼事嗎？」

「妳家裡有沒有波浪鐵皮？」他回問。

她滿臉困惑，嘟噥著：「破浪鐵皮？」彷彿鐵皮正在海裡游泳，必須要有人控制它。

歐弗深深嘆氣。

「我的媽呀，就是ㄅㄛ波ㄌㄤˋ浪，波浪鐵皮。」

阿妮塔困惑的表情絲毫不減。

「我家會有這個東西嗎？」

「盧恩的工具間裡面肯定有。」歐弗說完伸出手。

阿妮塔點頭，取下牆上的工具間鑰匙，交到歐弗手中。

「你說波浪狀的，鐵皮？」她又問一次。

「沒錯。」歐弗說。

「但我們沒有鐵皮屋頂啊。」

「那有什麼關聯？」

阿妮塔點頭又接著搖頭。「沒有……也許沒有吧。」

「每個人家裡或多或少都有一些鐵皮。」歐弗說，彷彿這是理所當然的事。

阿妮塔點頭，似乎也認為每個人本來就會在工具間存個幾片波浪鐵皮以便不時之需。這是無庸置疑的事實。

「可是你家怎麼沒有那種鐵皮？」她問道，主要是為了找話題攀談。

「我的用完了。」歐弗說。

阿妮塔點頭，似乎也認為一個沒有鐵皮屋頂的正常男人會這麼快用完家裡的波浪鐵皮本來就沒什麼奇怪的。這是不容爭辯的事實。

一分鐘後，歐弗帶著勝利的表情出現在門口，拖著如客廳地毯般大片的波浪鐵板。坦白說，阿妮塔不曉得那一大片鐵板怎麼可能塞在裡面，她卻連看都沒看到。

「就說吧。」歐弗點頭說道，把鑰匙還給她。

「對……對啊，你說對了。」阿妮塔覺得有必要附和他。

歐弗轉頭往窗邊看去。盧恩也看過來。正當阿妮塔轉身走進屋裡時，盧恩再次咧嘴而笑，舉起手小揮了一下，彷彿在那個當下，只有一秒也好，他終於知道歐弗是誰，知道他過來的目的。

阿妮塔猶豫不決地停步。轉身。

「社服機關的人又來了一趟，他們要把盧恩從我身邊帶走了。」她沒有抬起頭。她提到她丈夫的名字時，聲音如乾燥的報紙般嘶啞。歐弗用手指撫過波浪板。

「他們說我沒有能力照顧他。他的病情還有什麼的。他們說必須把他送到安養院去。」她說。

歐弗仍舊摸著波浪板凹凸的表面。

「如果我把他送到那裡，他會死的，歐弗。你也知道……」她聲如細蚊。

歐弗點頭，盯著地上結凍在兩塊鋪石之間的菸屁股。他從眼角瞄到阿妮塔身子微微傾斜。記得約一年前，桑雅解釋過那是髖關節置換手術的後遺症。最近她的手也開始不自覺顫抖了。桑雅解釋，是「多發性硬化症的前期徵兆」。好幾年前盧恩罹患阿茲海默症的事，也是桑雅跟他說的。

「那叫妳兒子回來幫忙啊。」他低聲咕噥。

阿妮塔抬起頭看著他的雙眼，露出寬容的微笑。

「尤昂嗎？啊……他現在住在美國啦，光是自己的事就處理不完了。你也知道年輕人都是這樣的！」

歐弗沒有回答。阿妮塔說出「美國」兩個字時，彷彿她自私傲慢的兒子是搬到神聖的天國似的。自從盧恩病了之後，歐弗一次也沒看過那個兔崽子回到這條街來。都已經是大人了，卻沒有時間回來探望父母親。

阿妮塔突然一驚，彷彿抓到自己在做什麼不光彩的事情。她對歐弗歉然一笑。

「抱歉，歐弗，我不該自顧自的在這邊閒聊，打擾你的時間。」

她走進屋子。歐弗站在原地，手中拿著波浪板，貓咪在他身側。在門闔上之前，他對自己低聲嘟噥了一句。阿妮塔一臉訝異地轉身，眼睛從門縫中露出來看他。

「你說什麼？」

歐弗扭了扭身子，沒有迎上她的目光。接著他轉身離開，字句同時間從他嘴裡不經意溜了出來：「我說，如果妳那些爛暖氣機又出了什麼問題，過來按個門鈴就是了。我和貓咪都會在家。」

阿妮塔遭歲月鐫刻的臉拉出一個驚喜的微笑。她往門外踏出半步，彷彿想說些什麼。或許跟桑雅有關，想說她有多思念這個好姊妹；說她有多懷念他們四個，近四十年前剛搬來這條街時所共度的時光；說她更懷念盧恩和歐弗的爭執。但歐弗早已消失在轉角後方。

歐弗回到自己的工具間，拿了紳寶的備用電池與兩個大尺寸金屬夾。他將波浪板展開來，鋪在工具間和主屋之間的石徑上，接著小心翼翼的在上面蓋上一層雪。

他站到貓咪旁邊，檢視自己的作品。完美的雪中捕犬器，電力強大，蓄勢待發。怎麼看都是十分完美的復仇手段。下次嬌嬌女再帶那隻爛狗過來，還想在歐弗的石徑上撒尿的話，牠就會尿到通電導電的金屬面板上。接下來就等著看他們覺得在別人家尿尿有多好玩，歐弗心想。

貓咪歪了歪頭，看著鐵板。

「就像一道閃電從你的尿道一路竄進去一樣。」歐弗說。

貓咪直直盯著他，彷彿在說：「你不是認真的吧？」歐弗把雙手插進口袋，搖頭。

「不是……我不是認真的。」他悶悶嘆了口氣。

然後他把電池夾子波浪板全收進車庫裡去。並非因為他覺得嬌嬌女和雜碎狗不該處以極刑，因為他們完全罪有應得。而是因為他知道很久以前有人提醒過他，「不得不惡」與「為惡而惡」之間有所不同。

「但這真的是他媽的好主意。」他在走回屋裡的路上，對貓咪作此結論。

貓咪走進客廳，動作像是一個人輕蔑地嘀咕著：「對啦對啦都你說就好了……」

之後，他們享用午餐。

26 沒人會修腳踏車的社會

很多人都難和喜歡獨處的人一起生活。和無法忍受孤獨的人相處也同樣痛苦難耐。不過桑雅只要沒必要就不會發出怨聲。「我接受這樣的你。」她曾這麼說過。

但桑雅沒有笨到看不出，就連歐弗這樣的男人也喜歡有個人可以偶爾聊一下。他已經好久沒有人可以聊天了。

「我贏了。」他聽到信箱砰一聲時迸出這句。

貓咪跳下客廳的窗櫺，走到廚房。「爛輸家。」歐弗邊想邊往家門口去。他上一次和別人打賭郵差送信的時間，已經是好幾年前的事了。以前夏天休假時，他和盧恩常常打賭，後來賭得太起勁，甚至增訂遊戲規則，把時間細分到半分鐘，看誰能猜得更準確。以往的生活就是那樣，郵件準時在十二點鐘送達，所以不進一步切割時間，無法判別誰猜得對。現在就不是如此了。現在郵件沒有固定送達時間，可能下午過了一半才姍姍來到，彷彿郵局想什麼時候送就什麼時候送，有人幫忙處理你就該謝天謝地了。歐弗和盧恩鬧翻後，他試圖和桑雅打賭，但她不了解遊戲規則。他索性放棄。

外頭的少年以敏捷靈巧的身段將上半身往後一拉，避開了歐弗猛力推開的門。歐弗不禁一臉詫異的看著他。那人穿著郵差制服。

「有事嗎？」歐弗問。

少年看似不知道怎麼回答。他手中擺弄著一份報紙與一封信。這時歐弗才注意到，他就是前幾天在單車房外跟他爭吵的那個小子。說什麼他打算要把那輛腳踏車「喬」好。當然歐弗知道那是什麼意思。簡單而言，這些小混混所說的「喬」，就是「偷走拿去網拍」的意思。

少年認出歐弗後，甚至表現得比歐弗認出他時還悶（如果有可能的話）。他臉上帶著偶爾會在女服務生臉上看到的表情，難以決定到底要直接上菜，還是要把菜拿進廚房，再吐一次口水上去。那小子冷冷盯著歐弗，然後才不情願地把郵件遞給他，老大不高興的說聲「拿去啦」。歐弗收下，兩眼仍然緊盯著那小子。

「你的信箱被砸爛了，所以想把這個拿給你。」少年說。

他先朝凹成兩半的廢鐵點頭——那曾經是歐弗的信箱，直到不會牽著拖車倒車的長腿男把拖車往信箱撞過去——接著再朝歐弗手中的信件與報紙點頭。歐弗低頭一看，報紙是本地發行的某家刊物，就是明明立了告示牌警告不准亂發東西，報童還是會當街免費發放的那種小報。而那封信件八成是廣告，歐弗猜想。雖然他的全名和地址都親筆書寫在信封上，但那是常見的廣告伎倆，想騙你以為那真的是某人寄來的信，待你把信拆開，才登時發現你已經落入行銷的陷阱中。我才不會上當呢，歐弗暗自決計。

那小子把重心放在腳跟上，低頭看著地面，內心似乎有話不吐不快，又掙扎著是否要說出來。

「還有什麼事嗎？」歐弗問道。

渾小子用手順了順他油膩膩的、後青春期的濃密頭髮。

「啊，隨便啦……我只是想問你是不是有個叫做桑雅的老婆？」他對著雪地一股腦兒吐出。

歐弗滿臉狐疑。渾小子指著信封。

「我看到你的姓。我有個老師也是姓那個。只是在猜……吼唷我在說啥。」

那小子似乎為了自己開口而不斷咒罵自己。他原地轉身，邁步準備離開。歐弗清清喉嚨，踢了門檻一下。

「對啦……應該沒錯。桑雅怎樣嗎？」

渾小子在一公尺外止步。

「欸，就……我還滿喜歡她的，只是想跟你說這樣。我就……你也知道……我就不太會讀書寫字之類的。」

歐弗差點回說「用膝蓋想也知道」，但他忍住了。少年難為情地扭動著身子，一手不知在頭上撥個什麼勁，彷彿是希望在頭髮裡找到合宜的字眼。

「她是唯一不覺得我笨得像廢柴的老師。」他囁嚅，差點因湧起的情緒噎到。「她帶我讀那個……莎士比亞，你知道吧。我根本不知道我也可以把書念出來，之類的。但她居然有辦法讓我讀世界上最難啃的厚書耶。聽到她死掉的消息，我真的覺得超賭爛的，你知道嗎。」

歐弗沒答腔。少年低頭看著地上，聳肩。

「就這樣……」

他沉默下來。他們倆，五十九歲老頭與青少年，就佇立在那，相隔幾公尺，各自踢著地面的積雪，彷彿來回踢著的是一道過往回憶，回憶中的那個女人堅持，她在別人身上看到的潛力，比他們自己所見的還要多很多。他們兩個都不知該拿這段共有的經驗如何是好。

「你那輛腳踏車怎樣了？」最後歐弗開口。

「我答應我女朋友要把它喬好。她就住那。」少年回答，朝阿妮塔和盧恩家對面的房子點頭。是愛做垃圾分類的那戶人家，他們常常不在家，不是飛到泰國就是飛到其他國家。

「你知道，其實她還不是我女朋友啦。但我在想我現在很想要她當我女朋友。這樣。」

歐弗端詳著這個少年，就像中年人常端詳那些老愛自創新式文法的年輕人一樣。

「那你有工具嗎？」他問。
少年搖搖頭。
「沒有工具你要怎麼喬腳踏車？」歐弗迸出這句，主要是出於驚訝而非氣憤。
少年聳聳肩。
「恩災。」
「那你幹嘛答應要把腳踏車修好？」
少年踢著雪，用整個手掌抹抹臉，一臉羞赧。
「因為我愛她。」
歐弗一時語塞，不知道該回什麼話。他把報紙和信件捲成圓筒狀，當作球棒敲向自己的掌心。好一會兒，他只是站在那，不斷重複這個單調的動作。
「我得走了。」少年以幾乎聽不見的音量說道，作勢轉身離開。
「你下班後過來一趟，我把腳踏車牽出來給你。」
歐弗的話簡直不知從哪裡冒出來的。
「但你必須帶自己的工具來。」他補充道。
少年整張臉亮了起來。
「你認真的嗎，大叔？」
歐弗繼續用紙球棒敲著掌心。少年吞了口口水。

「棒呆了！等一下……啊，靠……我今天不能來拿車！我還有別的工作！不然明天啦，大叔，明天我可以到。那個，改成明天拿車可以嗎？這樣？」

歐弗的頭歪向一邊，彷彿他剛剛說的那句話完全出自動畫人物口中。少年深吸了一口氣，振作起來。

「明天好嗎？我明天再來ＯＫ嗎？」他提議。

「別的工作是啥？」歐弗問，彷彿他正在主持「百萬小學堂」最終大決賽，而剛剛參賽同學回答的答案還不夠完整。

「我每天晚上和週末都在咖啡店工作這樣。」少年說，他眼中閃耀著希望的光芒。如此一來，他和女朋友之間的幻想戀情或許就可以好好守住了，雖然對方還不知道她是他的女朋友——這樣的戀情只有頭髮油膩的後青春期少年才會擁有。

「咖啡店有一些工具！我可以把腳踏車帶過去！」少年繼續說。

「一份工作不夠嗎？」歐弗問，用紙球棒指著少年制服外套胸前的郵局商標。

「我在存錢，所以需要兩份工作。」少年解釋。

「存錢幹嘛？」

「買車。」

歐弗無法不注意到，他說到「車」的時候，胸膛微微地挺起。歐弗先是一臉狐疑的樣子。接著他繼續拿紙球棒敲擊掌心，慢慢的，謹慎的。

「哪牌的車？」

「我考慮買輛雷諾！」少年爽朗說道，胸膛抬得更挺了。

兩個男人周遭的空氣靜止了約一口吐納百分之一的時間。空氣在這種情況下都會發生這種變化。如果這是電影場景的話，鏡頭想必會繞著他們兩個三百六十度旋轉，直到歐弗發飆。

「雷諾？雷諾？那是該死的法國車！你他媽不能隨隨便便就決定買一輛法國車!!!」

少年似乎想說些什麼，但在他找到機會開口之前，歐弗的上半身不斷晃動，彷彿試圖甩開一隻死不飛走的胡蜂。

「天啊，你這小鬼！你到底懂不懂車啊？」

少年搖搖頭。歐弗深深嘆氣，一手貼上額頭，一副偏頭痛突然發作的樣子。

「而且你沒有車，是要怎麼把腳踏車載到咖啡店？」最後他說，聲音回復理性。

「我還沒……想到這點。」少年說。

歐弗搖搖頭。

「雷諾？真的假的？」他重複道。

少年點頭。歐弗挫折地揉揉雙眼。

「你說你工作的那家咖啡店叫啥名字？」他咕噥道。

二十分鐘後，帕瓦娜滿臉詫異地打開家門。歐弗站在門外，用紙球棒敲著手掌，一副沉思的樣子。

「妳有沒有那個綠色牌照？」

「什麼？」

「就是新手駕駛一定要貼的那種綠色牌照。妳有還是沒有？」

她點頭。

「有啊……有是有，但問這個要——」

「我兩個鐘頭後過來接妳。我們開我的車。」

歐弗不等她回答，一個轉身，就蹦蹦蹦的往街道對面走去。

27 駕訓課

近四十年來，這排連棟樓房的新舊住戶來來去去，而不時會有一些說話不經大腦的新鄰居問桑雅，歐弗和盧恩之間的深仇大恨背後，到底有什麼隱情。為何兩個曾經是朋友的男人，突然間會對彼此恨之入骨？

桑雅通常都回答，其實很簡單明瞭：兩個男人，帶著他們的老婆搬進新家，歐弗開紳寶 96，盧恩開富豪 244。約莫一年過後，歐弗買了紳寶 95，盧恩買了富豪 265。爾後幾十年間，歐弗買了兩輛紳寶 900、一輛紳寶 9000；盧恩則又買了一輛富豪 265、一輛富豪 745，但幾年後他換回小轎車，買了一輛富豪 740。隨後，歐弗又買了一輛紳寶 9000，而盧恩最後選擇買下富豪 760。之後歐弗一樣買了紳寶 9000i，盧恩則拿舊車部分抵價，換了一輛富豪 760 Turbo。

然後有一天，歐弗至營業所看看最新上市的車款紳寶 9-3。他傍晚回家時卻發現，盧恩居然買了一輛寶馬。

「寶馬！」當時歐弗對桑雅狂哮：「你怎麼有辦法跟那種人講理？怎麼有辦法？」

以上可能無法完整說明這兩個男人對彼此憎恨至此的原因，桑雅如此解釋。有些人聽得懂，有些人聽不懂。要是你不懂，再多解釋也沒什麼意義。

大多數人都不懂，歐弗常如此置評。現代人不再有什麼從一而終的美德了。車子不過是「代步工具」，道路不過是兩地之間複雜的通道。歐弗確信這就是現在路造得這麼差的原因。要是人們對待車子的態度能再謹慎一些，他們就不會像白痴一樣隨便開車。歐弗不禁有感而發，同時一臉憂心看著帕瓦娜把他剛鋪在座位上的報紙推開。她必須先把座椅退到最底，才有辦法安全把大肚子塞進駕駛座，之後再把座椅往前調，才有辦法握到方向盤。

駕訓課的開端就是災難。怎麼說呢，帕瓦娜先是企圖偷渡一瓶水果汽水上車。她不該這麼做的。然後她又企圖亂動歐弗的廣播，想轉到「更有趣的電台」。她也不該這麼做的。

歐弗撿起地上的報紙，捲成筒狀，把它當作暴力版的紓壓球，開始焦慮地拍打自己的掌心。她抓著方向盤，像個好奇寶寶一般看著車上各種裝置。

「我們從哪開始呢？」她終於把水果汽水繳出來後，興奮地大喊。

歐弗嘆氣。後座的貓咪也一臉寫著：牠由衷希望貓族當初學會如何繫安全帶。

「踩下離合器踏板。」歐弗說，面色略帶嚴肅。

帕瓦娜環顧座位，彷彿在尋找什麼。然後她看著歐弗，臉上堆滿微笑。

「哪一個是離合器啊？」

歐弗一臉難以置信的樣子。

她再次環顧座位，還轉身查看椅背上的安全帶插扣，以為能在那找到離合器的樣子。歐弗托住額頭。帕瓦娜馬上變臉。

「我早說過我想考自排駕照嘛！你幹嘛逼我開你的車？」

「因為妳要考就要考正規駕照！」歐弗打斷她，在「正規」兩個字上加強語氣，擺明在說如果自排駕照是「正規駕照」，那有自排變速箱的車就稱得上「正規汽車」了。

「不要對我大吼大叫！」帕瓦娜大吼。

「我沒有大吼大叫！」歐弗大吼回去。

貓咪蜷縮在後座，顯然極力避免介入其中，不管現在是什麼情形。帕瓦娜兩臂交叉，憤怒瞪出側邊車窗。歐弗拿著紙球棒，以同樣節奏敲打他的手掌。

「最左邊的踏板就是離合器啦。」最後，他總算哼的一聲說出答案。

他深深吸了一大口氣，中途還得緩一下才有辦法再吸，然後繼續道來：

「中間那個是煞車，最右邊是油門。離合器踩下去後，慢慢放開，然後妳會感覺齒輪在某一點接合在一起，這時就踩下油門加油，然後就可以放開離合器，上路了。」

帕瓦娜看樣子是接受了歐弗的這番道歉。她點頭，冷靜下來，雙手抓穩方向盤，發動車子，然後按他的指示操作。紳寶猛地向前震了一下，停住，然後狂吼一聲，就把自己拋射出去，朝臨時停車區的方向衝去，差一點就撞上另一輛車。歐弗緊急拉住手煞車。帕瓦娜放開方向盤遮住雙眼，一面驚恐大叫，直到紳寶終於猝地煞住。歐弗氣喘吁吁，彷彿他剛剛是跑完國軍五百障礙才抓到手煞車似的。他的臉部肌肉不斷抽動，好像眼睛被檸檬汁噴到一樣。

「現在該怎麼辦!?」帕瓦娜意識到紳寶離前方車子的尾燈只有兩公分時，不禁狂哮。

「R檔，打R檔倒車。」歐弗勉強吐出這句話。

「我差點就直接撞進那輛車！」帕瓦娜喘道。

歐弗從引擎蓋邊緣看過去。然後，突然間，一陣冷靜的神色掠過臉龐。他轉頭對她點頭，面不改色地說：

「沒關係。那是一輛富豪。」

他們花了十五分鐘才離開停車區，駛上道路。上路後，帕瓦娜打一檔，結果整台紳寶不斷震動，好像快要爆炸。歐弗叫她換檔，她回說她不知道怎麼做。而貓咪似乎極力想把後門打開的樣子。

他們總算遇到第一個紅燈，停了下來。他們後方是一輛黑色大型城市越野車，前座坐了兩個年輕的光頭男；那輛越野車和紳寶車尾的保險桿貼得很近，歐弗敢說他回到家後，就能看到越野車的車牌號碼深深烙在他的車尾烤漆上。帕瓦娜緊張兮兮地瞟向後照鏡。越野車催著油門，彷彿在宣示著什麼。歐弗回頭，從後車窗看出去。他注意到那兩個男人身上紋滿刺青，一路延伸到喉嚨處。彷彿在街上開城市越野車一事還不足以彰顯出他們的愚蠢似的。

綠燈亮了。帕瓦娜放開離合器，紳寶轟轟轟的叫了幾聲，結果整個儀表板就黑掉了。情急之下，帕瓦娜連忙轉動鑰匙再次發車，卻只發出讓人心如刀絞、肝腸寸斷的噪音。引擎先高聲咆哮，斷斷續續咳個幾聲，然後再次斷氣。後方的紋喉光頭男按喇叭，其中一個用手示意他們開車。

「踩下離合器，再加點油。」歐弗說。

「沒看到我正在這麼做嗎！」她回答。

「妳才沒有在這麼做。」

「我有！」

「現在大吼大叫的是妳。」

「**我他媽才沒有大吼大叫！**」她大叫。

越野車的喇叭大作。帕瓦娜踩下離合器。紳寶往後滑行了幾公分，直接撞上越野車車頭。紋喉男此刻整個人壓在喇叭上，喇叭聲有如防空警報一般貫徹雲霄。

帕瓦娜絕望地拽著鑰匙，迎接她的卻是另一次熄火。突然間她放開雙手，把整張臉埋進掌心中。

「我的天……妳不會是在哭吧？」歐弗詫異道。

「我他媽才沒有哭！」她大聲哀號，眼淚全灑到儀表板上。

歐弗往後一靠，低頭看著自己的膝蓋，用手指撫摸著紙球棒的尾端。

「我只是……壓力太大了，學開車很不容易，你懂嗎？」她啜泣出聲，把額頭靠在方向盤上，期待它是又柔又軟的枕頭。「我可是懷孕了耶！」她尖聲大叫，抬頭看著歐弗，彷彿都是他的錯。「我只是有點焦躁，難道不能他媽的體諒有點焦躁的孕婦嗎!?」

歐弗在副駕駛座渾身不舒適地扭來扭去。她搥了方向盤好幾下，口中碎念著她只是「很想喝檸檬汁」之類的話。接著，她兩隻手臂疲乏無力地攤在方向盤上，把臉埋進衣袖裡，再次嚎啕大哭。

他們後方的越野車不斷按喇叭，彷彿停在他們後方的是一艘芬蘭油輪，隨時準備把他們輾過去。這時候，歐弗心裡有個東西——若以行話來說——「失控打轉」了。他咻的推開車門，下車，慢慢從越野車前方繞過去，把駕駛那側的車門應聲拔開。

「你沒當過新手駕駛是不是？」

駕駛沒有回答時間。

「愚蠢的混帳！」歐弗直接朝著紋喉光頭男的臉咆哮，口水如瀑布全噴到他的座位上。

紋喉男沒有時間回答，歐弗也沒有要等他回應的意思。反之，他抓起這個年輕人的衣領，用力把他拖出車外，那人來不及站穩，只能跌跌撞撞地任憑擺布。他體格壯碩，肌肉發達，體重想必超過一百公斤了，但歐弗鋼鐵般的手勁卻抓得他無法動彈。顯然紋喉男也被這個老頭的力量嚇到了，所以一時間沒辦法出力抵抗。歐弗的雙目燃起熊熊怒火，用力把那個三十五歲上下的年輕人壓制在越野車上，整台車都不禁嘎嘎作響。他把食指指尖扎到那顆光頭的中央，兩眼拉近到紋喉男臉前，近到能感受到對方的鼻息。

「你再按一次喇叭，我就讓它變成你生前做的最後一件事，瞭嗎？」

紋喉男的目光快速瞥向車內同樣壯碩的朋友，再瞥向越野車後方越排越長的車龍。沒有人敢輕舉妄動，沒有人前來協助。沒有人按喇叭。沒有人前進。每個人腦中都浮現同樣的念頭：如果像歐弗這把年紀、沒有刺青的男人，能毫不猶豫地走向像紋喉男這個年紀、刺青滿布的男人，還把他壓在車上動彈不得的話，那刺青滿布的男人顯然不是旁人最該擔心得罪的對象。

歐弗憤怒的雙眼闃黑不見底。紋喉男把歐弗的狠話仔細思考一遍，似乎確信這個老頭無疑是動真格的。於是他的鼻尖微乎其微地點了幾下。

歐弗點頭確認，放下他，轉身，繞過越野車車頭，回到紳寶車上。帕瓦娜盯著他看，嘴巴張得老開。

「現在輪到妳給我聽好。」歐弗一邊關上門，一邊冷靜跟她說。「妳已經生下了兩個孩子，很快就要再擠出第三胎。妳從家鄉遠道而來踏上這塊土地，搞不好還逃過戰亂和迫害等等不是人可以忍受的屁事。妳會說外國話，有高等學歷，還把根本像廢物的一家人照顧得好好的。如果今天妳跟我說這世界上有什麼鳥東西可以把妳給嚇跑，打死我也不相信。」

歐弗直直看進她的眼睛裡。帕瓦娜還驚魂未定。歐弗霸氣十足地指著她腳下的踏板。

「我不是要妳幫腦袋開刀，而是要妳開個車而已。車子有油門，有煞車，有離合器。有不少史上最蠢的智障都能搞懂車子怎麼開。妳一定也辦得到。」

然後他吐出帕瓦娜永遠會銘記在心的八個字，那是他給予她最動聽的讚美：

「因為妳沒有那麼笨。」

帕瓦娜把垂到臉上被淚水沾濕的一撮鬈髮撥開。她兩隻手再次笨拙地握住方向盤。

歐弗點頭，繫上安全帶，調整成舒服的坐姿。

「好，先踩下離合器，然後照我說的做。」

於是那天下午，帕瓦娜學會開車。

28 歐弗與盧恩

桑雅說過，歐弗這個人「毫不寬容」。比方說，一九九〇年代末期，他們倆有次到一家當地麵包店買酥皮麵包，結果店員不小心找錯錢。想不到八年過去，他還是不願意光顧那家店。歐弗說那叫「堅守原則」。不過他們倆對於用詞與詞意向來看法不一。

他知道，在他和盧恩決裂之後，她相當失望。他知道他和盧恩之間的仇恨某程度上破壞了桑雅和阿妮塔成為好姊妹的機會。但是當一場衝突綿延了一定的歲月後，就很難化解，原因很簡單：因為沒人能記得衝突是怎麼開始的。歐弗不知道是怎麼開始的。

他只知道是怎麼結束的。

為了一輛寶馬。有些人聽得懂，有些人聽不懂。大概也有人認為車子和情緒兩者毫無干係。但要明白這兩個男人為何成為世仇，沒有什麼比車子更能解釋得一清二楚。

當然，一開始都只是單純的好鬥。事情發生在歐弗和桑雅從西班牙回來、那場事故過後不久。那年夏天，歐弗在屋外的小花園鋪上新的鋪路石，然後盧恩在他家花園圍上一圈新的籬笆，然後歐弗圍上一圈更高的籬笆，然後盧恩到建材行一趟，幾天後便在整條街上吹噓他「新蓋的游泳池」。那根本不是什麼狗屁游泳池，歐弗對桑雅洩怒。那是替盧恩和阿妮塔剛出生的猴死囝仔所造的小戲水池，不過如此而已。有一陣子，歐弗計畫要跟規劃局檢舉這個「違章建築」，但桑雅堅決反對，打發他去「除草」冷靜冷靜。於是歐弗就去除草，雖然幾乎沒有達到冷靜的效果。

長方形的草坪約五公尺寬，遍及了從歐弗家到盧恩家三棟房子的後院。桑雅和阿妮塔立刻就把它命名為「中立區」。沒人知道為什麼會有草坪，草坪又可以有什麼功用，不過大概是當初在籌建連棟樓房時，某個都市設計師覺得設計圖上應該增添些草坪，唯一的理由是看起來很漂亮。歐弗和盧恩還是朋友的時候，成立了居民委員會，兩人決定應由歐弗擔任「土地管理員」，負責修整草坪。這些年來一直都是由歐弗管理。不時也有居民向居委會提議，可在草坪上擺放方桌長椅，作為「街坊鄰居的交誼場所」，但想當然歐弗和盧恩馬上打消他們這番念頭。那只會帶來他媽的髒亂和噪音而已。

當時兩人合作無間，平安快樂。至少在歐弗和盧恩主導下，還算「平安快樂」。

盧恩的「泳池」才蓋好沒多久，就有一隻老鼠橫越過歐弗屋外剛修好的草坪，鑽入另一端的樹林中。歐弗立刻集合居委會召開「緊急會議」，要求所有居民在房屋周圍放置老鼠藥。想當然耳，居民群起抗議，因為他們曾在樹林邊緣看到刺蝟的蹤跡，擔心牠們會不小心把老鼠藥吃掉。盧恩也出聲抗議，因為他怕毒藥擴散，最後流到他的泳池中。歐弗建議盧恩找心理醫生好好聊一聊，他自以為住在法國蔚藍海岸的錯覺挺嚴重的。盧恩則開了歐弗一個惡毒的大玩笑，說搞不好那隻老鼠才是他自己幻想出來的。在場所有人都哄堂大笑。歐弗從來沒原諒盧恩過。隔天早上，不知道是誰在盧恩屋外撒滿了鳥飼料，以致往後好幾個禮拜，盧恩都得拿著鐵鍬把十來隻跟吸塵器一樣大的老鼠趕跑。後來歐弗獲准使用老鼠藥，一旁的盧恩低聲咕噥，他會讓他付出代價。

兩年後，盧恩打贏了「行道樹之爭」，在年度會議中獲准鋸掉一棵遮住他和阿妮塔欣賞落日美景的行道樹。只是好巧不巧，同一棵樹能為住在街頭的歐弗和桑雅擋住早上射進寢室的刺眼日光。更可惡的是，歐弗本來憤怒提出動議，要居委會替他新購的遮陽棚埋單，盧恩竟然也把它擋下來。

不過，歐弗在隔年冬天又扳回一城。當時為了除雪問題發生齟齬，盧恩打算任命自己為「剷雪組長」，還要求居委會出錢購買一把寬口雪鏟。歐弗才不會讓盧恩得逞，他在決策小組會議時表明，盧恩不能動居委會的錢，拿什麼鬼鏟子到處亂剷，把雪濺到歐弗家的窗戶上。

最後盧恩如願以償當上除雪負責人，只是令他賭爛的是，整個冬天都必須徒手剷去房子之間的積雪。想當然耳，這排連棟樓房中，獨有歐弗和桑雅的房子外總是積雪未消，但歐弗並不以為意。為了讓盧恩更賭爛，歐弗在一月中租了一把寬口雪鏟，清掉家門外十平方公尺的積雪。這件事讓盧恩氣炸了，歐弗至今回憶起來，都仍喜不自禁。

盧恩自然不會放過歐弗。隔年夏天，他買了台巨型割草機。然後在年度會議上，靠著謊言與密謀這些小手段，他獲准接手歐弗的除草職責，原因是盧恩「比上一個負責人擁有更完善的設備了」。盧恩邊說，邊朝歐弗露出嘲諷的笑容。

大約四年後，歐弗才把輸掉的面子贏回一半。盧恩本來計畫把家裡的窗戶換新，但是被歐弗阻止了，因為規劃局受不了三十三封信件和十多通來電的疲勞轟炸，所以他們舉手投降，接受歐弗的說詞，表示這麼做會「破壞本區建築的和諧感」。

而後三年，盧恩每談到歐弗，一定都稱他為「該死的守舊派」。歐弗把這視為讚美。隔年，他就把自家的窗戶換新了。

下一個冬天降臨時，決策小組決定整個社區要換一套新的供熱系統。就這麼剛好，盧恩和歐弗對於要使用哪一種系統有著截然不同的看法，其他居民都戲稱這起事件為「水泵之戰」。此戰讓兩人陷入永恆的對立。一直持續至今。

但桑雅也說過，他們之間還是有一些特殊的小插曲。那些小插曲其實也沒什麼，但像桑雅和阿妮塔這種女人，就有辦法把小插曲說得好像有什麼似的。這兩個男人之間不盡然都是炙熱的對峙。比方說，八〇年代的某年夏天，歐弗買了台紳寶 9000，盧恩買了輛富豪 760。他們對此都很滿意，因此維持了好幾個禮拜的和平。桑雅和阿妮塔甚至有辦法在好些場合中，讓他們四人聚在一塊吃頓晚餐。那時盧恩和阿妮塔的兒子已經是個青少年了，他就坐在桌子一端，像個討人厭的拖油瓶般，行使著這個年紀所擁有的神聖權力——表現得毫不討喜、傲慢無禮。這男孩生來就很憤怒，桑雅語帶悲傷地說，但歐弗和盧恩倒是處得很好，當晚還一起喝了點威士忌。

好景不常，那年夏天最後一次晚餐，歐弗和盧恩決定要烤肉。歐弗搬出他的球型烤肉架後，他們倆很快就為了怎樣生火最有效率開始吵了起來。不到十五分鐘便硝煙四起，一發不可收拾，桑雅和阿妮塔只好同意，他們兩家還是別聚餐的好。兩個男人再次跟彼此說話以前，他們分別買了又賣了一輛富豪760 Turbo和紳寶9000i。

同一時間裡，鄰居紛紛住進這排連棟住宅。最後，出現在各家門口的新面孔繁不可計，全化成一面灰濛濛的人海。曾經蓊鬱的森林，如今矗立著起重機。歐弗和盧恩站在他們的家門外，雙手固執地插進褲子口袋裡，彷彿是兩尊新時代出土的遠古遺跡；他們雙眼緊緊盯著那些在街道上奔波、領帶結打得跟葡萄柚一般大的房屋仲介——就像禿鷹緊盯著衰老的水牛一樣。那些房屋仲介都恨不得立即把一個個顧問家庭全搬進剩下的空屋裡，歐弗和盧恩兩人都清楚得很。

盧恩和阿妮塔的兒子在二十歲時就搬出去住了，那時是九〇年代初期。歐弗事後從桑雅那邊得知，他搬到美國去了。他們根本再也沒見過他。偶爾阿妮塔會在聖誕假期接到一通電話，「他光自己的事就忙不過來了」，阿妮塔這麼說是想替自己打起精神，但桑雅可以看見她在努力抑制奪眶的淚水。有些做兒子的一去就不復返。不過如此而已。

對此，盧恩從未說什麼。但對與他相識已久的人來說，他在往後幾年間，彷彿矮了好幾公分；彷彿他長嘆一聲後全身就洩了氣，從此再也無法好好呼吸。

幾年後，盧恩和歐弗又為了中央供熱系統吵了第一百次架。歐弗氣得從居委會會議中奪門而出，再也沒有回來過。兩人的最後一戰爆發於千禧年初，當時盧恩從亞洲訂購了一台新穎的自動割草機器人，並放它在房屋後方草坪上咻咻咻的竄來竄去。盧恩甚至能從遠端遙控，設成「特殊模式」，在草坪上割出特殊圖案呢。桑雅有天傍晚去拜訪阿妮塔回來後，帶著佩服的口吻說起這件事，歐弗立即反譏，這個白痴機器人所謂的「特殊模式」，就是整晚在歐弗和桑雅的寢室窗戶外頭，不斷轟隆轟隆來回走動而已。一天傍晚，桑雅看到歐弗拿了支螺絲起子從陽台走了出去。隔天早上，那台小機器人不知怎地就開進盧恩的水池裡面，至今仍是懸案一樁。

一個月後，盧恩第一次進醫院看病，從此再沒買過另一台割草機。歐弗不記得他們的恩怨怎麼開始的，但他非常清楚，他們的恩怨就在那時候畫下句點，從此收藏在歐弗的回憶中，卻消失在盧恩的記憶裡。

的確，有些人會認為男人的心理並無法從他們開的車來解讀。

但不是這樣的。剛搬進連棟樓房時，歐弗開的是紳寶96，盧恩開的是富豪 244。車禍過後，歐弗買了台紳寶95，才有空間擺放桑雅的輪椅。同年，盧恩買了輛富豪 245，才有空間擺放嬰兒車。三年後桑雅換了更現代的輪椅，所以歐弗買了掀背車型的紳寶900。盧恩買了富豪 265，則是因為阿妮塔說想要生個第二胎。

然後歐弗又買了兩台紳寶 900，然後是第一輛紳寶 9000。盧恩又買了一輛富豪 265，最後換成富豪 745。可是並沒有新生兒的蹤影。桑雅某天傍晚到家後跟歐弗說，阿妮塔去看了醫生。一週後，一輛富豪 740 停在盧恩的車庫裡。小轎車型。

歐弗是在洗車時發現的。當天傍晚，盧恩在他家門口發現一瓶喝掉一半的威士忌。他們倆從沒提及此事。

也許孩子未能出世的悲痛讓這兩個男人更為親近。但悲痛這種情緒也不是那麼可靠，當人們不和彼此分享，情誼反而很有可能更加疏遠。

也許歐弗從未原諒盧恩生出一個關係不好的兒子。也許盧恩無法原諒歐弗不原諒他這點。也許他們兩個都無法原諒自己，因為他們沒辦法給予他們最愛的女人最想要的東西。盧恩和阿妮塔的兒子長大後，就立刻趁這個機會把東西收拾收拾，搬出家裡。於是盧恩就買了台寶馬跑車，就是那種只能載兩個人外加一個手提包的車款。因為現在只剩他和阿妮塔了，他在停車區碰到桑雅時這麼說道：「一個人也沒辦法開富豪開一輩子。」他說著，露出似笑非笑的表情。她可以聽得出來他很努力把眼淚吞回肚子裡去。就在那一刻，歐弗明白，一部分的盧恩已經放棄了。或許對歐弗和盧恩兩人來說，最無法原諒的就是這點。

有些人認為，人的心理是無法透過車子來判斷的。但他們錯了。

29 歐弗與「玻璃」

「說真的，我們到底要去哪!?」帕瓦娜上氣不接下氣地問。

「喬東西。」歐弗倉促回應。他走在她前方，貓咪半跑半走，跟在他身側。

「什麼東西？」

「就東西嘛！」

帕瓦娜停下來喘口氣。

「到了！」歐弗喊道，猛然停在一家小咖啡店前面。

玻璃門後飄來一陣剛烤好的可頌麵包香味。帕瓦娜看著對街的停車場，他們剛把紳寶停在那。看樣子他們到頭來還是停在離咖啡店最近的車位了。起先歐弗還深信咖啡店就在街區的另一角，所以帕瓦娜那時建議把車停在那一側，直到他們發現那個停車場每小時收費貴一克朗才作罷。

結果他們改停在這邊，再繞過整個街區尋找咖啡店。因為帕瓦娜早已領悟，歐弗這種人只要不太確定自己該往哪去，就會選擇直走，相信船到橋頭自然直。此刻，他們發現咖啡店恰巧就在他們停車位的對面，歐弗還露出一臉他本來就這麼打算的表情。帕瓦娜抹掉臉頰上的汗水。

沿街走到一半，有個鬍子髒兮兮的男人靠在牆上，手中拿著紙杯。歐弗、帕瓦娜和貓咪在咖啡店外碰到一個年約二十的纖瘦男孩，眼睛周圍有一圈酷似煤灰的黑色印子。歐弗回想了好一會兒，才發現這個男生就是上次在單車房外，站在那個腳踏車小子身後的男生。他這次看起來略微謹慎。他對歐弗微笑，但歐弗卻不知要怎麼回應，所以只點了點頭，彷彿是想說明清楚，他沒有要回以微笑的意思，但這番好意他心領了。

「你幹嘛不讓我停在紅車隔壁？」他們開門進去時，帕瓦娜疑惑道。

歐弗沒有回答。

「我一定停得進去的！」她說得自信滿滿。

歐弗則疲倦地搔頭。兩個小時前她還不知道什麼是離合器，現在居然因為他不讓她擠進一格空車位而生氣。

他們進入咖啡店，歐弗的眼角餘光瞄到煤炭眼男的身影，他正把吐司拿給外頭那個鬍子髒兮兮的男人。

「嗨，歐弗大叔！」有個聲音喊道，那音調又高，說得又急，一不小心就破音了。

歐弗轉身，便看到那個單車房的少年。他站在店前擦得晶亮的長吧台後方。歐弗留意到他戴了一頂棒球帽。居然在室內戴帽。

貓咪和帕瓦娜隨興找了張吧台椅就坐了上去。帕瓦娜不斷擦著額上冒出的汗水，雖然店內的溫度冷冰冰的。事實上比外頭還冷。她拿起吧台上的水壺替自己倒了一杯水。貓咪趁她不注意時，若無其事地舔了幾口。

「你們彼此認識嗎？」帕瓦娜驚訝看著那個少年問道。

「我和歐弗大叔算是有點交情這樣。」少年點頭。

「是嗎？我和這個歐弗大叔也算是有點交情呢！」帕瓦娜露出微笑，稍稍模仿起他活力四射的熱情。

歐弗和吧台保持著安全距離，深怕靠太近會有人上前擁抱他似的。

「我叫亞迪恩。」少年說。

「帕瓦娜！」帕瓦娜說。

「你們要喝點什麼嗎？」亞迪恩問，然後看向歐弗。

「噢，當然要！一杯拿鐵！」帕瓦娜的語氣聽起來像是有人突然幫她的肩膀馬殺雞一樣。她拿餐巾紙輕輕揩拭額頭。「如果有冰拿鐵就更好了！」

歐弗把重心從左腳移到右腳，環視整個店面。他對咖啡店從來沒有好感。桑雅則是愛不忍離。她星期日能在那坐上一整天，「觀察周遭人群」，她是這麼說的。歐弗曾勉強自己陪她坐在咖啡店看報紙。每個星期日都去。她去世後，他就再也沒踏進咖啡店過。他抬頭，才發現亞迪恩、帕瓦娜和貓咪都在等他回答。

「那就來杯咖啡。黑的。」

亞迪恩伸手進帽子底下搔搔頭。「像是……濃縮咖啡這樣？」

「不是。純咖啡。」

亞迪恩從搔頭改為搔下巴。「啥……是說黑咖啡嗎？」

「對。」

「加奶精？」

「加奶精就不叫黑咖啡了。」

亞迪恩把一兩罐糖罐移到吧台上，主要是瞎忙找事做，以免自己看起來太蠢。來不及了，歐弗心想。

「一般的濾泡咖啡。他媽就給我一般的濾泡咖啡就好。」歐弗說。

亞迪恩點頭。「喔，那種的啊……欸，可是我不會泡耶。」

歐弗指著塞在工作台一角的咖啡滲濾壺，它被一台像是銀色太空船的機器遮住大半，歐弗猜想，他們就是用那台機器來泡濃縮咖啡的。

「喔，那個呀，對吼。」亞迪恩對著滲濾壺點頭，一副茅塞頓開的樣子。

「那個……我其實不知道怎麼操作耶。」

「到底有沒有搞……」歐弗邊嘟噥邊走向吧台，準備自己動手。

「有沒有人可以告訴我，我們來這裡的目的？」帕瓦娜說。

歐弗把水倒進壺中，說道：「這小子有輛腳踏車要修。」

「就是掛在車後的那輛腳踏車啊？」

「你把腳踏車載過來了？」

「你沒車不是嗎？」歐弗回答，一面在櫥櫃中翻找咖啡濾紙。

「謝啦，歐弗大叔！」亞迪恩說，朝他走了一步，但在他準備做出糊塗事之前恢復理智，及時停下腳步。

「所以說那是你的腳踏車囉？」帕瓦娜微笑道。

「算啦——其實是我女朋友的。應該說是我正在追的女生的……這樣。」

帕瓦娜露齒而笑。

「所以我和歐弗千里迢迢，就為了把腳踏車送來給你修理？為了一個女孩修的？」

亞迪恩點頭。帕瓦娜往吧台一靠，拍了拍歐弗的手臂。

「歐弗，你知道嗎，有時候大家都要懷疑你是不是多了一顆善心呢！」

「你這裡到底有沒有工具？」他扯開手臂，對亞迪恩說。

亞迪恩點頭。

「那就去拿啊。腳踏車在停車場，掛在我的紳寶後面。」

亞迪恩點頭，一溜煙消失到廚房裡。約一分鐘後拎著大工具箱出來，往店門衝去。

「妳給我閉嘴。」歐弗對帕瓦娜說。

帕瓦娜笑得合不攏嘴，顯然沒有打算閉嘴的意思。

「我把腳踏車載過來，只是不想要他回家在工具間裡面隨便亂搞……」他嘟噥道。

「對啦對啦。」帕瓦娜大笑。

「噢嘿。」亞迪恩碰到煤炭眼男時說道。「這位是我老闆。」

「嗨呀——欸，那個……不好意思，你在做什麼？」煤炭眼男問，一臉好奇地看著這個已過中年的陌生人把自己關在他家咖啡店的吧台後方。

「這小子說要喬腳踏車。」歐弗回答，彷彿這是再單純、清楚不過的事。「你們用來泡正統咖啡的濾紙放哪？」他接著問道。

煤炭眼男指給他看。歐弗看著他，兩眼瞇了起來。

「你有化妝嗎？」

帕瓦娜朝他噓了一聲。歐弗一臉被羞辱的表情。

「幹嘛？問個問題有什麼不對？」

煤炭眼男孩露出略帶緊張的微笑。

「對，我有化妝。」他點頭，開始用手在眼睛周圍抹來抹去。「我昨晚出去跳舞。」他說。帕瓦娜這時像個同謀一樣，以靈巧的身手迅速從手提包中撈出一條濕紙巾，傳給她的夥伴。他對她回以感激的微笑。

歐弗點頭，繼續回到煮咖啡的工作上。

「那你是否也有腳踏車、感情和女孩子方面的問題？」他順口問道。

「沒有沒有，沒有腳踏車問題。也沒有感情問題，大概啦。也……也跟女孩子沒有關係。」煤炭眼男道。

歐弗開啟滲濾壺，待它發出嘎啦嘎啦的聲響後，就轉身過來，靠著吧台內側，彷彿一個人在咖啡店沒事做的時候，自然就會擺出這樣的姿勢。

「你是玻璃嗎？」

「**歐弗**！」帕瓦娜叫道，又打了他的手臂一下。

歐弗把手臂縮回來，感覺被冒犯了。

「為什麼不能問！」

「你不能……不能用那個字眼啦。」帕瓦娜道，顯然極不想要再把那個詞說出來。

「玻璃喔？」歐弗重複。

帕瓦娜再次想打他的手臂，但歐弗速度更快。

「不要那樣說話！」她命令他。

歐弗面向煤炭眼男，真心覺得疑惑。

「不可以說玻璃嗎？那現在的人都說什麼？」

「你可以說同性戀，或是LGBT成員。」帕瓦娜還來不及阻止自己，話就已經脫口而出。

「啊，你想怎樣說都可以，我不介意。」煤炭男孩微笑道。他繞過吧台，穿上圍裙。

「好，很好。謝謝解釋。所以是叫做gay就對了。」歐弗咕噥道。帕瓦娜充滿歉意地搖搖頭；男孩只是笑了笑。「了解。」歐弗點頭說完，便替自己倒了一杯咖啡，雖然還沒過濾完畢。

接著他拿著咖啡杯，不發一語就往外走到停車場那邊。他直接把店裡的杯子拿出去，但煤炭眼男孩沒說什麼。畢竟這個男人到達他的店還不到五分鐘，就已經任命自己為吧台服務生，還大膽質問老闆的性向，所以在這個情況下，似乎說什麼都沒必要了。

外頭，亞迪恩站在紳寶旁邊，一副好像在森林裡迷路的樣子。

「還順利嗎？」歐弗問，但答案顯而易見。他啜口咖啡，看著還沒從車子後面卸下來的腳踏車。

「不順利……你知道的。就是。呃。」亞迪恩開口，強迫症般的搔著自己的胸膛。

歐弗先觀察他個半分鐘，再啜一口咖啡，然後煩躁地點點頭。那就像是有個人去買水果，拿起一顆鱷梨捏了捏，卻發現它已經過熟軟掉時，所露出的表情一樣。他把那杯咖啡用力塞到少年的手中，上前把腳踏車卸下來，然後上下翻轉，打開少年從咖啡店帶來的工具箱。

「你爸沒教過你怎麼修腳踏車？」他沒看著亞迪恩，直接弓著背處理爆掉的輪胎。

「我爸在蹲大牢。」亞迪恩用幾乎難以聽見的聲音回道，搔了搔肩膀，一臉想要找個巨大的黑洞栽進去似的。歐弗停止手邊動作，抬頭盯著他，腦中評估著些什麼。男孩看著地上。歐弗清清喉嚨。

「其實沒什麼難的。」他最後咕噥說道，示意亞迪恩一同坐到地上。

他們花了十分鐘把輪胎的破洞補好。歐弗用枯燥單調的語氣講解；亞迪恩整個過程不發一語。但他十分專注，動作敏捷，其實並沒有想像中的那麼差，歐弗必須承認這點。也許他雙手不像嘴巴那樣笨拙吧。他們用紳寶後車廂裡的抹布把灰塵擦掉，迴避彼此的視線。

「希望那個女孩值得這一切。」歐弗邊說邊關上後車廂。

這下輪到亞迪恩一臉不知所措了。

他們回到咖啡店時，有個身材方方矮矮、襯衫沾滿污漬的男人站在人字梯上修東西，歐弗猜應該是風扇暖風機。煤炭眼男孩站在人字梯下方，高舉著不同大小的螺絲起子。他一面偷看那個男人，一面抹掉眼睛周圍殘留的眼妝，看起來很緊張，彷彿擔心他會被逮個正著。帕瓦娜滿臉興奮轉向歐弗。

「這是阿麥！這家咖啡店是他開的！」她指著梯子上的方形男，口中的字句有如乘坐在滑水道上，隨著口沫噴濺而出。

阿麥沒有轉身，只發出了一長串硬梆梆的子音，雖然歐弗聽不懂，但他懷疑那是一堆髒話和猥褻字眼的各種組合。

「他在說什麼？」亞迪恩問。

煤炭眼男孩不自在地扭了扭。

「呃……他……說風扇暖風機的菊花被捅爛了是不是……」

他瞄了亞迪恩一眼，但很快又低頭看著地板。

「啥意思？」歐弗邊問，邊朝他走去。

「他說暖風機就跟同性戀一樣，沒救了。」他的聲音好小好小，只有歐弗聽到。

同時間，帕瓦娜一臉興奮地指著阿麥說：「你聽不見他在說什麼，但你大概也猜得到他說的大部分是髒話！他的嘴巴簡直就跟你一個樣耶，歐弗！」

歐弗一點也不覺得開心。阿麥亦有同感。

他停下手邊動作，拿著螺絲起子指著歐弗。「那隻貓？你的？」

「不是。」歐弗說。

他的意思不是牠不是他的貓，而是牠本來就不屬於任何人。

「貓咪！出去！咖啡店！禁止！攜帶！寵物！」阿麥每個詞都下重音，它們就像頑皮的孩子一般，在句子裡蹦蹦跳跳。

歐弗饒富興味看著阿麥頭頂上的風扇暖風機，再望向坐在吧台椅上的貓咪，然後看著亞迪恩手中的工具箱，又回到暖風機，最後看著阿麥。

「如果我幫你把那個修好，貓咪就留下。」

他這項提議與其說是請求，不如說是要求。阿麥一時之間似乎無法控制住自己的脾氣。後來他不知怎地回復理智，他也說不上來，總之他就變成了幫忙扶梯子的人，而不是站在梯子上頭的人。歐弗在上頭研究了好幾分鐘，爬下來，手掌在長褲上拍了拍，把螺絲起子和可調節式扳手交給煤炭眼男孩。

阿麥看著天花板上的風扇暖風機虛弱地咳個幾聲，然後喀噠喀噠的運轉起來，不禁失控大喊：「你修好了！」

他回過身，毫不害臊地用他皺巴巴的雙手揪住歐弗的肩膀。

「威士忌怎樣？想喝嗎？我廚房有威士忌！」

歐弗看了看手錶。現在是下午兩點十五分。他搖搖頭，一臉些許的不自在，部分是因為威士忌，部分是因為阿麥還抓著他不放。煤炭眼男孩消失到吧台後方的廚房門內，依舊瘋狂擦著眼睛。

＊＊＊

貓咪和歐弗往紳寶走去，亞迪恩從後面跟上他們。

「歐弗大叔，你應該不會跟別人說米薩是——」

「誰？」

「我老闆。」亞迪恩說。「臉上化妝的那個。」

「那個玻璃？」歐弗說。

亞迪恩點頭。

「我是說他爸……我是說阿麥叔……他不知道米薩是……」

亞迪恩吞吞吐吐，想找到適切的字詞。

「玻璃？」歐弗幫他說道。

亞迪恩點頭。歐弗聳肩。帕瓦娜一晃一晃地走到他們身後，上氣不接下氣。

「妳跑到哪去了？」歐弗問她。

「我丟了零錢給他。」帕瓦娜說，朝著牆邊那個髒鬍子男點頭。

「妳知道他只會把錢拿去買酒喝吧？」歐弗表明。

帕瓦娜兩眼睜得老大，歐弗強烈懷疑她想表達的是諷刺。「真的喔？是這樣嗎？我本來好～希望他會拿那些錢來付清他念粒子物理系的就學貸款呢！」

歐弗哼了一聲，解開紳寶車鎖。亞迪恩待在車子的另一邊。

「有事嗎？」歐弗問道。

「你不會把米薩的事說出去吧？說真格的？」

「我沒事說別人閒話幹嘛？」歐弗不耐煩地指著他。「你！你這個想要買法國車的小子。別那麼擔心別人，你自己的問題就有得忙了。」

30 歐弗與不需要他的社會

歐弗撥掉墓碑上的積雪，用力在結冰的地面上挖出一個洞，把花朵栽進去。他起身，拍拍身上的灰塵，兩眼望著她的名字，心中備感羞愧。他以前老是抱怨她姍姍來遲，如今他站在這塊土地上，對於自己尚未履行「隨後就到」的承諾感到無能為力。

「最近根本就是個他媽的大災難。」他對墓碑喃喃道。

然後又陷入沉默。

他不知道什麼時候變成這樣。在她喪禮過後，每一週、每一天都攪和在一塊，他變得如此寡言，幾乎描述不出他做過什麼事。從桑雅死後，到帕瓦娜和那個叫派崔克的倒車撞到他的信箱之前，他記不得是否和其他活生生的人說過話。

有些晚上他忘了吃飯。就他記憶所及，自從四十年前他在她身旁的火車位上坐下的那一刻起，他就不曾忘了吃飯。只要桑雅在他身邊，他的生活就規律如一：歐弗在五點四十五分起床，煮咖啡，外出巡視社區。六點半，桑雅沖完澡，他們就一同吃早餐喝咖啡。桑雅吃煎蛋；歐弗吃夾吐司。七點半，歐弗把她抱進紳寶的副駕駛座，把輪椅放進後車廂，載她到學校。然後他開車去上班。九點四十五分，他們各自喝杯咖啡小憩片刻。桑雅喝咖啡加牛奶；歐弗喝純黑咖啡。正午十二點，他們吃午餐。兩點四十五分又是喝咖啡的休憩時間。五點十五分，歐弗到學校的廣場上接桑雅，把她抱進前座，把輪椅收進後車廂。到了六點鐘，他們坐在餐桌旁享用晚餐，通常是肉片加馬鈴薯淋肉醬。歐弗的最愛。之後，她坐在沙發上，不能動的雙腿收到臀部下方，玩填字遊戲，歐弗則在工具間敲敲打打，收看新聞。九點半，歐弗抱著她上樓到寢室。她多年來一直吵著要他把房間搬到樓下沒人使用的客房，但歐弗不要。過了十年左右她才漸漸明白，他願意天天抱她上下，是想向她表達他永不放棄的意志——不管是上帝、宇宙還是所有其他事物，都不會輕易打敗他；那些豬腦下地獄吧。於是她不再吵了。

星期五晚上，他們看電視看到十點半。星期六就晚點吃早餐，有時候可能八點才吃。然後他們就出門晃晃，到建材行、家具行、園藝店等。桑雅多半會買一些盆栽草皮，歐弗則喜歡逛各式各樣的工具。他們的連棟樓房外不過一塊蕞爾之地，然而他們總能找到可以栽種、建造的東西。回家路上，他們會停下來買冰淇淋吃。桑雅吃巧克力口味；歐弗吃堅果口味。冰淇淋每年都會漲一克朗，然後，以桑雅的話來說，「歐弗就會碎碎念個不停」。他們到家後，她會坐著輪椅，從陽台小門滑上露天平台，歐弗再扶著她下輪椅，把她放到地上。在花床上栽花種草是桑雅最愛的嗜好。與此同時，歐弗抓著螺絲起子走進屋裡。房子最棒的一點，就是它永遠沒有完工的一天。永遠都有某處的螺絲鬆了，需要歐弗把它旋緊。

星期日，他們找一家咖啡店喝咖啡。歐弗負責看報紙，桑雅負責說話。然後又是星期一。而後，某個星期一，她就不在了。

歐弗不知道他究竟什麼時候開始變安靜了。他一直都很寡言，但這個狀況不太一樣。也許他開始習慣在腦袋裡面說話。也許他要瘋了（他確實考慮過這個可能）。他似乎不想要其他人跟他說話，深怕他們嘈雜的聲音會淹沒記憶中她的聲音。

他手指溫柔地滑過墓碑，像是滑過厚地毯長長的流蘇。他不懂年輕人成天在那邊大肆宣揚什麼「找到自我」的主張。他以前就不斷從公司那些三十歲的人嘴邊聽到。他們只會說想要更多的「空閒時間」，彷彿這就是工作的唯一目標：做到不用再做。桑雅以前都會笑歐弗，說他是「世界上最缺乏彈性的人」。歐弗不認為那是一種污辱。他認為凡事都要有規矩，做事要有規律，這樣人才能活得踏實。他不懂這為什麼會是缺點。

桑雅常跟人提起八〇年代中期發生的一件事。有次，歐弗不知道神經錯亂還什麼的，居然被她說服，買了一輛紅色紳寶，她認識他這麼多年，他都是開藍色的。「那是歐弗一生中最悲慘的三年。」桑雅呵呵笑道。在那之後，歐弗除了藍色紳寶外，什麼車都不開。「人家的老婆會氣老公都沒發現她們剪頭髮了。但只要我一剪頭髮，我老公就會氣我氣上好幾天，因為我的樣子變了。」桑雅說道。

那是歐弗最懷念的地方：凡事不變的生活步調。

他相信，人人都需要有其作用。他一直有自己的作用，沒有人可以把這點剝奪走。

＊　＊　＊

十三年前，歐弗買了那台藍色紳寶 9-5 Estate。不久之後，通用汽車的美國佬把瑞典持有的股份全部吃掉。那天早上歐弗闔上報紙破口大罵，一直罵到下午還罵不完。他不再買車了。他不想坐進美國車，除非他的腳和身體進了棺材再說，他們最好搞清楚這點。桑雅當然也看到這篇報導，歐弗如此針對汽車公司所屬國籍，她也表達過不認同，但沒有用。歐弗已經下定決心，他要開著這輛車直到他——或它——不行了為止。反正已經沒人會製造正規汽車了。現在車子裡只是一堆電子屁物，像是在開一台電腦一樣。你甚至不能把車子拆開來，不然製造商就會抱怨說什麼「擔保無效」。這種車不要也罷。有次桑雅說，歐弗下葬的那天，紳寶一定也會悲傷得停擺。或許真會那樣也說不定。

「但凡事都有第一次。」她也這麼說過。這是人之常情。例如四年前，醫生的診斷報告出來後，她發現自己比歐弗還容易原諒。原諒上帝、宇宙和所有其他事物。歐弗則選擇生氣。也許是因為他覺得有人必須為她生氣。因為他沒辦法看著世上所有邪惡的事全都發生在這個他認為最不該遇見這些事的人身上。

於是他起身對抗全世界。他對抗醫院人事，對抗醫療專家和外科醫師主任。他對抗穿白襯衫的男人，對抗議會代表，他對抗的官員越來越多，最後根本記不得誰是誰。這個東西要保險，那個東西要保險；桑雅看病要找這個人聯絡，坐輪椅要跟那個人聯絡。然後要接洽某某某，辦理桑雅的免工作聲明，然後又要接洽某某某，努力說服該死的政府單位，她最想要做的事就是——工作。

而人根本不可能反駁白襯衫男。人不能反駁診療結果。

桑雅得了癌症。

「事情發生了，我們只能接受。」桑雅說。於是他們就接受了這件事。她繼續幫她可愛的小搗蛋們上課，直到某天她再也沒力氣自己來了，歐弗就每天早上推她進入教室。一年後，她一週上的課減少到四分之三。兩年後減少到二分之一。三年後只剩下四分之一。最後，她不得不辭職回家，她還給每位學生寫了一封長長的信，說如果想找人聊聊天的話，隨時都能打電話給她。

幾乎每個人都打來了。他們排了長長的隊伍來拜訪她。某個週末，他們把整間房子都塞爆了，歐弗只好走出家門，在他的工具間內坐上六小時。到了傍晚，最後一個人離開後，歐弗仔細把房子巡過一輪，確定沒有東西被偷，就和往常沒兩樣。直到桑雅喚道，別忘了清點冰箱裡的雞蛋，這時他才放棄，把她抱上樓梯，聽她不斷對他放聲大笑。他把她放到床上，然後，在他們入睡以前，她轉向他，把手指藏進他的掌心中，把鼻子埋進他的鎖骨下。

「親愛的歐弗，上帝從我身邊奪走一個孩子，但祂另外給了我上千個孩子。」

第四年，她走了。

如今，他站在墓園，撫摸著她的墓碑。一遍又一遍。彷彿一遍一遍的摸，她就能死而復生。他低聲說道：「我決定要這麼做了。我知道妳不喜歡，我也不喜歡。」

他深深吸了一口氣。彷彿是要堅定自己的意志，不要被她說服勸退。

「明天見！」他堅定地說，用力把鞋子上的雪踏掉，彷彿不讓她有機會抗議。

然後他沿著小路走回停車場，貓咪踮著腳步走在他身旁。他出了黑色柵門，從紳寶後面繞過去，後車門上仍貼著「新手駕駛」的牌照。他打開副駕駛座的門。帕瓦娜看著他，褐色大眼中充滿同情的眼神。

「我一直在想一件事。」她一面謹慎地說，一面發動紳寶，把車開出去。

「不要說。」

但她停不下來。

「我在想，也許我可以幫你把家裡清一清。像是把桑雅的東西裝箱——」

桑雅的名字才說出口，歐弗的臉就暗了下來，怒氣像面具般覆上整張臉。

「不要再說了。」他咆哮道，聲音在車內隆隆作響。

「但我只是在想——」

「他媽的不要再說了！妳懂不懂人話啊!?」

帕瓦娜點頭，沒再開口。歐弗氣得不斷發抖，回家路上，只怔怔望著窗外。

31 歐弗牽著拖車倒車，之二

一早，他放貓咪出去，到閣樓取出桑雅她爸的來福槍。他認為他對武器再怎麼厭惡，也比不上他厭惡這安靜小屋中所有她遺留下來的空間。時候到了。

但似乎有人知道，阻止他的唯一方法，就是找個事情煩他，讓他氣到不想死了。

於是現在，他站在兩排房屋間的街道上，兩手執拗地交叉於胸前，兩眼盯著白襯衫男說道：「電視上沒什麼好看的。」

在他們一來一往的對話之中，白襯衫男的臉上完全不帶情緒，一逕觀察歐弗的反應。事實上，每次歐弗遇到他，都覺得他比較像部機器，沒有人味。歐弗這一生和不少穿白襯衫的打交道：巴士事故後說桑雅性命不保的；懶得找人究責的；自己不願負責的；不想在學校蓋無障礙坡道的；不想讓她工作的；逐段查看字小得要命的規定，最後才找到相關條文，證明他們不需要付保險金的。還有想把她送到安養院的。他們每個人都一個樣。

他們都有同樣空洞的雙眼，彷彿他們只是一具具閃亮的軀殼，四處遊走，逢人就撲過去，將他們的人生撕成碎片。

然而，就當歐弗說出「電視上沒有什麼好看」的時候，他看見白襯衫男的太陽穴有些許的抽動。一閃而過的挫折？也許吧。出乎意料的憤怒？可能喔。純粹的鄙視？八成是。這是歐弗第一次發現自己有辦法惹火這個白襯衫男。或是任何一個穿白襯衫的。

男人咬緊牙關，轉身離開。他的腳步變了，不再是議會官員那種規律一致、不帶情緒、盡在掌握的步伐。而是摻雜了其他情緒：憤怒、不耐、仇恨。

這麼久以來，歐弗不記得還有什麼事讓他感覺這麼爽了。

話說回來，他今天本來要死的。他打算吃完早餐後，冷靜平和地舉槍抵頭自盡。他稍早已把廚房打掃乾淨，把貓放出去，舒服坐在他最愛的單人沙發上。如此安排，是因為貓咪總是這個時間要求外出解放一下。歐弗欣賞的就是貓咪這一點，牠不願在別人家拉屎。歐弗也是同樣的人。

但帕瓦娜就是要在這個時候過來，砰砰砰的敲著門，彷彿他家是這個文明世界中唯一一個廁所沒有故障的地方；彷彿這女人自己家沒有地方可以小便似的。歐弗把來福槍置於暖氣機後方，不然她看見了，肯定又會介入。他打開門，她粗暴地把手機硬塞進他手裡，要讓他好好拿著。

「這啥？」歐弗百思不解，用食指與拇指捏住手機，好像它臭味熏人。

「給你的。」帕瓦娜哀號，一手捧肚，一手抹著額上的汗水，雖然外頭溫度是在零度之下。「是那個記者。」

「我要她的手機幹嘛？」

「吼，這不是她的手機，這是我的手機。她在線上！」帕瓦娜不耐煩地說。

然後，他不及出聲抗議，她就從他身旁擠過去，走向他家廁所。

「喂。」歐弗把手機舉到耳外幾公分處，不大確定他這一聲是對帕瓦娜說的，還是對電話另一端說的。

「嗨！」記者蕾娜尖聲大叫，歐弗把手機拿得離耳朵更遠。「所以你現在要讓我採訪嗎？」她的口氣熱血沸騰。

「不要。」歐弗說完把手機舉到面前，想知道怎麼掛斷。

「你看過我寄給你的信了嗎？報紙呢？你看過報紙了嗎？我覺得你看過之後，就能稍微了解我們的報導風格！」

歐弗走進廚房，拿起報紙和信件，那是兼差送信的亞迪恩稍早拿來的。

「你收到了嗎？」女記者音量越來越大。

「冷靜一點，我在看了！」歐弗倚在餐桌旁，大聲對著手機說。

「我只是在想你能不——」她鍥而不捨說道。

「給我冷靜一點，小姐！」歐弗火氣都升上來了。

突然間，歐弗從窗外看見白襯衫男坐在斯科達內，從窗外一閃而過。

「哈囉？」女記者喚道，但歐弗已經奪門而出。

「唉唷喂呀。」帕瓦娜才走出廁所，就看見他的身影在兩排住宅間奔馳，嘴裡緊張不安地嘟囔著。

白襯衫男停在盧恩和阿妮塔家外，從駕駛側下車。

「我受夠了！你有沒有耳朵？我說不准把車開進住宅區！一公尺也不行！聽到了沒？」歐弗還沒走近，就從遠方大聲喊道。

細瘦的白襯衫男以優越的姿態調整上衣口袋內的菸盒，冷靜望著歐弗的雙眼。

「我獲得准許。」

「他媽的最好是！」

白襯衫男聳聳肩，彷彿在驅趕一隻討人厭的小蟲子。

「那你要怎麼奈何得了我呢，歐弗？」

沒想到這問題讓歐弗一時失去平衡。又來了。他穩住，雙手因憤怒而發顫，腦中已經閃過至少十幾個的髒字等著出籠。但令他自己震驚的是，他居然一個也說不出來。

「我知道你是什麼人，歐弗。我知道你為了你老婆的事故和疾病寫了一堆申訴信。你該知道，你在我們辦公室也是個風雲人物呢。」白襯衫男說，聲音沒有一絲起伏。

歐弗的下巴掉了下來。白襯衫男對他點頭。

「我知道你是誰。我只是在做自己的工作。決定就是決定，什麼也改變不了，你早該學會這個教訓了。」

歐弗朝他前進一步，但白襯衫男伸手抵在他胸膛上，把他往後推。沒使用蠻力。沒有攻擊性。只是輕而紮實的一推，彷彿那隻手不屬於他，而是由某單位電腦中心的機器人直接操控。

「回家看電視去吧。小心你心臟又出什麼毛病了。」

坐在斯科達副座的女人捧著一疊文件下了車，她同樣穿著白襯衫，臉上帶著堅定。白襯衫男嗶的一聲把車鎖上，然後直接轉身背向歐弗，彷彿他未曾站在那裡跟他說話。

歐弗佇在原地，雙拳在兩側緊緊攥著，下巴翹得老高，像頭怒氣沖天的麋鹿。白襯衫二人組消失在阿妮塔和盧恩家裡。一分鐘後，歐弗才回復轉身的力氣，但滿腔的怒火促使他毅然往帕瓦娜的家走去。帕瓦娜就站在街道中央。

「妳沒用的老公在家嗎？」歐弗喝道，不等回答就從她身旁穿過去。

帕瓦娜只來得及對歐弗點個頭，他四大步就抵達他們家門。派崔克打開門，他撐著枴杖，半個身子覆蓋在石膏底下。

「嗨，歐弗！」他開心問好，還想舉起枴杖揮手，結果馬上自食惡果，失去平衡撞上牆壁。

「你們搬過來用的那台拖車，是哪裡來的？」歐弗催問。

派崔克用還能活動的那隻手靠在牆上，彷彿想要裝出他是故意撞牆的樣子。

「什麼？噢……那台拖車啊。我跟公司的同事借的……」

「打電話給他。你必須再借一次！」

以上大抵就是歐弗今天沒有死掉的原因。因為別的事情半途殺出來，氣得他不得不先把自己的事擺一邊。

約莫一個小時過後，白襯衫二人組從阿妮塔和盧恩家走出來，發現印有議徽的白色轎車被一台大拖車困在死巷，不得動彈。這台拖車，想必是有人趁他們在屋內時停過來的，而且還停得恰恰好，完全擋住出路。老實說很難不認為這是故意的。

白襯衫女的臉上是全然的困惑，但白襯衫男馬上就走向歐弗。

「這是你幹的好事嗎？」

歐弗兩臂交叉，冷冷看著他。

「不是。」

白襯衫男一臉高傲的笑容。穿白襯衫的都是這樣，太習慣凡事都按自己的意思做，所以一旦有人跟他們唱反調，他們就微笑。

「馬上給我移開。」

「辦不到。」歐弗說。

白襯衫男嘆氣，接下來這番威脅彷彿是嚇唬小孩子用的。

「歐弗，把拖車移走，不然我要叫警察來了。」

歐弗一副事不關己地搖搖頭，指向遠方的告示牌。

「車輛禁入住宅區。告示牌上寫得很清楚。」

白襯衫男不禁哀號：「你除了站在這邊當自己是門禁以外，難道沒別的事好做嗎？」

「電視上沒什麼好看的。」歐弗說。

就在這一刻，白襯衫男的太陽穴微微抽了一下，他的面具似乎鬆脫了一點點。他看著拖車、坐困圍城的斯科達、告示牌、雙手環胸站在面前的歐弗。有一瞬間，襯衫男似乎想對歐弗動粗，逼他就範，但下一瞬間便意識到這念頭很可能會帶來極糟的後果。

最後，他嘶聲吐道：「你這麼做簡直太異想天開，歐弗。非常、異、想、天、開。」

有史以來第一次，他那雙藍眼珠裡，充滿著真實的怒火。歐弗的臉上完全沒暴露出一丁點的情緒。白襯衫男邁步離去，往車庫和大路的方向前去，他的步伐昭示，這件事還沒結束。捧著文件的白襯衫女匆匆忙忙跟在他身後。

也許你會期待歐弗帶著勝利的眼神看他們離去。他自己搞不好也這麼期待著。但實際上，他看起來悲傷又疲倦，彷彿已經好幾個月沒入眠；彷彿他再也沒有力氣舉起雙臂。他任由雙手滑進口袋，轉身回家。然而他才剛關上家門，門外就有人大力敲著門板。

「他們要把盧恩從阿妮塔身邊帶走了。」帕瓦娜睜著驚恐的眼睛大叫，歐弗還沒碰到門把，她就把門扯開了。

「唉。」歐弗疲倦地悶哼一聲。

他頹喪的語氣顯然讓帕瓦娜和她身旁的阿妮塔雙雙大吃一驚。這樣窩囊的語氣大概也嚇到歐弗自己了。他從鼻孔快速吸一口氣，看向阿妮塔。她看起來更灰頭土臉，更憔悴。兩眼通紅腫脹。

「他們說這星期就會過來把他帶走，說我一個人照顧不了他。」她開口，聲音脆弱得似乎在抵達嘴唇之前就消散。

「我們必須做些什麼！」帕瓦娜抓住歐弗說道。

歐弗抽出手臂，迴避她的視線。

「呿！他們還要好幾年才會把他帶走啦。這件事得先上訴，然後還要經過一大堆狗屁的官僚手續才能執行。」歐弗說。

他努力加強聲音中的說服力，雖然實際上他沒那麼篤定。然而他也無力在意自己的表現如何。他只希望他們離開。

「你根本不知道自己在瞎扯什麼！」帕瓦娜咆哮道。

「妳才是根本不知道自己在瞎扯什麼的人，妳又沒和市議會打過交道，妳不知道和他們對抗是怎樣的感覺。」他語氣單調，肩膀塌了下去。

「但你必須跟……」她開口，聲音卻搖晃不定。即便歐弗只是站在那邊，他的氣力也好像不斷從他的身體中抽離消失。

也許是看到了阿妮塔筋疲力盡的臉。也許是因為體認到單場戰役的勝利對整個事件來說並不算什麼。把斯科達困住沒帶來什麼改變。他們永遠會回來。就像他們回來帶走桑雅一樣。他們總是如此。帶著他們的法條和文件。穿白襯衫的永遠是最後的贏家。而歐弗這樣的人永遠會失去桑雅這樣的摯愛。什麼都無法將她帶回他的身邊。

最後，剩下的只是漫長卻無所事事的日子，除了為廚房檯面上蠟，沒有任何意義的生活。歐弗再也受不了了。此時此刻，他的思緒比以往都還清晰。他再也撐不下去了，也不想再撐下去了。他只想一了百了。

帕瓦娜不斷想和他講道理，但他只是關上門。她砰砰砰的敲著門，但他闔上耳朵。他往下一沉，癱坐在走廊的凳子上，感受自己顫抖的雙手。他的心臟跳得好大力，耳朵好像都要被震破了。他胸口的悶氣宛若巨大的黑暗，一腳抵住他的喉頭，二十分鐘過後才慢慢釋放而出。

然後，歐弗哭了出來。

32 歐弗不是開旅館的啦

桑雅有次說道，要了解歐弗和盧恩這樣的人，首先就必須明白，他們是生長在錯誤時代的人。他們對人生只有一些基本需求，她說。遮蔭的屋頂、安靜的街道、平穩的車、能為她忠誠的女子；能發揮己用的職業；時間一到就會出毛病讓你修理的房子。

「每個人都想活得有尊嚴，而尊嚴對不同的人來說，又有不同的定義。」桑雅說。對歐弗和盧恩這種人而言，尊嚴是成年後能夠自力更生，因此認為長大成人後，就有不依賴別人的權利。他們引以為傲的是能掌握人生。明辨是非。知道該走哪條路，知道如何旋緊螺絲，鬆開螺絲。歐弗和盧恩這個世代的人，重視的是一個人的所作所為，而不是出一張嘴。

她當然知道，歐弗不是會忍氣吞聲的人。他需要洩恨的對象。因此市議會那群穿白襯衫、名字沒人記得、總是不顧桑雅想法、反其道而行的人——逼她辭職、逼她搬出家裡、暗指她不如身體健全的人、堅稱她命不久矣——就成了歐弗對抗的目標。從文件、信件、報紙、上訴等管道，到建造學校不起眼的無障礙坡道，頑強地和白襯衫對抗，爭取她的權利，到最後，他認為他們應該負全責，為發生在她和孩子身上的事負責。

然後，她留他一人獨自在這個世界上，這裡的語言，他再也無法理解了。

當晚，他們一起吃晚餐，看電視。十點半，歐弗把客廳的燈關掉上樓。貓咪跟在他腳跟旁，滿臉機警，彷彿感應到他準備要做什麼沒跟牠商量過的事。牠不會喜歡的事。牠坐在寢室地板上看著歐弗更衣，一臉想要猜出他在搞什麼把戲的樣子。

歐弗上床靜靜躺著，等待桑雅床位上的貓咪慢慢進入夢鄉。牠花了一個多小時。歐弗會願意跟煩人貓耗，絕不是因為認為有義務考慮牠的感受；他只是沒有精力跟牠吵。他也覺得跟動物解釋生死概念實在沒什麼道理，更何況那隻動物連自己尾巴都顧不好。

終於，貓咪肚皮朝天躺在桑雅的枕頭上，張嘴打呼。歐弗盡可能輕手輕腳溜下床，下樓到客廳去，把藏在暖氣機後方的來福槍拿出來。接著他拿出四捆紮實的防水帆布（他從工具間拿出來，藏在掃除櫃裡，才沒被貓咪發現），用膠帶貼到走廊的牆上。經過再三考慮，歐弗覺得走廊應該是做這檔事的最佳地點，因為這裡的表面積最小。他猜想，對頭開槍後，血應該會噴得到處都是，而他又討厭在沒必要的時候把環境弄髒。桑雅總是討厭他製造髒亂。

他又穿上了西裝和皮鞋。衣服很髒，依舊聞得到廢氣味，但沒得挑了。他用雙手掂了掂來福槍，彷彿想測出它的重心；彷彿此舉接下來會扮演決定性的角色。他把槍翻來覆去，拗拗槍管，彷彿要把槍枝折半。歐弗對武器了解不深，但多少還是想知道手中這把槍到底好不好。而且歐弗覺得，既然來福槍的品質用踢的測不出來，不妨就試著拗拗看、拉拉看，看會發生什麼事。

他檢查時，突然有個想法，覺得自己似乎不該穿上最好的裝束。到時會有很多血噴到西裝上啊，歐弗心想。蠢主意。所以他放下來福槍，到客廳裡把衣服脫掉，仔細摺好西裝，擺在他的皮鞋旁邊。然後他拿出要給帕瓦娜的遺書與交代事項，在「喪葬安排事宜」標題下寫上：「穿這套西裝下葬」，然後把信放到那疊衣服的頂端。他已經明白無誤地指示，喪禮不要搞一些有的沒有的花招。不要有誇張的儀式或是之類的屁物。把他埋進桑雅旁邊的空地就行了。那個位置已經備妥，付錢了，此外運送遺體的費用，歐弗也都附在信封袋裡了。

於是，全身光溜溜只剩襪子和內褲的歐弗回到走廊，拾起來福槍。他在走廊的鏡子裡瞄到自己的身體。他大概有三十五年沒這樣看過自己的身體了。他還是相當健壯結實，身材肯定比大多同歲數的男人還要好。但他注意到，自己的皮膚已大不如前，看似身體在融化當中。看起來好可怕。

屋子裡寂靜無聲。事實上整個社區萬籟無聲。大家都在睡夢中。此時歐弗才意識到，槍聲可能會吵醒貓咪。搞不好會把這可憐東西的魂全都嚇飛了，歐弗承認有這個可能性。他思考了好一會兒，然後毅然把槍放下，走到廚房，打開收音機。他不是自殺時想要有背景音樂，也不是高興看到他走了以後，收音機又在電表上增加了好幾度電。他只是覺得，要是到時候貓咪被砰的一聲吵醒，牠可能會以為這只是最近不斷重複播放的現代流行歌，然後就躺回去睡覺。這是歐弗的思維邏輯。

歐弗走回走廊再次撿起來福槍時，聽到電台並沒有播放現代流行歌，而是本地新聞摘要。所以他停了一會聆聽。並不是說爆頭之前聽本地新聞很重要，但歐弗覺得更新一下消息也無妨。主播先說到天氣預報。然後是經濟金融。然後是交通路況。然後提到本地屋主在週末時需要保持警覺，因為鎮上竊盜集團猖獗。「該死的小混混。」歐弗嘟噥道，聽到這消息，手中的槍又抓得更緊了。

完全就客觀的角度來看，亞迪恩和米薩這兩個小混混在幾秒鐘後，毫無戒心地跑到歐弗家門前時，他們早該料到歐弗會有揮槍威嚇的反應了。那麼，他們也該明白，當歐弗聽到他們雪中窣窣的腳步聲時，他當下不會覺得：「有朋自遠方來，不亦樂乎！」而是：「馬的這些不怕死的死猴囝仔！」他們大概也會知道，全身脫得只剩襪子內褲、手持七十五歲大來福槍的歐弗，會像個老邁、半裸的市郊版藍波一樣，一腳把門踹開。那麼或許亞迪恩就不會用高音尖叫，劃破街上每道窗戶，也不會在驚嚇之中轉身就跑，一頭撞上工具間，差一點昏迷。

在好幾聲困惑的大喊與一連串的騷動之後，米薩才抓到時間表明自己的身分，他不是竊盜集團的小混混，只是個普通的小混混。歐弗這時也才有時間搞清楚現在發生了什麼事。在那之前，他一逕朝他們揮舞來福槍，讓亞迪恩不斷發出防空警報般的尖叫。

「噓！你會把貓咪吵醒！」歐弗嘶聲怒道，亞迪恩踉蹌往後，額頭腫起跟水餃一樣大的腫包。

「你們跑來這邊幹嘛？」歐弗怒道，槍口仍對準他們。「現在是他媽的三更半夜耶！」

米薩爾手中拿著一個大袋子，並讓它輕輕落在雪地上。亞迪恩下意識舉起雙手投降，一副要被搶錢的樣子，差點又因此失去平衡摔到雪地裡。

「是亞迪恩出的主意。」米薩低頭盯著雪地開口。

「米薩今天出櫃了，你知道嗎！」亞迪恩迸出口。

「啥？」

「他……出櫃了，瞭吧，就是跟別人說他是……」亞迪恩說著，但略顯分神，一半是因為眼前這個只穿內褲的五十九歲老頭拿槍對著他，另一半是因為他百分之百確定他腦震盪了。

米薩挺直身子，以更堅定的神情對歐弗點頭。「我跟我爸說我是gay。」

歐弗兩眼的殺氣稍微減少了一些，但還是沒有把槍放下。

米薩繼續：「我爸討厭同性戀。他老是說，如果他發現自己的孩子是gay，他就會把自己給斃了。」

他安靜了一會後才又說道：

「所以他聽了不太能接受，可以這麼說吧。」

「他把他桿粗家門耶！」亞迪恩插進來。

「是趕出家門。」歐弗糾正。

米薩把地上的包包拿起來，重新向歐弗點頭。

「這是個爛主意，我們不該來打擾你的——」

「打擾我什麼了？」歐弗打斷他。

既然都已經光到只剩內褲站在零下低溫中了，他覺得他起碼該知道原因為何。

米薩深呼吸，彷彿把自己的自尊心全吞進了喉嚨。

「我爸說我有病，他的屋簷下不歡迎我和……我『不正常的想法』。」他用力嚥了一口口水後，才有辦法吐出「不正常」這三個字。

「因為你是玻璃？」歐弗猜想。

米薩點頭。

「我在鎮上沒有其他親戚。我本來想到亞迪恩家過夜，但他媽媽的新男友要在那……」他沉默了下來，一副覺得自己愚蠢至極的樣子。

「這主意太笨了。」他低聲說道，作勢要轉身離開。

另一邊，亞迪恩似乎重新燃起討論欲望，不顧腳步蹣跚，連忙踏過雪地往歐弗走去。

「搞啥啦，歐弗！你家裡不是很空嗎！所以才想說他可以睡這裡咩？」

「睡這裡？這裡又不是他媽的旅館！」歐弗舉起來福槍，槍口直接抵上亞迪恩的胸膛。

亞迪恩整個人僵住。米薩一個箭步向前，把手放到槍上。

「我們不知道還能去哪裡，對不起。」他低聲說道，並輕輕把槍口從亞迪恩胸前移開。

歐弗臉上露出稍微會意過來的表情，把武器放下。他暗暗往走廊退了半步——彷彿現在才發現室外寒氣逼人，而他身上的穿著，若以外交辭令來說，實在是有點清涼——就在這時候，他從眼角瞥到了牆上的桑雅的相片。紅色洋裝。她身懷六甲時的西班牙巴士之旅。他跟她說了好幾次，要她把那張該死的相片拿下來，但她拒絕，說「這也是值得留念的回憶」。

這女人有夠固執。

＊　＊　＊

所以說，今天本來是歐弗總算死去的日子。但誰知道一夜過後，歐弗隔天早上醒來要面對的不僅是一隻貓，還有跑來他家住的同性戀。桑雅一定會很喜歡這番景況；她最愛旅館了。

33 不同以往的巡查

一個人為什麼突然間做起某件事情，有時候很難解釋。當然有的是因為他們知道，這件事早晚都要做，不如現在把它解決掉。有的則是為了完全相反的理由——這件事他們很久以前就該做了，只是現在才恍然大悟。從以前到現在，歐弗大抵都曉得他該做什麼，但人就是天性樂觀，我們總是認為時間還很充裕，想和誰做什麼事，想對誰說什麼話，之後有時間再說。直到出了什麼事，我們才愣在原地，不斷用「如果」造句。

隔天早上他下樓時，走到一半便停住，露出滿臉的困惑。自從桑雅去世之後，家裡就沒有出現過這樣的香味了。他小心翼翼地踏下最後幾級階梯，踩上實木地板，站在廚房門口，一副現場直擊小偷的樣子。

「是你在烤吐司嗎？」

米薩緊張兮兮地點頭。

「是……希望你不介意。對不起，你不介意吧？」

歐弗察覺到他也煮了咖啡。貓咪在地板上吃著鮪魚。歐弗點頭，但沒有回答他的問題。

相反的，他說：「我和貓咪要到街上繞一繞。」

「我也可以去嗎？」米薩立刻問道。

歐弗瞟了他一眼，彷彿此刻他們在一條拱廊商店街中，米薩打扮成海盜的樣子把他攔下來，要他猜猜三個茶杯底下，哪一個藏有銀幣。

「也許我可以幫忙？」米薩急忙再說一句。

歐弗踏入走廊，把兩隻腳插進木底拖鞋中。

「這是自由國家。」他邊嘀咕，邊打開門讓貓咪出去。

米薩把這句話解讀為「當然可以！」，便快速穿上外套和鞋子，跟了過去。

「嘿，兩位！」他們走上人行道時，吉米登高一喊，氣喘吁吁地從歐弗身後彎了過來。他身上穿著一套亮綠色的超貼身運動服，歐弗起先還分不清那究竟是衣服還是人體彩繪。

「我是吉米！」吉米邊喘邊說，邊向米薩伸出手來。

貓咪一副想要上前親暱磨蹭吉米小腿的樣子，但似乎又馬上想起，上次牠靠近吉米時害他進醫院。於是牠打消念頭，選擇次好的選項：在雪中打滾裝可愛。吉米面向歐弗。

「我常在這個時間看到你出來走走，所以想問問你我能不能跟個風。我決定開始運動啦，就是這樣！」

他相當滿意地點頭，下巴的肥肉就像暴風雨中的船帆一樣不斷在兩肩之間甩動。歐弗十分懷疑。

「你平常都這個時間起床嗎？」

「怎麼可能，大叔。我還沒睡咧！」他大笑。

以上就是為何一隻貓、一個過胖的過敏患者、一個同性戀和一個叫做歐弗的老頭會在那天早晨一同巡查社區的始末。

米薩大略把他和父親不和、暫時寄居歐弗家的狀況解釋給他聽；同時吉米表示他不相信歐弗每天早上都這時間起床。

「那你為什麼和你老爸吵架啊？」吉米問。

「那不關你的事。」歐弗吠道。

「可是說真的，大叔，你每一天早上都這樣巡喔？」一臉開朗的吉米問道。

「對，檢查有沒有人闖進來偷東西。」

「真的假的？常有人來偷東西嗎？」

「沒有第一起偷竊案，就不會有第二次。」他邊咕噥，邊朝著臨時停車區走去。

貓咪望向吉米，彷彿對他的理解力非常失望。吉米嘟起嘴摸摸肚子，彷彿在確認這麼突然的運動量是否讓他的大肚腩減了一圈。

「欸，你聽說盧恩的事了嗎？」他加快腳步，在歐弗身後喚道。

歐弗沒有答腔。

「社會服務署要把他帶走，你知道吧。」吉米追上他後，進一步說道。

歐弗打開筆記本，開始把停車區的車牌號碼記下來。吉米顯然以為歐弗一句話也不說，就是默許他繼續說下去的意思。所以他就恭敬不如從命。

「總之，長話短說就是阿妮塔申請了更多家庭服務協助嘛，因為盧恩整個人都廢掉了，她應付不過來。所以那時候社服的人就做了一點調查，然後有個人就打電話來，說他們認為她應付不來，決定要把盧恩送進安養院，你也知道。然後阿妮塔就跟他們說算了，她不需要什麼協助了。但後來那個人就開始耍狠，不知道在兇什麼，說什麼調查都調查了，不能悔改，而且是她叫他們來查的。既然調查最後的決定是這樣，那就是這樣，瞭嗎？不管她說什麼都沒用，因為那個社福的只是一意孤行而已，瞭嗎？你懂我的意思嗎？」

吉米說完，鴉雀無聲。他對米薩點頭，希望剛剛說了那麼多，能得到一些回應。

「好兇喔……」米薩不大肯定地說。

「超兇的好不好！」吉米大力點頭，整個上半身都抖了起來。

歐弗把筆和筆記本都收到外套內袋中，雙腳轉往垃圾站走去。

「嗄啊，這件事要過一百年後才能決定啦。說是說現在就要把他帶走，但一兩年內他們還沒辦法碰他一根寒毛。」他哼了一聲說。

歐弗很清楚那該死的政府機關是怎麼運作的。

「但……事情已經決定了啊，大叔。」吉米邊說邊搔頭髮。

「媽的可以去上訴啊！上訴可以拖個好幾年！」歐弗沒好氣地說，闊步從他身旁走過去。

吉米盯著他看，彷彿在衡量是否要花費力氣跟上他的腳步。

「但她已經上訴過啦！她這兩年寫信啊什麼的都做了！」

聽到這句話，歐弗並沒有止步，但他慢了下來。他聽見吉米沉重的腳步聲在雪中朝他步步逼近。

「兩年了？」他問，沒有轉身。

「差不多。」吉米說。

歐弗似乎在腦袋裡計算月數。

「騙人。那樣的話桑雅一定會知道。」他口氣不屑。

「我不能把事情告訴你和桑雅。阿妮塔不讓我說。你也知道……」

吉米沉默下來，低頭盯著雪地。歐弗回過身，揚起眉毛。

「我也知道啥？」

吉米深呼吸。

「她……她覺得你光是自己的事就忙不過來了。」他小聲說道。

緊接而來的是一片寧靜，凝滯、沉重、密實，彷彿可用斧頭一劈而斷。吉米沒有抬頭。歐弗沒有回話。他走進垃圾站。出來。走進腳踏車房。出來。他心底的鐘敲了一下。吉米那一番話像面紗般襲上歐弗的一舉一動，他的胸腔中有一股不可丈量的憤怒，像龍捲風般不斷旋轉加速。他分外暴力地拉拽門把，蹭踢門檻。最後吉米喃喃道「現在一切都完了，大叔，他們要把盧恩送去安養院了」時，歐弗不禁把門重重甩上，力道之大，整個垃圾站都震動起來。他背對著他們，一語不發，呼吸聲越來越重。

「你……還好嗎？」米薩問。

歐弗回過身來，努力抑制住怒氣指著吉米。

「她是那麼說的嗎？她不想跟桑雅求助是因為『我們光自己的事就忙不完了』？」

吉米侷促不安地點點頭。歐弗瞪著地上的積雪，胸膛在外套下起起伏伏。他心想，如果桑雅發現這件事，不知道會有什麼反應。如果桑雅知道她最好的朋友沒有找她求助，是因為她「要煩的事已經夠多了」，她一定會徹底心碎。

一個人為什麼突然間做起某件事情，有時候很難解釋。從以前到現在，歐弗大抵都曉得自己該做什麼，他在死前該幫助誰。但基本上，人就是天性樂觀。我們總是認為之後有的是時間，可以和誰幹嘛，可以對誰說什麼。

可以上訴。

歐弗再度轉向吉米，表情嚴肅。

「已經兩年了？」

吉米點頭。歐弗清清喉嚨。這是他第一次露出不確定的神情。

「我以為她才剛開始。我以為……我還有時間。」他咕噥道。

吉米一副想弄清楚歐弗在跟誰說話的樣子。歐弗抬起頭。

「他們現在就要來把盧恩帶走？你說真的？沒有那些腐敗官僚的鬼程序、上訴程序之類的鬼事。你**確定**是這樣嗎？」

吉米再度點頭。他開口想說些什麼，但歐弗已經邁步離去。他走在兩排房子之間，姿態有如黑白西部片中，準備為不公不義一報死仇的男人。他走到街尾的房子（拖車和白色斯科達仍停在那兒），大力敲門，彷彿門未開就會先被敲成碎木片。阿妮塔開門，滿臉驚嚇。歐弗直接踏進她家走廊。

「妳有拿到政府機關送來的文件嗎？」

「有，但我以為——」

「拿來給我！」

事後回想，阿妮塔會這麼跟其他鄰居說，自從一九七七年謠傳紳寶和富豪要合併之後，她沒看過歐弗那麼生氣過。

34 鄰家少年

歐弗這次帶了張藍色摺疊椅，他把椅子插入雪地中，坐下。他知道這件事會花上一點時間。每次他要告訴桑雅她不喜歡的消息時總是如此。他細細撥去墓碑上的積雪，這樣他倆才能好好正視對方。

將近四十年間，形形色色的過客行經他們這一排連棟樓房。歐弗和盧恩兩家之間的那棟房子，曾入住各式各樣的人，有的安靜，有的吵鬧，有的古靈精怪，有的難以忍受，有的無聲無息搬了進去，幾乎碰不著面。有些家庭的青少年孩子喝醉酒，就在籬笆上撒尿；有些家庭偷偷在花園栽種未經允許的樹叢；有些家庭突發奇想，想把房子漆成粉紅色。如果歐弗和盧恩能在一件事情上達成共識（暫且不論他們當時吵得有多兇），那就是住在他們家隔壁的人多半都是無藥醫的腦殘。

八〇年代末，有個男人買下這棟房子，大概是某家銀行的經理——歐弗聽到他對房屋仲介說明，這棟房子是他的「投資標的」。往後幾年，他把房子租給不同的房客。一年夏天，房子租給三個年輕人，結果他們膽大妄為，把住所變成毒蟲、妓女與其他犯罪分子可以自由進出的交流聖地。他們夜夜轟趴，通宵達旦，破碎的酒瓶碎片宛若街頭塗鴉撒遍街道，音樂震耳欲聾，桑雅和歐弗掛在客廳牆上的相片都一個個被震落地面。

歐弗過去阻止他們作亂，卻被那些年輕人恥笑。他拒絕離開，其中一人還掏出小刀威脅他。隔天，換桑雅過去跟他們講理，居然被叫成「殘障八婆」。一日傍晚，他們把音量開到最大，阿妮塔受不了走到屋外，拚命對他們大叫，結果他們把一只酒瓶扔過來，直接砸穿她和盧恩的客廳窗戶。

想當然耳，那是個天大的錯誤。

歐弗馬上展開自己的復仇計畫。他檢視了房東的財務狀況，然後致電律師和稅務局，要求他們禁止該棟房屋的租約。他還跟桑雅說，他絕不會善罷甘休，要是他們辦不到，他就會「一路告到他媽的最高法院」。可惜，這個計畫來不及付諸實行。

某日深夜，他看見盧恩手中拎著車鑰匙往停車區走去。待他回來，手中多了一包塑膠袋，歐弗猜不透裡頭裝了什麼。隔天，警察前來，把那三名年輕人銬上手銬，指控他們私藏大量毒品，而那些毒品，根據不具名消息來源，已在他們的工具間搜獲。

歐弗和盧恩都站在街上目睹一切。他們視線相交。歐弗抓抓下巴。

「我啊，我連這個鎮上哪裡能買到麻醉藥都不曉得咧。」歐弗一臉沉思道。

「火車站後面那條街。」盧恩說，雙手插在口袋裡。「起碼我是這麼聽來的。」他又加了一句，咧嘴而笑。

歐弗點頭。他們倆滿面春風，在那靜靜地站了好久好久。

然後，歐弗開口問：「車子跑得順嗎？」

「順得跟瑞士錶一樣。」盧恩回答。

此後，他們維持了兩個月的好關係。當然，後來他們又因為供熱系統的事情鬧翻了。但如阿妮塔所言，那仍是一段美好的時光。

之後幾年，那棟房子的房客來來去去，令人吃驚的是，歐弗和盧恩兩人大多能寬容接納他們。不同觀點對一個人的名聲來說，真是影響甚鉅。

九〇年代中期的某年夏天，一位媽媽搬了進來，帶了一個胖嘟嘟的兒子，當時年約九歲。桑雅和阿妮塔很快就喜歡上那個小男孩。男孩的爸爸在他剛出生時就拋下他們母子倆，桑雅和阿妮塔事後得知。現在和他們同居的是她的新歡，一個年約四十的男人。他的脖子短而粗壯，口臭讓人難以恭維，但這兩個女人盡可能忽略。他幾乎不在家，阿妮塔和桑雅並不想過於八卦。她們暗忖，女鄰想必是看上他某些優點，只是她們不太明白而已。「他很照顧我們，妳們也知道，單親媽媽真的很辛苦。」有次她露出勇敢的笑容說道，兩位鄰居也就不再過問。

第一次隔著牆板聽到粗脖男的怒吼聲時，她們認為各人自掃門前雪，莫管他人瓦上霜。第二次，她們心想，每個家庭不時都會吵吵嘴，也許沒有那麼嚴重。

粗脖男再次遠走他方時，桑雅邀請女鄰和男孩到家裡喝咖啡。她緊繃笑說，臉上的瘀青是她在廚房開櫃子時不小心開太大力撞到的。傍晚，盧恩在停車區碰到粗脖男。他下車時顯然已經酩酊大醉。

接下來兩個夜晚，左右兩側的住家都聽到粗脖男大呼小叫、東西摔到地上的聲音。他們聽見女鄰痛苦大叫一聲，而後是九歲男孩哭哭啼啼，懇求男人「不要再打了不要再打了不要再打了」，這些都透過牆板聽得一清二楚。忍無可忍的歐弗走出去，站在屋外的小庭院。盧恩早就在他家庭院等候。

當時他們正處於關係最不好的時候，兩人在居委會決策小組中的權力鬥爭越演越烈，甚至快一年沒跟對方說話。但此刻，他們只消一個眼神，什麼也沒說，便各自走回家中。兩分鐘後，他們著裝完畢，在鄰居家前會合。他們按下門鈴；粗脖男一開門，就對他們展開火爆攻擊，但歐弗的拳頭更快，直接重擊他的鼻梁。男人失足倒下，起身，抓了把菜刀就朝歐弗跑過去。他沒能抵達彼方。盧恩碩大的拳頭像槌子般一拳把他撂倒在地。他在全盛時期可不是蓋的，盧恩好傢伙。極不明智的人才會想跟他拚拳頭。

隔天，粗脖男離開連棟樓房，從此不再回來。年輕的女鄰到阿妮塔和盧恩那住了兩個星期，才重拾勇氣帶著兒子回到家中。接著盧恩和歐弗進城到銀行一趟，當天傍晚，桑雅和阿妮塔跟女鄰說明，她要把這筆錢當作是一點心意或是借貸都可以，但無論如何都得收下，沒有討論餘地。於是這個年輕媽媽繼續留在這棟房子，撫養她熱愛電腦的胖兒子，吉米。

現在，歐弗彎腰，一臉嚴肅地看著墓碑。

「不知道我腦袋在想啥，我以為我還有很多時間，可以……解決所有事情。」

她沒有回答。

「我知道妳對惹事生非是怎麼想的，桑雅。但這次妳必須諒解。我們沒辦法跟這些人講理。」

他的拇指指甲掐入掌心。墓碑仍豎立原地，一句話也沒說，但歐弗不需要語言，就知道她會如何作想。每次和歐弗起爭執時，她最愛用的絕招就是不說話。不論是在生前，或在死後。

早上，歐弗便打電話到社福機關（管它叫什麼名字）。他用的是帕瓦娜的手機，因為他家電話已經停掉了。帕瓦娜跟他千叮嚀萬交代，叫他要「友善和氣一點」。但力不從心，因為電話打通後不久，就被轉到「負責人員」那——也就是那個菸不離手的白襯衫男。他開門見山，直接表達出他對白色斯科達的狀況（至今仍停在街尾的盧恩和阿妮塔家門外）感到極度不悅。要是歐弗立刻為此事道歉，甚至放低姿態，承認他悔不當初，不該故意害白襯衫男陷入無車窘境的話，沒錯，他有可能獲得更好的談判籌碼。上述做法絕對勝過另一個選項——直接開嗆：「這樣你現在應該學會看告示牌了吧！不識字的廢物！」沒錯，絕對比這樣好很多。

歐弗的下一步是想要說服白襯衫男，盧恩不應該送去安養院。白襯衫男告訴歐弗，稱呼他為「不識字的廢物」是非常糟的開場白，後面沒什麼好談的了。此話一出，電話線兩端就進入一連串謾罵激戰之中。之後，歐弗口齒清晰地宣告，事情不可以強制執行。不能因為一個人的記憶力有殘缺，就直接把他帶離自己的家，送至安養院。電話另一端的白襯衫男冷冷回答，現在不管他們把盧恩送到哪都沒差，因為「就他現在的狀況來看，他不管身在何處，大概都分不清有何不同。」歐弗對他吐出一連串的髒字。然後，白襯衫男說了一句非常愚蠢的話：

「事情早就決定好了。我們都已經調查了兩年。你完全無能為力，歐弗。完全．無能為力。」

然後他掛掉電話。

歐弗看著帕瓦娜，看著派崔克，把帕瓦娜的手機摔到餐桌上，轟然嚷著他們需要「新計畫！現在就要！」，帕瓦娜擺著非常不悅的臭臉，但派崔克立即點頭，穿上鞋子，消失在門外，彷彿他一直在等歐弗說這一句話。五分鐘後，他居然把住隔壁的蠢蛋假掰男安得斯帶過來，後頭還跟著眉開眼笑的吉米，令歐弗不滿至極。

「他來這幹嘛？」歐弗指著假型男說。

「你不是說需要一個計畫嗎？」派崔克邊說，邊往假掰男點頭，一臉對自己的表現十分得意的樣子。

「安得斯就是我們的計畫！」吉米也參一腳。

安得斯略顯尷尬地看了走廊一圈，信心顯然有點被歐弗的表情打擊到。但派崔克和吉米堅持推他進客廳去。

「快啊，跟他說！」派崔克催道。

「跟我說什麼？」

「好啦，就是……我聽說你和那台斯科達的車主之間發生了一些問題。」安得斯說。他緊張地看了派崔克一眼。歐弗不耐煩地點頭，要他繼續說下去。

「呃，我好像沒跟你說過我開的是什麼公司，是吧？」安得斯試問一句。

歐弗把手插進口袋，擺出較為閒適的站姿。然後安得斯一五一十告訴他。歐弗不得不承認，這主意聽起來似乎大有希望。

「話說怎麼沒見著你那個嗲裡嗲氣的——」安得斯一說完，他就開口問道，但帕瓦娜踢他一腳後他連忙打住：「你的女朋友？」他立即改口。

「噢。我們分手了。她搬走了。」安得斯低頭看著鞋子說。

接著，他把前因後果娓娓道來：原來她心裡一直很不爽歐弗針對她和她的狗。但這還是小事。當安得斯得知歐弗叫她的狗「雪靴」，卻完全遮不住自己臉上的笑臉時，她才整個理性大斷線。

於是那天下午，當菸不離手的白襯衫男隨同一名警察到達這條街上，要求歐弗釋放白色斯科達時，拖車和白色斯科達兩者都已經不見蹤影了。站在家門外的歐弗只是把雙手插進口袋裡，沉著看著白襯衫男整個人崩潰發狂，對他咆哮著不成句的字詞。歐弗堅稱他不曉得這是怎麼一回事，但他以和善的口氣指出，路口的告示牌清楚說道車輛不得進入此區，要是白襯衫男當初有把這個告示放在心裡的話，這一切就都不會發生了。想當然耳，有幾個細節他沒有說出來，像是安得斯開了一家拖吊公司，在午餐時間時叫了一台拖吊車把斯科達載走，丟在鎮外四十公里處的礫石坑中。而當警察以老練的套話手法，詢問他是否真的什麼也沒看到時，歐弗直直看進白襯衫男的雙眼，回道：

「我不知道。我可能忘記了。到了我這把年紀，記憶就開始不可靠了。」

警察環顧四周，然後問道，如果歐弗跟消失的斯科達沒有關係，為何他這個時候要站在街道上。歐弗則露出無辜的表情，聳聳肩，凝視著白襯衫男。

「電視上還是沒什麼好看的。」

憤怒一點一滴吸走男人的臉色，直到——如果可能的話——他整張臉白過身上的襯衫。他氣沖沖踱步離去，怒喝著事情「還沒結束」。事情當然還沒結束。約莫一個小時過後，阿妮塔打開家門，外頭的郵差遞給她一封議會寄來的限時郵件，由白襯衫男本人簽署。上頭清楚標明「移送安養院」的時間與日期。

於是此時，歐弗站在桑雅的墓碑旁，勉勉強強吐出「他真的很抱歉」之類的話。

「我知道，每次我跟別人吵架，妳都會氣得要命。但現在的狀況是這樣：妳必須在上面多等我一會兒，我現在還不能死。」

然後他把地上已經結凍的粉紅花朵挖出來，種下新買的花朵。他站起身，把摺疊椅收合起來，走回到停車區的路上，嘴邊還不斷念念有詞，聽起來像這樣：「因為我們他媽的要開戰了。」

35 無能的社會

當帕瓦娜露出驚惶的神色，巡行踏入歐弗家的走廊並一路直衝廁所，連一聲「早安」都懶得說出口時，歐弗馬上起了疑心：從她家走到他家這短短二十秒內，為什麼可以瞬間產生強大的尿意？但桑雅曾告訴他：「地獄之怒，不比孕婦之急來得可怕。」[2]所以他閉嘴不語。

街坊鄰居都說他這幾天「好像變了個人」。他們說，他們以前沒看他這麼「熱衷」過，但那只是因為歐弗熱衷的向來不是他們的屁事而已，這點他也跟他們解釋過了。媽的他一直都很「熱衷於公共事務」好嗎？

派崔克說，他在兩家間開門、甩門、開門、甩門的樣子，真的很像「非常火大的未來復仇機器人」。歐弗不知道他是什麼意思。總之，一連好幾天傍晚，他都到斜對面報到，和帕瓦娜、派崔克、兩個女孩並肩而坐，討論戰術（而派崔克最重要的任務，便是在歐弗積極表達意見時，竭盡所能地防止他在自己的電腦螢幕上烙下憤怒的指紋）。吉米、米薩、亞迪恩和安得斯也都在場。吉米一再想慫恿大家把帕瓦娜和派崔克他們家的廚房叫做「死星」，把歐弗叫做「達斯．歐弗」。

他們這幾天討論了無數個計畫——包括盧恩用過的點子，把大麻偷渡到白襯衫男的工具間裡——但幾晚過後，歐弗放棄了。他沉沉點頭，跟帕瓦娜要了手機，便走進另一個房間打電話。

他不喜歡做這件事。但既然要開戰，就要戰得轟轟烈烈。

帕瓦娜走出廁所。

「上完囉？」歐弗問，彷彿懷疑現在只是半場休息。

她點頭，但就在他們往門口走去時，她瞄到客廳裡有某個東西，停下腳步。歐弗已經到了門外，但他很清楚是什麼東西讓她怔怔看著。

「那個啊……嘖！隨便啦，又不是啥特別的東西。」他低聲咕噥道，招手要她趕快出門。

她沒有動作，他轉而對門框邊緣用力踢了一下。

「反正放著也是生灰塵，我就想說把它磨一磨，重新粉刷，再上一層亮光漆這樣。媽的又沒什麼大不了的。」他嘀咕，有點煩躁。

---

2 "hell has no fury like a pregnant woman in need"諧擬自十七世紀英國劇作家威廉．康格里孚（William Congreve, 1670-1729）的劇作《哀悼的妻》（The Mourning Bride）名句："Heavn has no rage like love to hatred turnd,/ Nor hell a fury like a woman scornd"（愛化為恨，比天堂之怒還要危險／女人遭輕慢，比地獄之火還要可怕）。

「噢，歐弗。」帕瓦娜輕呼。
歐弗踢了門檻兩下，檢查它牢不牢固。
他咕噥道：「我們可以把漆刮掉，換成粉紅色的。我是說如果是女孩的話。」
咳了幾聲。
「是男孩也可以。現在男生也可以用粉紅色的，對吧？」
帕瓦娜看著淺藍色的嬰兒床，一手遮住嘴巴。
「妳要是現在給我哭出來就不給妳了。」歐弗警告。
她還是哭出來了，歐弗嘆氣——「該死的女人」——然後轉身往外走去。

白襯衫男用鞋子捻熄香菸，用力敲著阿妮塔和盧恩的家門。這大概是半小時後的事。他帶了三個年輕的男護士，一副預期會發生肢體衝突的樣子。當身形瘦小的阿妮塔把門打開時，那三個年輕人臉上均露出一絲羞愧的表情，但白襯衫男僅往前一步，舉起文件揮了揮，彷彿手中拿著的不是文件，是銳利的斧頭。
「時間到了。」他語帶不耐煩，作勢踏進走廊。
但她擋住入口。將她小小的身軀發揮到極致。
「不！」她說，全身紋風不動。
白襯衫男止步，盯著她，疲倦地搖搖頭，一張臉皺得跟包子一樣。

「我們給了妳兩年的時間做好心理準備。這就是我們的決定，沒有什麼好說的。」

他再次想繞過阿妮塔，但她在門檻上不動如山，彷若矗立懸崖的古代符石一樣。

她深吸一口氣，兩眼緊緊盯著他。

「日子不好過的時候把親人送走，這稱得上什麼愛？」她大喊，聲音難過得不斷顫抖。「遭受阻礙的時候把親人丟在一旁，告訴我這稱得上什麼愛！」

白襯衫男捏住他的嘴唇，臉頰周遭的肌肉一陣陣抽動。

「盧恩有一半的時候根本不知道自己在哪，調查結果顯示——」

「但**我知道**啊！」阿妮塔打斷他，指著三個護士。「**我知道**啊！」她對著他們哭喊。

「那誰要來照顧他呢，阿妮塔？」他搖頭反問，接著往前一步，伸手示意三個護士跟著他進入屋裡。

「我會照顧他！」阿妮塔回答，凝視的雙眸如深海之柩般暗沉。

白襯衫男不斷搖頭，把她推到一旁，往內走去。這時他才看到黑影從她身後冒出。

「我也會。」歐弗說。

「我也會。」帕瓦娜說。

「還有我！」派崔克、吉米、安得斯、亞迪恩和米薩異口同聲說道，他們不斷往門口推擠，結果自然是摔成一團。

白襯衫男停下來，兩眼瞇成一條直線。

此時，一個年約四十五歲的女子從他身側冒了出來，頭髮隨便紮成一束馬尾，穿著一件抓破牛仔褲與稍嫌大的綠色防風外套，手中拿著一支錄音筆。

「我是本地報社記者。」蕾娜說道：「我想請教您幾個問題。」

白襯衫男盯著她好一會兒。然後他把目光轉向歐弗。兩個男人只管瞪著對方看。蕾娜見白襯衫男沒有回話，便從包包中掏出一疊文件，塞進他手裡。

「這些是您和所屬部門這些年來負責的病患名單，其中包含跟盧恩一樣的案例，完全罔顧本人及家屬意願，被迫送進安養院療養；還有您負責的安養院中所有的異常行為，以及未按規定與正當程序執行的事項。」她一點接著一點陳述。

她的語氣聽起來彷彿是他買樂透抽中一輛車，而她只是把車鑰匙交給他。接著，她又面帶微笑補充一句：

「喏，身為記者最大的好處就是能審查官僚體系，這時才發現，第一批違逆法規的，恰恰就是官員自己呢。」

白襯衫男連一個目光也沒賞給她。他繼續瞪著歐弗。兩人都沒說話。慢慢的，白襯衫男咬緊牙關。

站在歐弗身後的派崔克清清喉嚨，拄著枴杖，從屋子裡一拐一拐跳出來，對男人手中那疊文件點點頭。

「我們還查出了你過去七年來的銀行對帳單。你用信用卡購買的所有火車票與機票，你所待過的旅館明細。公司電腦上的歷史瀏覽紀錄。還有所有的公務及私人信件……」

白襯衫男的雙眼在他們之間來回逡巡，牙關咬得越來越緊，臉色都開始泛白。

「絕對不是說你會有什麼見不得人的祕密啦。」女記者露出別有深意的笑容。

「絕對不是！」派崔克正經點頭附和。

「但你也知道……」

「一旦你開始深深挖掘別人的過去……」

「你通常會發現一些你寧可放在心底，也不要讓別人知道的祕辛。」蕾娜說。

「一些你寧可……遺忘的祕辛。」派崔克把話說明，並往客廳的方向點頭，其中一張單人椅上面，盧恩的半顆頭顱凸了出來。

客廳的電視開著。一陣剛煮好的咖啡香從門口飄送出來。派崔克舉起柺杖，戳著男人手中的文件，把幾片雪花抖到男人的襯衫上。

「如果我是你的話，我會特別翻一下網路歷史瀏覽紀錄。」他解釋道。

他們所有人都佇立在那。阿妮塔、帕瓦娜、女記者、派崔克、歐弗、吉米、安得斯、白襯衫男、三名護士。此時宛若一場牌局，所有玩家把賭注全壓上，準備開牌見真章的前幾秒一樣，安靜無聲。

終於，在每個人感覺像是被浸入水中無法呼吸的最後一刻，白襯衫男開始緩緩翻閱手中的文件。

「這些鬼東西你們是從哪蒐來的？」他嘶聲低吼，雙肩往脖子一縮。

「網嚕上蒐來的！」歐弗猛然一喝，並踏出阿妮塔和盧恩的家門，雙拳在臀部兩側緊緊攥著。

白襯衫男再次抬頭。女記者清清喉嚨，一副好心幫忙似的指著文件。

「也許這些過往紀錄中沒什麼非法情事，但我的總編相當肯定，要是媒體把它公諸於世，您的部門光是要處理這些訴訟程序，就要花上幾個月，甚至是幾年的時間喔……」她再次將手溫柔地放在男人的肩膀上。「所以啊，我覺得您現在不如就直接拍拍屁股走人，對在場每個人來說也比較省事。」她輕語。

然後，歐弗想也沒想到，白襯衫男居然照做。他轉身就走，三名護士跟在身後，這一行人繞過街角，消失在眾人眼前，一如太陽升至天頂時的影子；一如每個反派角色在故事中的下場。

蕾娜對著歐弗點頭，流露出自滿的神情。

「就跟你說吧！沒有人有那個膽子跟記者鬥！」

歐弗將雙手插進口袋裡。

「別忘了你跟我的約定。」她咧開嘴笑。

歐弗哀號。

「對了，你到底看過我寄給你的信了沒？」她問。

他搖搖頭。

「快去看！」她堅持道。

歐弗的回答聽似在說「是是是」，也聽似從鼻孔用力吸氣的聲音。難以辨別。

歐弗離去的前一小時，他坐在客廳裡，和盧恩兩人靜靜談了很久。他一臉煩躁地解釋，他和盧恩需要「在無人打擾下談話」，於是把帕瓦娜、阿妮塔和派崔克趕去廚房。

若不是阿妮塔清楚盧恩的狀況，她幾乎要發誓，在那數十分鐘中，她聽見盧恩大笑了好多次。

36 歐弗與威士忌

要承認自己有錯很難。尤其是當一個人已經錯很久很久的時候。

桑雅說，歐弗結婚這麼多年來，只承認過犯一次錯。那時是八〇年代早期，有次他同意她對一件事的看法，結果那件事後來證明是不正確的。歐弗堅稱這是謊言，天大的謊言。嚴格來說，他只是承認她有錯，錯不在他。

「愛人就像是搬家。」桑雅曾說。「一開始，你愛戀的是新鮮的事物，每天早上都驚詫這一切為自己所有，深怕有人會突然闖進門來，告訴你這是個可怕的錯誤，其實你不該住在這麼美好的處所。然後，隨著一年年過去，牆壁斑駁，裂木橫生，你所愛的不再是這棟房子的完美，而是它的不完美。你對每一個牆隅、每一個罅隙瞭如指掌；你知道天寒時如何避免鑰匙卡在鎖孔中，知道哪一塊木板踩到時會微微翹起，知道怎麼樣打開衣櫥門才不會嘎吱作響。是這些小祕密，讓房子變成真正的家園。」

當然，歐弗懷疑他就是舉例中的衣櫥。每次桑雅生他氣，他就會聽到她嘀咕：「整個地基打從一開始就已經爛掉了，我有時候都不知道還能怎麼辦。」她話中有話，歐弗聽得一清二楚。

「我只是說，那應該還要考量柴油引擎的價錢吧？還有每公里的耗油量？」帕瓦娜心不在焉地說，慢慢把紳寶停在紅燈前，然後一面唉個幾聲，一面在座位上扭來扭去，調整到舒服的坐姿。

歐弗看著她，臉上是無窮的失望，彷彿她完全沒有把他的話聽進去。他費盡心思教育這個孕婦一些有車之後的基本須知，剛剛才說到每三年要換一次車，以避免不必要的開銷。他不厭其煩，把有腦袋的人都知道的常識講解給她聽——不要挑汽油引擎，要挑柴油引擎，每年至少要開兩千公里，這麼做才會省到錢。結果她怎樣？她就開始在那邊叭啦叭啦，跟往常一樣反駁他的看法，硬要辯說「買全新的車當然省不了錢吧？」，還有什麼應該要考量「車子要價多少」。然後再問「為什麼？」。

「沒為什麼！」歐弗回道。

「喔。」帕瓦娜說，還翻了一圈白眼，歐弗不敢相信她竟然不認同他在汽車方面眾所認可的權威性。

十分鐘後，帕瓦娜慢下速度，停到街道對面的停車場。

「我在這等。」她說。

「別碰我的廣播電台。」歐弗命令道。

「我才不會咧。」她尖聲回道，臉上掛著歐弗這幾週越看越討厭的笑容。

「謝謝你昨天過來一趟。」她接著說。

歐弗又發出不成字的聲響，聽起來比較像是他在暢通支氣管。她拍了拍他的膝蓋。

「我兩個女兒真的很高興你能過來。她們好喜歡你！」

歐弗開門下車，沒有接腔。昨天的晚餐不算太差，他大抵能給出這樣的評語，儘管他不覺得帕瓦娜有必要那麼大費周章，展現廚藝。肉片和馬鈴薯佐醬汁就完美無缺了。但如果一定要像她一樣把一頓飯搞得那麼複雜，那歐弗大概會說，她的番紅花燉飯還能吃。此話不假。所以他吃了兩碗。而貓咪吃了一碗半。

晚餐過後，派崔克負責洗碗，三歲女孩便要求歐弗念睡前故事給她聽。歐弗發現要和這個小怪獸講理實在是難上加難，因為她根本不懂辯論，於是他只好帶著不滿的臭臉，跟著她穿過走廊走到她房間，坐到她床邊，用他往常的「歐弗式語氣」開始說故事（帕瓦娜是這麼稱呼的，雖然歐弗不曉得她那是什麼意思）。當三歲女孩的頭半靠在他的手上，半靠在敞開的書上呼呼大睡，歐弗便把她和貓咪安置在床上，關上房燈。

他在走廊上往回走時，經過了七歲女孩的房間。不意外，她就坐在她的電腦前敲敲打打，不知在忙什麼。現在的小孩似乎就只會打電腦而已，歐弗是這麼認為的。派崔克曾跟他解釋，他「想要買新的遊戲給她，但她只想要玩那個遊戲」，歐弗聽了，倒是對七歲女孩和她的電腦遊戲有了更多好感。歐弗喜歡不聽派崔克話行事的人。

她房間牆上貼滿了畫。大部分都是黑白色的鉛筆素描。以一個沒有推論能力、肢體發育不全的七歲女孩來說，畫得還不賴呢。歐弗誠心這麼覺得。這些畫全不是人物畫。畫中只有房子。歐弗看得津津有味，目不轉睛。

他走進房間，站到她身旁。她自電腦前抬頭，臉上露出她慣有的冷酷表情，老實說，她看到他出現在她房間，一點也不開心。但歐弗沒有要走的意思，她只好指著倒蓋在地上的塑膠收納盒。歐弗坐上去。接著她開始小聲跟他解說，這款遊戲的目的就是不斷蓋房子，建造出一座座城市。

「我喜歡房子。」她低聲咕噥。

歐弗看著她。她看著歐弗。歐弗伸出食指碰螢幕（在上頭留下大大的指印），指著城裡的一塊空地，問她如果點那裡的話會發生什麼事。她把游標移過去點一下，一眨眼，電腦就在那蓋了一棟房子。歐弗還是一臉多疑。他挪挪身子，讓自己坐得舒服些，然後又指向另一個空地。兩個半小時過後，帕瓦娜踱著生氣的腳步衝進來，威脅他們要是不馬上把遊戲關掉，她就要直接拔插頭。

正當歐弗站在門口準備離開時，七歲女孩小心翼翼拉了拉他的襯衫衣袖，指著他旁邊牆上的一幅畫說：「那是你家。」她悄悄說，彷彿這是她和歐弗之間的小祕密。

歐弗點頭。或許她們也沒那麼一無是處，那兩個小鬼。

他留帕瓦娜一人在停車場，獨自穿過街道，打開玻璃門，踏了進去。咖啡店空無一人。頭頂的風扇暖風機一陣一陣地咳出煙來，彷彿抽了太多雪茄。襯衫沾滿污漬的阿麥站在櫃台後方，拿著白色毛巾擦拭著玻璃杯。

他矮壯的身子往內凹陷，彷彿剛吐完一口長氣。他臉上的表情交雜著深沉的哀傷與無法平復的憤怒，那種表情只有他這個世代與他這個世界的男人才有辦法拿捏精準。歐弗杵在整間店的正中央。兩個男人彼此打量了一分鐘左右，一個狠不下心把一名年輕同志趕出自己家，另一個則是拉不下臉把他挽留下來。最後，歐弗一臉正經地點點頭，坐到吧台的凳子上。

他兩手交疊放在櫃台上，面無表情地看了阿麥一眼。

「如果你還願意請的話，我不反對來杯威士忌。」

沾滿污漬的襯衫下，阿麥的胸口隨著幾口短促的呼吸上下起伏。他起先似乎考慮開口，但又重新思考了一下。他默默把玻璃杯全部擦完，摺好毛巾，放回濃縮咖啡機旁邊。接著，他一句話也沒說就消失到廚房裡，出來時手中多了兩個玻璃杯、一個酒瓶（歐弗看不懂瓶身的標籤文字），然後將酒杯酒瓶放到他倆之間的櫃台上。

要承認自己有錯很難。尤其是當一個人已經錯很久很久的時候。

37 一群多管閒事的討厭鬼

「我很抱歉事情變成這樣。」歐弗聲音沙啞。他撥去墓碑上方的殘雪。「但妳也知道，現代人根本不把個人隱私當一回事了。門也不敲就直接闖進你家隨便胡鬧，連想靜靜上個廁所都不得安寧。」他一面解釋，一面把地上結凍的花朵挖出來，再把新買的花朵插入雪中。

他看著她，彷彿期待她會點頭贊同他的說法。當然她沒這麼做。貓咪坐在歐弗身旁，則露出完全同意的樣子，尤其是「不能靜靜上個廁所」這段。

這天早上稍早，女記者蕾娜送了一份報紙到歐弗家。他登上頭版，照片裡的那張臉臭到不行，就是個脾氣古怪的老頭樣。雖然他信守承諾，讓她採訪，但他無論如何絕不會像個蠢豬一樣對著相機傻笑；這點他跟他們表示得很清楚。

「這場訪問真的太精采了！」女記者堅持這麼說，滿臉驕傲的樣子。

歐弗沒有答腔，但她並不在意。她看起來很著急，一直來回踱步，還不斷瞄著手錶，彷彿在趕時間。

「別讓我耽誤到妳寶貴的時間。」歐弗咕噥道。

她居然有辦法發出少女般故作矜持的咯咯笑。

「我和安得斯要到湖上去溜冰！」

歐弗當下僅點點頭，把那句話當作談話結束的意思，關上門。他把報紙塞到腳踏墊底下；適合用來吸掉貓咪和米薩進門時腳下的融雪與污泥。

回到廚房後，他開始清理廣告傳單和免費報紙，亞迪恩又把它們跟今天的信件一併塞進來了（桑雅也許教會這個臭小子讀莎士比亞，但顯然他還是看不懂告示牌上「不收垃圾信件」這六個大字）。

在餐桌上那疊垃圾信件的最底，歐弗發現了女記者蕾娜之前寄給他的信。那是亞迪恩第一次按歐弗家門鈴時送達的，但歐弗從未打開過。

話說那時候，那小子至少還懂得按門鈴呢，哪像現在都自行跑進跑出當自己家，歐弗想著想著，一把火又升了起來。他像在檢查鈔票似的拿起信件對向檯燈，接著從抽屜中拿出餐刀。儘管桑雅每看一次就罵一次，他還是習慣拿餐刀拆信，而不是用拆信刀。

歐弗，您好：

請原諒我用這種方式和您聯絡。報社的蕾娜已經通知我說您不想要小題大作，不過她還是很好心地給了我您的地址。因為對我來說，這是非同小可的大事，而我不想成為那種不知感恩的人啊，歐弗先生。您不希望我親自登門道謝，我尊重您的意見，但起碼讓我把您介紹給其他人，他們永遠會感謝您無私的勇氣。像您這樣的人已難以復見。謝謝二字根本不足以表達我對您的感激。

信末署名者是那個穿黑西裝灰大衣的男子，他在月台昏厥時，是歐弗把他抱離鐵軌的。蕾娜跟歐弗提過，他的昏厥是由一種複雜的腦部疾病所造成的。如果他們沒及時發現、及早治療的話，他可能剩沒幾年可活了。「所以你可是救了他的命兩次耶。」她不禁激動大叫，歐弗則不禁有點後悔，當初沒把握機會把她永遠鎖在車庫裡面。

他把信摺好，放回信封裡，拿出裡面照片。三個孩子盯著他看，老大已進入青春期，另外兩個差不多跟帕瓦娜的大女兒一樣年紀。其實他們不是真的盯著他看，他們像疊羅漢般趴在彼此身上，手上拿著水槍，顯然是大笑到幾近尖叫的樣子。他們身後站了一個年約四十五的金髮婦女，臉上掛著大大的笑容，兩臂像獵鳥展翅般張開，各拿著一桶滿溢的水桶。在疊羅漢最底部就是黑西裝男，不過他穿的是一件藍色Polo衫，作勢阻擋從頭頂灌下來的大水。

歐弗把那封信連同其他廣告傳單一起丟掉，把垃圾袋綁起來，放到前門旁，走回廚房，從底層抽屜拿出一顆磁鐵，把那張照片貼到冰箱上。就貼在上回從醫院回來那天，三歲女孩送他的七彩畫旁邊。

歐弗再次用手撥了撥墓碑，雖然墓碑上可以撥去的雪他都撥光了。

「那個，對，我跟他們說過，有些人搞不好想跟正常人一樣，想圖點耳根子清靜。但他們不聽就是不聽。」他埋怨道，對著墓碑疲倦地揮舞雙臂。

「桑雅，妳好啊。」在他身後的帕瓦娜開心對她揮手，手套不小心滑落。

「妮ㄠˇ！」三歲女孩樂不可支地大叫。

「『妳好』，妳要說的是『妳好』。」七歲女孩糾正她。

「桑雅妳好。」派崔克、吉米、亞迪恩、米薩說，全向她點頭致意。

歐弗在雪地上踏踏鞋子，哼的一聲朝身旁的貓咪點頭。

「對啦，還有這隻貓，妳見過了。」

帕瓦娜的肚子如今已經又大又圓，她一手扶著墓碑，一手扣著派崔克的手臂，吃力地緩緩蹲下，呈蹲姿的她儼然就像個巨無霸烏龜。當然歐弗沒那個膽子說出巨無霸烏龜這個比喻。想殺死自己，還有其他更舒適的方式，他自忖。此話可是出自一個已經試過不少死法的人之口呢。

「這朵花是派崔克、孩子們和我的一點心意。」帕瓦娜說，對墓碑露出和善的微笑。

接著她舉起另一朵花，說：

「這朵來自阿妮塔和盧恩。他們向妳表達無限的愛意！」

結束後，這個大雜燴探視團轉身往停車場走去，獨剩帕瓦娜還留在墓碑旁不走。歐弗想知道原因，她對他說句「不關你屁事啦！」，附帶一個讓歐弗看了很想拿東西砸她的微笑。不會是硬物。而是具象徵意義的東西。

他以低八度的嗓音哼了一聲，在心裡幾番思量後發現，要同時和那兩個女人談話，根本從頭浪費時間到底。於是他挪步往紳寶走去。

待帕瓦娜走回停車場，坐上駕駛座時，她只說了「女人話題」四個字。歐弗不知道她那是什麼意思，但他決定別問的好。後座的七歲女孩幫妹妹繫上安全帶。同時，在紳寶前方，吉米、米薩和派崔克勉勉強強塞進亞迪恩的車。是台豐田。有腦袋的人才不會選這個廠牌。歐弗和他站在營業所前看車時，已經囑咐他好多遍了。但，至少不是法國車。此外，歐弗幫忙把價錢下殺了將近八千克朗，還幫那小子爭取到免費附贈的冬胎（額外購買差不多也要八千）。所以總而言之，這筆交易還算可以接受。

更何況，歐弗抵達營業所時，那臭小子居然盯著一台現代汽車不放。所以說，情況本來還會更糟的。

其實這才是主要原因。他們回到連棟樓房社區後，便分道揚鑣。歐弗、米薩和貓咪向帕瓦娜、派崔克、吉米和女孩們招手後，便從歐弗工具間的轉角彎了進去。

矮壯老頭到底在屋子外頭等了多久，很難說得準。也許等了整個早上。他表情堅定，一如駐哨在荒野某處的哨兵，身處沙場，但背脊挺立。彷彿他是從粗壯樹幹上削下來的一塊硬木，對零下溫度不為所動。然而，當矮壯老頭瞥見米薩從轉角現身時，他馬上把重心從一腳換到另一腳。

「哈囉。」他說完便伸展一下身子，再次把重心移回原先那一腳。

「哈囉，爸。」米薩囁嚅道，停在他三公尺外的距離，上半身彆扭得不知該如何是好。

當天傍晚，歐弗到帕瓦娜和派崔克的廚房用餐，把自家的廚房留給那對父子，讓他們用兩種語言，訴說著失望與希望與男子氣概。或許他們談論最多的是勇氣。歐弗敢說，桑雅一定會很喜歡他們的對話。但他努力克制住笑容，以免被帕瓦娜發現。

七歲女孩上床睡覺前，把一張紙塞進歐弗手裡，上頭寫著「生日派對邀請函」。歐弗捧著紙張細讀，彷彿他手中拿的是房屋的租約轉讓書。

「了解。看來妳想跟我要禮物是吧？」他看完後哼的一聲說。

七歲女孩看著地板，搖頭。

「你什麼都不用買。反正我要的東西只有一個。」

歐弗摺起邀請函，收進褲子的後方口袋裡。然後，他兩手扠腰，展現出威嚴的氣度。

「是啥？」

「媽說那太貴了，所以還是算了。」七歲女孩沒有抬頭，再次搖頭。

歐弗點點頭，一副心照不宣的樣子，猶如一個罪犯剛向共謀暗示說，他們的電話遭竊聽了。他和女孩在走廊上前後張望，查看她的父母親是否把多事的耳朵貼在某個牆角，偷聽他們說話。之後歐弗身子往前傾，女孩雙手呈漏斗狀抵在嘴邊，朝他的耳朵輕聲說：

「iPad。」

歐弗一臉她剛剛說的是「嗡嘛呢叭咪吽！」的表情。

「那是一種電腦。裡面有特別的畫畫軟體。是給小孩子用的。」她的音量稍微加大了些。

她眼中閃爍著某種光芒。

歐弗認得那樣的光芒。

38 故事結局

廣而言之，人可以分為兩種。一種是了解白色耳機線有多麼好用的人，另一種是完全沒有概念的人。吉米屬於前者。他超愛白色耳機線，超愛白色手機，也超愛背面印有水果圖案的白色電腦螢幕。以上大抵是歐弗這次驅車進城逛大觀園所吸收的新知總合，只消聽吉米一路上吱吱喳喳，興奮談著每個明理人都會興味盎然的各種新鮮玩意；講到最後，歐弗便陷入了某種深沉的放空狀態，而這個過胖青年啵囉啵囉的聲音，則變成隱約掠過耳際的嘶嘶聲。

當這名年輕人手中擎著一根超大芥末三明治，砰的一聲坐上紳寶的副駕駛座時，歐弗心中擺明希望他當初沒有向吉米求助。他們進入商店後，吉米不過是毫無目標地隨處亂逛，「看看一些耳機線」，果真一點幫助也沒有。

想把事情辦好，就得靠自己，這道理亙古不變。歐弗一面想著，一面走向櫃台店員。一直到店員想推介手提電腦系列給歐弗，他受不了咆哮：「你是前額葉受損還是怎樣!?」吉米才匆匆出面解圍——幫店員解圍，歐弗顯然不是受害的那方。

「我跟他一塊來的。」吉米對店員點頭，並跟他擠眉弄眼，彷彿是某種祕密握手，傳達出「放心，我跟你同一國的！」的訊息。

店員長嘆一口氣，表達他的挫折，然後指著歐弗。

「我嘗試要協助他，但——」

「你嘗試要騙我買下一大堆垃圾啦，還協助我咧！」歐弗不讓他把話說完就大吼回去，還下意識從離他最近的架子上隨手抓了個東西威嚇他。

歐弗不太曉得那是什麼東西，看起來像是某種白色插頭，摸起來像是在必要情況下很適合重重丟向店員的東西。店員看著吉米，眼睛周圍有些許抽動。似乎只要是和歐弗接觸過的人，都很容易產生這種症狀，發生的頻率密集到根本可以把眼角抽動的現象命名為「歐弗症候群」了。

「他沒有要傷害你的意思啦。」吉米努力用輕鬆的口氣幫忙緩頰。

「我想介紹MacBook給他，他卻一直問我開哪種車。」店員口氣很激動，看起來很受傷。

「這問題明明大有關聯。」歐弗嘀咕，對吉米實實地點一下頭。

「我又沒有車！因為我覺得沒必要有車子，我想使用比較環保的交通工具！」店員說道，他的語氣大概介於絕不妥協的怒吼與無理取鬧的哭號之間。

歐弗兩手一攤看著吉米，彷彿眼前的情景不言自明。

「你要怎麼和那種人理論？」他點頭，顯然期待吉米立刻附和。

「話說回來，你剛剛到底是死到哪去了？」

「我就在那邊看螢幕啊，有幾個滿讚的說。」吉米解釋。

「你要買螢幕嗎？」歐弗問。

「沒有啊。」吉米說，一副這問題很奇怪的表情看著歐弗，多少讓他回想起以前他問桑雅是否真的「需要另一雙鞋子」時，桑雅反問他「這個問題有什麼關聯？」的神情。

店員想趁這個時候轉身溜走，但歐弗迅速一個箭步擋住他。

「你想去哪？我們還沒完咧！」

店員現在一臉哀怨。吉米拍拍他的背鼓勵他。

「歐弗只是想看看iPad這樣──能不能麻煩你幫個忙？」

店員冷冷看了歐弗一眼。

「好吧，這問題我稍早也問過他了，請問要哪種機型？要16GB、32GB還是64GB的？」

歐弗看著店員，彷彿認為他應該停止對正常人胡謅一些自創的語言或是隨便組合的字眼。

「iPad有不同的版本，還有不同的容量。」吉米把自己當移民署口譯員，幫歐弗翻譯。

「我猜每種版本都要額外花上一大筆錢是吧。」歐弗哼斥回去。

吉米明白他的意思後點點頭，轉向店員。

「歐弗想多了解一下不同機型之間的差異。」

店員哀號了一聲。

「好吧，那你要的是普通的還是3G的？」

吉米轉向歐弗。

「是純粹在家使用，還是會帶出門？」

歐弗在半空中伸出他手電筒般的手指，直接指向店員。

「喂！我要給她最好的那種！聽懂了沒？」

店員緊張地後退一步。吉米咧嘴而笑，張開他碩大的雙臂，好像準備和人來個大擁抱。

「那就來個128 GB的3G型號吧，什麼配件都給它裝上去。啊，耳機線也來一條好嗎？」

幾分鐘後，歐弗一把掠走櫃台上裝了iPad的塑膠袋，嘴裡直咕噥：「花了七千九百九十五克朗，居然連附贈一組鍵盤都沒有！」接著又吐出「小偷」、「強盜」與其他不堪入耳的詞彙。

於是，當天傍晚，七歲女孩不僅得到歐弗送她的iPad，還有吉米送她的耳機線。

七歲女孩站在家門口，不曉得該如何反應，最後她只點頭說道：「真的好棒……謝謝。」吉米大大點頭。

「有餅乾可以吃嗎？」

她指向客廳，裡面人潮洶湧，正中央是一個點了八支蠟燭的生日蛋糕，這個寬厚肥碩的年輕人立刻就朝它游了過去。如今八歲的女孩待在走廊上，滿臉不可思議地撫摸著iPad的盒子，彷彿不敢相信她手中的禮物是真的。歐弗身子往前一彎。

「每次我買了新車，也是這樣的感覺。」他小聲說道。

她環顧四周，確保沒有人看到，然後她露出笑容，給了他一個擁抱。

「謝謝阿公。」她輕聲說完，便跑進她房間裡。

語塞的歐弗站在走廊上，用鑰匙戳著掌心的硬繭。派崔克撐著枴杖蹣跚而來，尋找八歲女孩。顯然他今晚被賦予最吃力不討好的任務：說服女兒穿上洋裝和一群無趣的大人坐在客廳吃蛋糕比待在房裡聽流行音樂下載App到新買的iPad還要有趣。歐弗待在走廊上，外套未脫，只茫然盯著地板，一盯就快十分鐘。

「你還好嗎？」

帕瓦娜的聲音輕柔地把他從深層的夢境中拉出來。她站在客廳門口，雙手像是捧著大洗衣籃似的捧著她圓渾如球的肚子，保持平衡。歐弗抬頭，視線還有些朦朧。

「啊、啊，當然很好。」

「你想進來吃點蛋糕嗎？」

「不……不用，我不喜歡蛋糕。我出門和貓咪散個步去。」

帕瓦娜大大的褐眼鎖定在他身上，一副要看透他的樣子。這幾天她注視他的次數越來越多，總讓他焦慮不安。彷彿她充斥著不祥的預感。

最後她回道：「好吧。」完全不相信他的口氣。「我們明天一樣上駕訓課嗎？我八點去按門鈴。」她提議。

歐弗點頭。此時貓咪閒步踏進走廊，鬍鬚上還沾有蛋糕。

「終於吃完啦？」歐弗對牠嗔了一聲。貓咪露出差不多可以走的表情。歐弗瞄向帕瓦娜，撥弄了一下鑰匙，低聲同意：

「好。那就明天早上八點。」

歐弗和貓咪踏上街道時，冬夜的黑幕已然低垂。生日派對中的笑聲與樂聲像溫暖的大地毯在牆間鋪展開來。桑雅一定會很喜歡，歐弗心想。她一定會喜歡這個瘋狂的外國懷孕女和她失控的家人，以及他們為這個地方帶來的改變。她一定會常常大笑出聲。噢天啊，歐弗多麼懷念她的笑聲。

他和貓咪往停車區的方向走去，踢一踢每個告示牌，拽一拽車庫門，繞道至臨時停車區一趟，再回來巡視垃圾站。他們沿著歐弗的工具間一側走回街上，忽然，歐弗看到對面街尾的屋子外頭有些動靜。那兒一片漆黑，一開始歐弗以為是參加派對的客人，但旋即發現，那個身影是在回收狂那家人的工具間外鬼鬼祟祟。就歐弗所知，他們還在泰國。他瞇眼再用力一瞧，想確定自己不是被搖曳的黑影所唬弄，結果好幾秒過去，他什麼也沒看到。就在他準備承認自己眼力大不如前的時候，那個身影又出現了。而且身後還多了兩個。然後他聽見一個不可能聽錯的聲音：有人拿著鐵鎚敲窗戶，而且是貼上絕緣膠帶的窗戶。行家都是這樣降低玻璃破碎的聲音的。歐弗完全聽得出來那是怎樣的聲音；因為他在鐵道工作時學過，他們要敲掉火車的破窗戶時就會這樣做，才不會割到手。

「喂？你們在幹啥？」他的呼喊貫穿黑暗。

屋子外的身影停住。歐弗聽見說話聲。

「喂，你們！」他用渾厚的嗓門大吼，開始朝他們跑過去。

他看到其中一人朝他走了幾步，還聽到其中一人吆喝著些什麼。歐弗加快腳步，像隻橫衝直撞的公羊般奔向他們。他這時想到，應該從工具間抄個傢伙好跟他們對抗，但已經沒時間折回去了。歐弗從眼角餘光瞄到其中一人的手上甩著又長又細的東西，於是決定從那個混帳開始下手。

當他胸口感覺到一陣刺痛時，他起先還以為是有一人從身後襲擊，便往背上揮了一拳。但又一下刺痛接踵而來。這是有史以來最糟的感受，彷彿有人拿把劍從他的頭蓋骨插進去，一路往下貫穿整個身體，再從腳底刺出。歐弗倒抽一口氣，但什麼也沒吸到。他跨出一大步，倒下，以全身重量往雪地撞去。他感覺到臉頰在冰雪上磨刮的疼痛，胸腔裡似乎有隻冷酷無情的大手，攫住所有器官。像是要徒手把鐵鋁罐捏扁一樣。

歐弗聽到這群竊賊紛亂的跑步聲，明白他們打算逃之夭夭。他不知道過了幾秒，但他頭裡的疼痛像是一整排日光燈管連續爆炸，難以忍受。他想大喊，但肺裡一點空氣也沒有。只從耳內轟隆如雷的血流聲中隱隱聽見帕瓦娜遙遠的呼喊，感覺到她踉蹌的腳步聲由遠而至，她與小腳不成比例的身子絆倒在雪地上。在一切轉黑之前，歐弗的最後一個念頭是，他要她答應，絕不讓救護車開進這條街上。

因為車輛禁入住宅區。

39 歐弗與死亡

死亡是多麼奇怪的事物。人走過漫漫一生，彷彿它不存在，但它卻又常是人活下去的動力。到了某一刻，有些人會突然意識到死亡，然後活得更努力，更執拗，更憤怒。有些人需要不斷感知死亡的存在，才能意識到何謂活著。有些人過於沉浸在死亡的念頭之中，死神還未宣告死期，他們就已先行在等候室迎接祂的到來了。我們害怕死亡，但大多人更害怕的是死神先把他們身邊的人帶走。因為死亡最大的恐懼，是死神選擇放過我們，讓我們孤伶伶地獨活在這個世上。

別人總說歐弗很「兇惡」。但他才不兇惡咧。他只是沒有隨時隨地都掛著一張笑臉而已。難道這樣就得把他當犯人嗎？歐弗不這麼認為。有時候，當一個人將唯一一個了解他的人送進棺材時，他的內心便四分五裂。那樣的傷口，時間再長都癒合不了。

時間，也是多麼奇妙的事物。我們大多數人都只是為了眼前可見的時間而活，活一天算一天。於是一天過去，一週過去，一年過去。或許，人生最痛苦的時刻，莫過於回首卻顧的時光比眼前所剩的時日還多。而當來日屈指可數時，支撐一個人活下來的，便是其他事物。比方說，回憶。午後豔陽下握住某人的手；花床裡初綻的花香；週日的咖啡店。也有可能是，孫兒。人可以為了他人的將來而有了活著的意義。並不是說桑雅離去時，歐弗也一同死去了。他只是不再活著。

悲痛，是多麼奇怪的事物。

當醫務人員拒絕讓帕瓦娜陪同歐弗的擔架進入手術房時，派崔克、吉米、安得斯、亞迪恩、米薩連同四個護士花了好大的力氣，才能把她擋下來，還有她亂揮的拳頭。當一名醫生要她考慮自己還懷有身孕，應該坐下來「放輕鬆」時，帕瓦娜把等候室一張木凳翻飛，最後砸到醫生腳上。而當另一名醫生走出門，臉上帶著專業的中性表情，簡單說明要「做最壞的打算」時，她大聲發出尖叫，像破碎的瓷花瓶一樣癱倒在地板上，雙手摀住臉龐。

愛，是多麼奇怪的事物。不知不覺，便深植心底。

凌晨三點半，一名護士過來帶她。她堅持要待在等候室，雖然每一個人都求她先回家休息。她的頭髮一團糟，眼中充滿血絲，臉上盡是一條條乾掉的淚痕與睫毛膏。她來到走廊底部的狹小病房，一臉虛弱無力，當她跨過門檻時，護士還連忙跑過來，怕她當場跌得不成人形。但帕瓦娜抓穩門框，深呼吸，對護士露出淡到不能再淡的微笑，向她保證她「自己來就可以了」。她往房裡踏了一步，定住一秒，彷彿此刻是她這整個夜晚，第一次能好好思量這件事的嚴重性。

接著她走到床邊，眼睛又泛出淚水。她伸出雙手，往歐弗的手臂用力地、用力地打。

「不准你死在我面前，歐弗。」她哭道。「你想都別想。」歐弗的手指微微動了幾下；她兩手抓住它們，把額頭抵在他的掌心。

「妳最好鎮定一點，小姐。」歐弗發出微弱的沙啞聲。

於是她又打了他手臂一下。於是他明白不要說話才是明智的選擇。但她只是繼續握著他的手，往下癱坐到椅子上，大大的褐色眼珠中五味雜陳，有憤怒，有憐憫，還有深深的恐懼。他見了，便舉起另一隻手撫摸她的頭髮。他鼻子插滿了管子，被單底下的胸膛費勁起伏，彷彿他每一口呼吸都是一次痛苦的煎熬。他語帶氣聲地說：

「妳沒讓那些傢伙把救護車開進住宅區吧？」

大約四十分鐘後，才終於有護士鼓起勇氣走進病房。過了一會兒，一個穿塑膠拖鞋、戴眼鏡的年輕醫生走進來，滿臉欲睡地站在病房旁邊，歐弗覺得他看起來就像被人拿棍子插到屁股裡的樣子。他低頭看著一張紙。

「帕……蔓？」他陷入沉思，隨便瞄了帕瓦娜一眼。

「帕瓦娜。」她糾正。

醫生並不是很在意。

「資料上把妳列為『近親』。」他說，迅速瞥一下這個坐在椅子上、明顯具伊朗血統的三十歲女子，再瞥一下病床上、顯然不具伊朗血統的五十九歲瑞典老頭。

他們兩人完全沒有要解釋的意思，只見帕瓦娜輕輕推了歐弗一下，竊笑：「唉喲，近親喔！」然後歐弗回道：「妳給我閉嘴！」醫生嘆口氣，繼續說道。

「歐弗的心臟有問題……」他用不帶情緒的語氣說，接著吐出一連串沒受過十年以上醫學訓練或是對某類影集重度成癮的人根本不可能聽懂的醫學術語。

當帕瓦娜用綴滿一長串問號及驚嘆號的表情望著他時，醫生再次嘆氣。這些戴眼鏡、穿塑膠拖鞋、屁股插著棍子的年輕醫生，只要碰上走進醫院以前沒那個心思先到醫學院上課的病患家屬，通常都會有這種反應。

「他的心太大了。」醫生毫不體諒地說。

帕瓦娜呆愣地盯著他看。好一會兒，再望向床上的歐弗，不斷上下打量。然後她再次看著醫生，彷彿在等他雙臂大張，像在跳爵士舞一樣的擺動手指，高呼一聲：「開玩笑的啦！」

他沒有這麼做，於是她開始笑出聲來。起先只是咳個幾聲，接著她憋了一口氣，像是忍住不打噴嚏般，緊接著便發出一長串帶著啞音的咯咯笑聲。她扶著床沿，一手在臉前不斷揮著想停下來，但一點用也沒有。最後，一聲聲洪亮的大笑在病房裡爆了開來，走廊上的護士都不禁紛紛從門口探頭問道：「發生了什麼事？」

「知道我平常受了多少苦了吧？嗄？」歐弗疲倦地對醫生嘶聲說道，翻了一圈白眼。此時帕瓦娜把整張臉埋進一個枕頭裡，肩頭仍因不停的狂笑而陣陣抽動著。

醫生一臉寫著「過去舉辦的研討會沒探討過這類情況的處置方式」的樣子，所以他用力咳了幾聲，快速在地上跺一下腳，想提醒他們這裡當家的是他，之類的。想當然是沒什麼作用，但帕瓦娜在幾輪嘗試之後，總算勉強能夠吐出一句：「歐弗的心太大[3]，噢天啊我快要笑死了。」

「媽的，快死的是我好嗎！」歐弗抗議。

帕瓦娜搖搖頭，對醫生溫暖一笑。

「就這樣？」

醫生一副服了他們倆的樣子，闔起資料夾。

「如果他按時服藥，我們就得以控制住病情。但這也很難說。可能要花好幾個月，或是好幾年。」

帕瓦娜不以為意地朝他揮一揮。

「唉唷別擔心啦。我們家歐弗就算一心尋死，都還死不了呢！」

歐弗一臉被狠狠羞辱一番的表情。

四天後，歐弗一拐一拐地走回家。帕瓦娜和派崔克一人一邊攙扶著他。一個撐著枴杖，一個挺著大肚子，還真是幫了大忙啊，他暗自心想。但他沒說出口，帕瓦娜剛剛才發過脾氣，因為幾分鐘前，歐弗不讓她把紳寶開進兩排屋子之間。「**聽到了，歐弗！好！我聽到了！**你再說一次，我對上天發誓，我一定會放火把你那該死的告示牌燒個精光！」她對他大吼大叫。歐弗覺得她沒必要那麼戲劇化。

積雪在他鞋子底下沙沙作響。窗戶一扇扇擦得晶亮。貓咪坐在門外守候。餐桌上放了兩張畫。

「我女兒畫給你的。」帕瓦娜邊說，邊把他家的備用鑰匙放在電話旁的籃子裡。她看到歐弗的眼睛盯著其中一張畫底部的文字，臉上微微露出尷尬的表情。

「她們……抱歉，歐弗，不要在意她們寫的東西！你也知道小孩子就是這樣胡來。我爸爸早在伊朗去世了。她們一直沒有……你知道的……」

歐弗沒搭理她，只是拿起圖畫，走向廚房的抽屜。

「她們喜歡怎麼叫我就怎麼叫我，用不著妳多管閒事。」

接著他把畫一張一張貼在冰箱上。寫著「獻給阿公」的那張放在最上面。她努力壓下揚起的嘴角，但不是很成功。

「有時間在那邊偷笑，還不如幫忙把咖啡機打開。我到閣樓把收納箱拿下來。」歐弗咕噥道，一拐一拐往樓梯走去。

---

3 have a big heart也代表心腸好的意思。

那天傍晚，帕瓦娜和女孩們幫忙他整理房子。他們把桑雅的每一樣東西用報紙包裹，把她的衣物細細裝箱。一次打包一個記憶。晚間九點半，所有物品均打包完畢，女孩們已經倒在歐弗的沙發上呼呼大睡，手指上盡是黑黑的報紙墨水，嘴角盡是黑黑的巧克力冰淇淋。就在這個時候，帕瓦娜猛然抓住歐弗的上臂，力道猛烈有如嗜血的金屬爪。歐弗大吼一聲：「哎唷！」她回吼一聲：「噓！」

然後他們又回到了醫院。

是個男孩。

終曲　歐弗與尾聲

生命，是多麼奇妙的事物。

冬去春來。帕瓦娜考到駕照。歐弗教亞迪恩換輪胎。雖然那小子買了豐田，但那並不代表他完全無藥可救。四月某週日，歐弗去探訪桑雅時這麼解釋道。然後他把帕瓦娜小兒子的相片拿給她看。四個月大，已經跟海豹寶寶一樣重了。派崔克本來要逼他收下有相機功能的手機之類的東西，但歐弗不信任那些玩意。所以他把一大疊相片用橡皮筋捆著，放在錢包裡，走到哪都帶在身上，遇到人就拿給他看。連花店的員工都看過了。

春去夏來，秋天降臨之時，老穿過大外套的記者蕾娜搬進了奧迪男安得斯他家。搬運貨車的駕駛是歐弗。他不相信那些蠢蛋在兩排房子間倒車時，不會毀了他的信箱，所以不如自己來。

米薩和他爸爸阿麥言歸於好；他搬進吉米家，一同居住在他媽媽的房子裡。阿麥以吉米的名字為一份三明治命名，表達感激之意。吉米說那是他收過最豪華的禮物了。

盧恩沒有好轉。每隔一段時間，他會一連好幾天無法跟人溝通。但每次歐弗來訪時，他臉上就會露出心滿意足的笑容。沒有例外。

在連棟樓房社區周圍，有越來越多房子林立。短短幾年之間，這裡從少有人跡的角落變成絡繹不絕的市區。派崔克當然沒因此變成開窗戶或組裝IKEA衣櫃達人。一天早上，他帶了兩個和他年紀相仿的男人來到歐弗家門前，他們顯然也不太會做那些活。這兩人都住在幾條街外，最近考慮翻修房子，問題是隔間牆板上方的工字樑很麻煩。他們不知道該怎麼辦。不消說，歐弗當然知道怎麼辦。他咕噥了一聲類似「笨蛋」的字眼，便到他們家一趟指導他們。隔天，另一個鄰居來了。然後一個接著一個，一個接著一個。幾個月後，歐弗已經跑遍各地，四條街以內的房子幾乎都踏進過，修修這個修修那個。當然他總是抱怨現代人的無能。但當他獨自站在桑雅的墓碑前時，他也曾低聲說道：「偶爾白天有事可幹，其實也還不賴。」

帕瓦娜的女兒年年慶祝生日，然後不知不覺中，三歲女孩就六歲了，但一樣是個沒大沒小的孩子。她第一天上學，歐弗陪她走到學校。她教他怎麼在簡訊中插入微笑符號，他要她發誓絕不告訴派崔克他給自己買了支手機。同樣沒大沒小的八歲女孩如今也十歲了，舉辦了她生平第一次睡衣派對。她們的小弟弟把玩具丟得歐弗的廚房到處都是。歐弗在室外空地蓋了一個戲水池給他玩，但每當有人說那是「戲水池」的時候，歐弗就會哼的一聲說：「馬的明明就是游泳池，嗄！」安得斯再次獲選成為居民委員會的主席。帕瓦娜為房屋後方草坪買了一台新的割草機。

夏去秋來，秋去冬來。距帕瓦娜和派崔克倒車撞上歐弗的信箱那天，已差不多快四年了。十一月某個冷冽的週日早晨，帕瓦娜突然驚醒，彷彿有人把冰冷的手放在她額頭上。她坐起身望出窗外，看看時間。八點十五分。歐弗屋外的積雪還沒清掉。

她穿著睡衣和拖鞋跑到對街，喚著他的名字。用他給的備用鑰匙打開房門，衝進客廳，穿著濕濕的拖鞋跌跌撞撞衝上樓，一路摸索到他的寢室，整顆心都快跳出嘴巴。

寢室內，歐弗看起來彷彿睡得很沉。她從沒看過他如此平和的臉。貓咪躺在他身旁，小小的頭輕輕擱在他的掌心。牠看到帕瓦娜後，慢慢、慢慢地起身，彷彿那當下才完全接受這個事實；牠爬上她的大腿，一人一貓坐在床邊。帕瓦娜不斷撫摸著歐弗稀疏的髮絲，直到救護人員隨車抵達，並以溫柔的言語和動作說，他們準備把遺體帶走了。她往前一彎，在他耳邊輕聲說道：「替我向桑雅問好，還有謝謝她的借款。」然後，她拿走床頭櫃上寫著「給帕瓦娜」的大信封袋，往樓下走去。

信封袋裡裝滿了各種文件與證書、房屋設計原稿、錄放影機的使用手冊、紳寶的保修手冊、銀行帳號密碼與保單、律師的電話號碼（歐弗已經「把後事交由他全權處理」）、人生回憶錄的電子檔、終止帳戶說明。最上頭是一封給她的信。她在餐桌旁坐下展讀。信不長，彷彿歐弗早料到她還沒看到結尾，兩眼就會先淹沒在淚水之中。

紳寶給亞迪恩。其他東西都交給妳安排。房子的鑰匙妳有了。貓咪一天吃兩餐鮪魚，牠不喜歡在別人家拉屎。請尊重牠的原則。城裡有個律師，他有所有的銀行文件等等的，帳戶裡有一千一百五十六萬三千零一十三克朗六十七歐爾，是桑雅她爸留下來的。那老頭愛玩股票，而且他媽的有夠機歪不是我在說。我和桑雅都不知道怎麼用那筆錢。妳家小孩成年後，就給他們一人一百萬，吉米的女兒也是。剩下的都是妳的。但千萬不要交給派崔克，拜託。要是桑雅還在，她一定會很喜歡妳。不要讓該死的新住戶把車開進住宅區。

歐弗

他在信末大大寫上這幾個字：「**妳其實沒有那麼笨！**」後面還畫上一個笑臉，是納莎寧教他畫的。

信中清楚交代了喪葬事宜，絕對不准「搞些有的沒有的花樣」。歐弗不想要喪禮，他只想好好安葬在桑雅旁邊，就這樣。「不要邀請人。不要瞎搞！」他堅決明白地對帕瓦娜指示。

超過三百位來賓參與他的喪禮。

派崔克、帕瓦娜和女孩們進場時，看見牆邊、走廊上全站滿著人。每個人手中都拿著刻有「桑雅基金」字樣的蠟燭——帕瓦娜決定把歐弗的錢拿來作為慈善基金，捐給孤苦無依的孤兒。她雙眼盈滿淚水，喉嚨乾燥得彷彿已經氣喘好幾天似的。不過眼前一根根亮起的蠟燭，舒緩了她的氣息。派崔克看到所有前來向歐弗道別的人群，用手肘輕輕戳了她的腰，咧嘴露出滿意的笑容。

「哇靠，歐弗看到這排場一定會恨死妳的，對吧？」

然後她放聲大笑。因為他真的會恨得牙癢癢的。

傍晚，她帶著一對新婚夫妻參觀歐弗和桑雅的房子。女人懷孕了，她在每個房間之間穿梭，眼裡散發著光芒，蘊含著無限想像，想像自己的孩子將在這片地板上展開他們的未來。她的先生顯然對這個地方沒那麼滿意。他穿著一件工作褲，大多時間都疑神疑鬼地踢著牆腳，一臉煩躁。帕瓦娜當然不在意男方有何想法，從女方的眼神可以看出，她已經決定好了。但當那個年輕人老大不高興地問起廣告中說到的「那個獨立車庫」時，帕瓦娜仔細上下打量他，冷冷點頭，問道他開什麼車。那時，年輕人第一次挺起腰桿，露出幾乎難以察覺的笑容，直直看進她雙眼，那樣睥睨群雄的驕傲只有一個字可以道盡：「紳寶。」

致謝

約那斯・克朗比（Jonas Cramby），優秀的記者，十足十的紳士。謝謝你挖掘出歐弗這個角色並為他命名，也謝謝你慷慨給予我這個機會，把他的故事寫出來。

揚・海卜路（John Häggblom），我的編輯。謝謝你以天賦才華與一絲不苟的態度糾正我不夠精確的遣詞用字，適時給予建議，也謝謝你以耐心與謙遜，忍受我完全的不領情。

勞夫・貝克曼（Rolf Backman），我的父親。希望我沒什麼地方跟你有任何一絲不相像。

貝克曼作品集 03

明天別再來敲門

En man som heter Ove

國家圖書館出版品預行編目 (CIP) 資料

明天別再來敲門 / 菲特烈 . 貝克曼 (Fredrik Backman) 著 ; 顏志翔譯 . -- 增訂一版 . --
臺北市 : 天培文化有限公司出版 : 九歌出版社有限公司發行 , 2023.02
面 ; 公分 . -- (貝克曼作品集 ; 3)
譯自 : En man som heter Ove.
ISBN 978-626-7276-01-3(平裝)

881.357　　111021988

作　　者── 菲特烈．貝克曼（Fredrik Backman）
譯　　者── 顏志翔
責任編輯── 莊琬華
發 行 人── 蔡澤松
出　　版── 天培文化有限公司
台北市 105 八德路 3 段 12 巷 57 弄 40 號
電話／ 02-25776564．傳真／ 02-25789205
郵政劃撥／ 19382439
九歌文學網　www.chiuko.com.tw
印　　刷── 晨捷印製股份有限公司
法律顧問── 龍躍天律師．蕭雄淋律師．董安丹律師
發　　行── 九歌出版社有限公司
台北市 105 八德路 3 段 12 巷 57 弄 40 號
電話／ 02-25776564．傳真／ 02-25789205
增訂一版── 2023 年 2 月
定　　價── 450 元
書　　號── 0304103
I S B N── 978-626-7276-01-3
EISBN：9786267276051 (EPUB)